长江人文馆
Humanities

山水与古典

林文月/著

长江出版传媒 | 长江文艺出版社

图书在版编目（ＣＩＰ）数据

山水与古典 / 林文月著. -- 武汉：长江文艺出版
社，2020.1
（长江人文馆）
ISBN 978-7-5702-1101-2

Ⅰ.①山… Ⅱ.①林… Ⅲ.①中国文学－古典文学研
究 Ⅳ.①I206.2

中国版本图书馆 CIP 数据核字(2019)第 107638 号

责任编辑：程华清　李　倩　　　　责任校对：毛　娟
封面设计：天行云翼·宋晓亮　　　　责任印制：邱　莉　杨　帆

出版：长江出版传媒 ｜ 长江文艺出版社
地址：武汉市雄楚大街 268 号　　　邮编：430070
发行：长江文艺出版社
http://www.cjlap.com
印刷：武汉中科兴业印务有限公司

开本：640 毫米×970 毫米　　1/16　印张：15.25　插页：1 页
版次：2020 年 1 月第 1 版　　　2020 年 1 月第 1 次印刷
字数：178 千字　　　　　　　　印数：0,001－6,000 册

定价：36.00 元

目　录

写于重排版书后 ……………………………… 001

新版序言 ……………………………………… 003

前记 …………………………………………… 005

从游仙诗到山水诗 …………………………… 001

中国山水诗的特质 …………………………… 019

陶谢诗中孤独感的探析 ……………………… 046

鲍照与谢灵运的山水诗 ……………………… 070

宫体诗人的写实精神 ………………………… 093

陶渊明：田园诗和田园诗人 ………………… 113

略谈白居易的讽喻诗 ………………………… 122

阿倍仲麻吕（朝衡）事迹考略 ……………… 128

阴阳怪气说郭璞 ……………………………… 140

记外祖父连雅堂先生 ………………………… 150

连雅堂与王香禅 ……………………………… 167

《长恨歌》对《长恨歌传》的影响 ………… 185

《源氏物语·桐壶》与《长恨歌》 ………… 197

附录　《桐壶》（《源氏物语》首帖）……… 211

写于重排版书后

《山水与古典》这本书，最初是在一九七六年由纯文学出版社出书，林海音先生主持其事。她自己是一位文学家，也是一位推动纯文学的有心人。纯文学出版社的主要方向，诚如其名，以纯文学作品之出版为主。我个人曾在"纯文学出版社"创办的初期出版过《京都一年》。那是在林先生鼓励下，以游学京都一年的闲居时间，每月撰成一篇与京都相关的散文而结集的书。其后，相隔约五年，海音姐问我："可有什么书让我们纯文学替你出版呢？"我说："忙着教书，没有多少时间写文章。""你那些写古典文学研究的论文，也是文章啊。"她总是有理由推动事情的。遂检视抽屉内各论文的旧抽印本，共得长短十三篇。

这十三篇论文，当初写作时，或与自己研究范围相关而撰述，或因参与各种学术会议而提出，都是与我教学研究生活有密切关系。不过，各篇的撰写，初时并未指向出版一本书为目的，所以其间未必有相互关联。在内容方面，包括论说中国的古典诗与诗人者，有兼及中日比较文学者。这些主题的研究，一直都是我所关心的。只是，在出版之际，要找一个能够涵盖这样内容的书名却不太容易。还记得当时在海音姐与何凡先生的府上，文人雅士高朋满座，许多人都替我费神构想。几乎是集思广益之下，才定书名为《山水与古典》。到如今都还记得那种大家为我这本书热烈讨论的情形。其实，大部分的人赞成，也有一些人不十分同意。最后，有人说："名可名，非常名。"

于是，《山水与古典》便也理所当然地成为这本书的名称。

纯文学出版社结束后，一九九六年承三民书局美意，把我在纯文学出版社的三种书予以排版呈现，《山水与古典》为其中一本。值此辛亥百年之际，将再予重新印制，更是令人欣喜安慰的事情。容我在此补述三十五年前的一个小故事以致谢意。

林文月

二〇一一年九月五日

新版序言

这本书是二十年前所出版个人的第二本论文集,当时由林海音女士所主持的纯文学出版社编印刊行。关于诸篇的内容以及写作背景,已见于初版的《前记》之中,此不重复。

二十年之间,许多美好的事情发生过,也有许多事情渐生变化,甚至于不得不落幕结束。

这本书中所收集的十余篇长短文章,正是我在台湾大学任教最忙碌的时期所写。当时除了授课准备教材,以及这些论文的撰著之外,又已经开始日本古典文学《源氏物语》的译注;同时,也逐渐用心研读外祖父连雅堂先生的诗文。从本书中所辑入的《〈源氏物语·桐壶〉与〈长恨歌〉》及《连雅堂与王香禅》等文章,可以看出端倪;而在本书出版后,我译竟《源氏物语》,也撰成外祖父的传记《青山青史——连雅堂传》。

《山水与古典》的出版,在我个人的写作生活上,因而成为一个分水岭:一方面我孜孜不懈于自己的本业论文之著述,另一方面又兼及于译事及散文之写作。二十年来，这样的写作方向未尝改变过；遂令我于初版前言之结束处所言诸语，呈现了矛盾状况。然而，我并没有后悔；不唯不后悔，觉得这样的改变，其实是相当自然且有脉络可循的。写作兴趣之趋于广泛，给予我较大的思考角度和空间，其正面的意义，毋宁是更值得自我安慰的。即以学术论文之撰著而言，其后之所作，似乎往往更能突破框架囿限。就此观之，某些事情的渐生变化，虽难免始料所未及，却也总是有其不得不然的轨迹隐约存乎其间。

而二十年的光阴，在猛然回首之际，则又未免似迢递实匆促，令人惊心感慨。我自己已于三年前自台大退休，纯文学出版社亦于去年结束业务。林海音女士慨然将此书版权归返予我；旋又承三民书局刘振强先生美意，遂有此书重新排版问世之机会。

新版《山水与古典》，仅在若干文字的错误及不妥处有所更正外，余皆保留原来面貌。时光虽不可追回，往昔一字一句的心血，于我校对之际，仿佛又重现眼前。三民书局编辑同仁细心协助完成其事，令我感激，特此致谢。

林文月

一九九六年四月三十日

前　记

　　这本书里所包含的十三篇文章，是我十年前出版《澄辉集》（《文星丛刊》二五二）以后，陆续写出的一些有关我国古典诗文及文人的短论。内容大体可别为三类：第一类是以六朝诗为中心课题者，包括游仙、田园、山水、宫体诗及其相关的一些问题（在目次上，从第一篇至第六篇便是。第七篇谈白居易的讽喻诗，虽在时代上是属于唐朝的，但性质内容也可以收入在第一类型之中）；第二类是以文人为主要对象，而兼及于其诗文的（第八篇至第十一篇是）；第三类则兼谈诗与文的关系（末篇并及于中日文学之间的影响比较问题）。

　　我所以把这十三篇文章放置在一起结集成册，乃是因为它们有一个共通之点：这些文章的篇幅长短大致接近，而我写作的态度虽然是认真严肃的，笔调却都比较轻松。为求内容之一致，我没有把在《台大文史哲学报》第二十一期里发表的《唐代文化对日本平安文坛之影响》那篇比较专门而可能是比较枯燥的论文收入此集内。

从文章的来源说，这十三篇作品之中竟有七篇是先后出自台大外文系主办的《中外文学》。计有：《从游仙诗到山水诗》（第一卷第九期）、《中国山水诗的特质》（第三卷第八期）、《陶谢诗中孤独感的探析》（第四卷第十一期）、《宫体诗人的写实精神》（第三卷第三期）、《阴阳怪气说郭璞》（第三卷第九期）、《连雅堂与王香禅》（第四卷第二期）及《〈源氏物语·桐壶〉与〈长恨歌〉》（第一卷第十一期）。在编排目次的时候，这个事实不由得令我略感吃惊，而重新认识了我自己的单调个性。

我写作赏析古典的论文始于大学生时代。当时有一份至今使人怀念的《文学杂志》。受了师长学长们的鼓励，我曾在那份杂志上发表过一些不成熟的短文。那些"少年不识愁滋味"的文章多数已收入《澄辉集》之中。其后，《文学杂志》停刊，《纯文学》代之而起。我先后也在那份杂志上写了一些论文。不过，后来由于赴日一年，旅居客乡的寂寞使我有较多的闲暇写游记杂文，所以我在《纯文学》里发表的散文竟超过了论文。每月一篇的游记在一年多之后便集成了我的散文集《京都一年》了。尔后，《纯文学》也停刊。由台大外文系主办而由中文系与外文系支持合作的《中外文学》继起。我又很自然地陆续在这一份刊物上投稿起来。以上七篇文章便是如此诞生的。

《鲍照与谢灵运的山水诗》一文系发表在甫于一年前创办的《文学评论》第二集里。这篇文章该算是属于上述第一类型中唯一非《中外文学》的作品了。

《陶渊明：田园诗和田园诗人》及《略谈白居易的讽喻诗》二文是我从一九六八年至一九七二年那五年间主编《国语日报》的双周刊《古今文选》时期，于选注古诗文之际，为篇幅补白之需要而撰写的。《古今文选》的读者对象以高初中学生和一般社会青年为主，故笔调力求简明，且避免繁琐的典故与注解，所以这两篇文章在全书之中颇有些国画中"留白"的意味吧。

《阿倍仲麻吕（朝衡）事迹考略》则与上二文恰成对比，是一篇偏重考证性的文章。此文本是我六年前在日本所写的论文《唐代文化对日本平安文坛之影响》中的一小部分，后应双月刊《思与言》之邀，稍加补充扩张而成。由于文字略嫌枯燥乏味，在编排目次之际，曾经犹豫取舍。后来觉得阿倍仲麻吕以一介日本留学生而终身留居唐朝，且与唐之文士如王维、储光羲、李白等又有过密切的交游，这虽是一件小事，但是透过小事也可以让我们想像昔日中国文化灿烂之一斑，所以还是决定辑入。

《记外祖父连雅堂先生》一文最早发表于《国语日报》的另一份双周刊《书和人》。这篇文章后来屡次被报章杂志乃至学生的刊物转载引用，而文字竟也多少有了些许出入。利用此次收入本书的机会，我曾予互相比较而略有增删改动，所以与原载于《书和人》者小有不同。外祖父去世时，我仅四岁，有些零星片断的记忆却仍依稀存留脑海中。每回我重读纪念他老人家的此文，眼眶总难免要发热湿润的。

《阴阳怪气说郭璞》及《连雅堂与王香禅》这两篇短文是为《中外文学》曾拟设的专栏"中外文人"而写。此专栏原先是预定由中文系的青木（笔名）先生与我，以及二位外文系的先生轮流执笔，用比较轻松而不违史实的态度来介绍古今中外文人生活逸事的。未料，原先讲好《中外文学》隔期推出的这个专栏，在青木先生与我各登二文之后，外文系方面竟未有稿件合作，竟致流产停顿了。此二文当时发表时，我用的是笔名，所以对于我的外祖父也很不恭敬地直呼其名。不过，我写这篇六千余字的短文所下的工夫却不比《记外祖父连雅堂先生》少。外祖父与王香禅女士间的故事，许多年老一辈的人都乐于谈论。身为雅堂先生外孙女的我，对他老人家自是十分敬重的，但是对于诗人连雅堂先生，我对此亦难免有一份好奇心。然而此类文人私生活方面的资料，在传记（我的舅父连震东先生在《台湾通史》书后附录有《连雅堂先生家传》及《连雅堂先生年表》）及年谱（《台湾风物丛书》有郑喜夫先生所编《连雅堂先生年谱》）里都看不到什么痕迹。我曾经央求家母告知一二，可是她总支吾其辞未肯详述。去年暑假里，我乃鼓起勇气径赴士林，向舅父提出种种问题。很感谢舅父是一位开明而坦诚的人，在两小时的谈话里，我从他的记忆之中寻找到一些事实真相。犹记得那个黄昏，舅母也时时在一旁给我提供一些线索佐证，我把两位长辈的可贵谈话内容牢记于心中，回家后再与外祖父的诗文参照比较，便写成了这篇文章。我自信写此文的态度是相当客观而严肃的。外祖父生前，在孙辈中最疼爱我，谅他老人家地下若有知，亦当原谅我这饶舌的外孙女吧。

《〈长恨歌〉对〈长恨歌传〉的影响》原载于《现代文学》第四十四期。题目本作《〈长恨歌〉对〈长恨歌传〉与〈源氏物语·桐壶〉的影响》，篇幅也当然较本书所收者为长。我写此文时尚未着手翻译《源氏物语》，对《长恨歌》给予《长恨歌传》及《桐壶》的影响，也只做到等量的对待处理而已。可是后来赴日参加日本笔会主办的"日本文化研究国际会议"时，曾提出一篇日文书成的论文《桐壶と长恨歌》。此文对《长恨歌》与《源氏物语》的首帖《桐壶》，有较详实的比较讨论。返台湾后，我把那篇文章还原为中文，同时为着读者的方便而试译了《桐壶》为中文，一并刊登于《中外文学》。因此，我这里便将《现代文学》所载的后文约三分之一部分删除，而另收入此篇《〈源氏物语·桐壶〉与〈长恨歌〉》，并将当时刊载的译文也同时附录于文后，俾便于本书读者诸君之阅读比较。

在此，我想附带提一笔。自从一九七三年四月，我为了发表《〈源氏物语·桐壶〉与〈长恨歌〉》的实际需要而试译《桐壶》一文之后，《中外文学》的编辑与读者们再三鼓励我将《源氏物语》全书继续翻译下去。那五十四帖百余万言的日本古典巨著的全译工作岂是渺小如我者所能负担得了的？但人生真也有些不可思议的事情，这个原本是我做梦也不敢想象的艰难工作，如今竟然落在我肩上，成为我平日授课与家务之余的最大重担，而每月平均万余字的翻译，也就成为近年来我日夜最挂虑的事情了。现在我已译成三分之二，距离完工之日虽然尚有一段时间，但希望总在眼前了。待那时候，还我自由之身，我冀求能完全回到自己的本行来，更努力研读我所喜爱的中国古典文学。

林文月

一九七六年八月一日

从游仙诗到山水诗

一、前　言

　　五世纪时代，我国文学史上出现了以自然景物为题材的山水诗，以其新鲜的色彩感与形象感，拓广了诗的写作范围，不仅使六朝的诗坛活跃了起来，且更予唐诗莫大的影响。促使文学发展与变化的原因当然是多元性的，就以山水诗产生的原因而论，除了刘勰归因于"庄老告退，而山水方滋"① 以外，他如历史社会的背景、生活风尚、思想潮流、作家个人的嗜好等因素，也无不直接间接有所影响；而就文学本身观之，则辞赋、招隐诗、行旅之诗等文学的内容形式，也不能不说与山水诗各有其远近的渊源关系。不过，这些并不在本文讨论范围。此文拟仅就山水诗产生的途径之一——从游仙诗到山水诗，透过郭璞、谢灵运等主要作家的诗，实际观察分析，从而把握其酝酿、发展，乃至于成熟之过程。

---

　　①　详《文心雕龙·明诗篇》。

二、郭璞以前的游仙诗

我国历史上，从汉末的离乱，经三国之鼎立，再入于两晋之世，在此绵延二百余年的时间里，内有黄巾之乱，八王攻伐，外有五胡十六国之侵扰，实在是一段空前紊乱黑暗的时代。生活在那样的乱世里，人们失去了生活的安全感，甚至于对生命的保障也没有了信心。在兵荒马乱中无辜而惨死的百姓自是不计其数，而文士们因政治党派的倾轧而横遭斧钺者，亦多至令人心寒。仅就魏晋之际随便举例，便有孔融、祢衡、杨修、丁仪、丁廙、何晏、嵇康、张华、陆机、陆云、石崇、潘岳、刘琨、郭璞等。在这个时期里，人对生活的要求已退至仅求保身而已。于是无为逍遥、逃避现实的老庄思想乃应运而复活，吸引了当时的人心，给他们开拓了一条新出路，缓和了现实生活的紧张。儒家思想中固然也有"穷则独善其身，达则兼善天下"①之说；而老庄的宗旨是无为清净，归真返璞，要人回到原始的自然，而与世无争。既然眼看着政治社会已到了不可兼善的地步，于是知识阶级便纷纷趋于独善之途，竞以山林自然作为保命托身之所了。竹林文士之悠游逍遥，便是一个典型的例证。他如左思、郭璞、孙绰之辈，虽未有明显的栖隐之迹，而在他们的诗文里却也时见对老庄思想的醉心，与对山林自然的向往。可以说，魏晋之际，崇尚老庄、徜徉山林，几乎已成为当时文士们的一种风尚了。

由于文人的思想已不再囿于儒家入世的功用主义，而普遍倾向于道家出世的浪漫主义，故在诗坛上也就呈现了一片活泼的自由抒写的景象。同时因为老庄思想既已成为一种新的信仰，于是

---

① 见《孟子·尽心篇》。

"诗杂仙心"（《文心雕龙·明诗篇》语）遂成当然的道理。所谓"仙心"，乃是指描写"淬秽尘网，锱铢缨绂，沧霞倒景，饵玉玄都"①一类境界者，亦即老庄所歌颂之虚无出世境界的具体发扬。这一类的诗，便是游仙诗。写这种非人间的诗章较早者当推曹植。虽然在他的父亲曹操的诗篇中也有《气出唱》三首、《陌上桑》《秋胡行》二首诸篇，甚至更早的还有屈原的诸作，然而都只是对人生偶发的感慨，或愤世嫉俗之词，未若曹植各篇的认真。同时，曹植的诗在其题目上也已有颇明显的表示，如《升天行》《仙人篇》《灵芝篇》等，皆饶富仙味了。试看其《仙人篇》：

> 仙人揽六著，对博太山隅。湘娥拊琴瑟，秦女吹笙竽。
> 玉樽盈桂酒，河伯献神鱼。四海一何局，九州安所如？
> 韩终与王乔，要我于天衢。万里不足步，轻举凌太虚。
> 飞腾逾景云，高风吹我驱。回驾观紫薇，与帝合灵符。
> 阊阖正嵯峨，双阙万丈余。玉树扶道生，白虎夹门枢。
> 驱风游四海，东过王母庐。俯观五岳闲，人生如寄居。
> 潜光养羽翼，进趋且徐徐。不见轩辕氏，乘龙出鼎湖。
> 徘徊九天上，与尔长相须。

这里面所描写的是虚幻的仙境。当作者假想自己与仙人为伍，遨游逍遥时，其精神已超越了现实世界，忘却烦恼，获致暂时的解脱与慰藉了。有时作者更假托想像中的仙人，以达到自我劝勉的目的，如《苦思行》：

---

① 见《昭明文选》郭璞《游仙诗》李善注。

> 绿萝缘玉树，光曜粲相晖。下有两真人，举翅翻高飞。
> 我心何踊跃，思欲攀云追。郁郁西岳巅，石室青葱与天连，
> 中有耆年一隐士，须发皆皓然，策杖从我游，教我要忘言。

此等仙言道语固然与曹植个人际遇有关，亦何尝不是与他同时或稍后的文士们借以逃避现实、发泄苦闷的一种方法呢？七贤之中，嵇康与阮籍也都做斯言斯语：

> 遥望山上松，隆谷郁青葱。自遇一何高，独立迥无双。
> 愿想游其下，蹊路绝不通。王乔弃我去，乘云驾六龙。
> 飘飘戏玄圃，黄老路相逢。援我自然道，旷若发童蒙。
> 采药钟山隅，服食改姿容。蝉蜕弃秽累，结友家板桐。
> 临觞奏九韶，雅歌何邕邕！长与俗人别，谁能睹其踪？
>
> （嵇康《游仙诗》）

> 河上有丈人，纬萧弃明珠。甘彼藜藿食，乐是蓬蒿庐。
> 岂效缤纷子？良马骋轻舆，朝生衢路旁，夕瘗横术隅。
> 欢笑不终宴，俯仰复欷歔。鉴兹二三者，愤懑从此舒。
>
> （阮籍《咏怀》）

其中尤以嵇康之诗已明言"黄老""采药"等词，而题目也清清楚楚地写着《游仙诗》了。这种情形较诸曹植那种借仙境之幻游以自娱，显示着有更进一步的发展。起初文士们崇信老庄思想、隐居山林，只是为了逃避险恶的现实社会，以保全性命而已；其后，却逐渐演变为进而追求养生长寿了。试看嵇康在《养生论》一文中所言便可知：

善养生者，则不然矣。清虚静泰，少私寡欲。知名位之
伤德，故忽而不营，非欲而强禁也。识厚味之害性，故弃而
弗顾，非贪而后抑也。外物以累心不存，神气以醇白独著。
旷然无忧患，寂然无思虑。又守之以一，养之以和。和理日
济，同乎大顺，然后蒸以灵芝，润以醴泉，晞以朝阳，绥以
五弦。无为自得，体妙心玄，忘欢而后乐足，遗生而后身存。
若此以往，庶可与羡门比寿，王乔争年，何为其无有哉？

于是炼丹服药行散之风乃流行传播起来，而这种求长生之道术，
与老庄之宗旨遂大异其趣了。

另一方面，由于七贤之栖逸竹林，蔚成风气，文士们之间逐
渐以趋山林为一种风流雅事。不满现实的失意者固以山林为逃避
之所，而身在魏阙者，亦心慕山林。这种现象也与最初隐遁者的
衷情大不相同。其实，逃避现实的政治社会，原不必限于山林；
古之隐士有隐居夷门市屠者，更有隐居博徒卖浆家者①，只因当
时流行的老庄思想是主张逍遥自适的，而要彻底躲避紊乱污浊的
社会，也确实以高崖深谷为最理想，因此山林便无形中变成了代
表隐遁生活的处所了。初时隐居山林的人，只是为了避害的实用
目的，未必真能自适，相反地，躬耕自食的物质生活绝不会是安
逸的。《后汉书·逸民传序》云：

然观其甘心畎亩之中，憔悴江海之上，岂必亲鱼鸟，乐
林草哉？亦云性分所至而已。

---

① 详《史记·魏公子列传》。

不过，一旦身入山林，决心过远离尘俗的隐遁生活，则不论环境
如何困苦，也得想法子克服；同时徜徉山林日久，却也在无意中
发现了大自然的美。于是，文士们便在歌咏黄老、诵吟松乔之余，
也就有意或无意地将对山水的赞美夹杂其间。这种现象在前引的
曹植、嵇康的游仙诗中已稍能见到，如曹诗"绿萝缘玉树""石
室青葱与天连"，嵇诗"遥望山上松，隆谷郁青葱"等句。但是
在后来的游仙诗篇中就有更显著的表现了。

> 青青陵上松，亭亭高山柏，光色冬夏茂，根柢无凋落。
> 吉士怀真心，悟物思远托。扬志玄云际，流目瞩岩石。
> 羡昔王子乔，友道发伊洛。迢递陵峻岳，连翩御飞鹤。
> 抗迹遗万里，岂恋生民乐？长怀慕仙类，眇然心绵邈。
>
> （何劭《游仙诗》）

> 乘云去中夏，随风济江湘。矗矗陟高陵，遂升玉銮阳。
> 云娥荐琼石，神妃侍衣裳。
>
> （张华《游仙诗》）

这两首游仙诗，在山林风光的描写方面有较重的比例分量。尤其
第一首诗之中，首四句纯属山中景物之描写，对蓊蓊郁郁的原始
林木有极佳的形容。这是在较早期的游仙诗中不易见的现象。

三、郭璞的游仙诗

游仙诗发展到郭璞，可谓达于极致。在他的诗集里，仙言道
语之作竟多达十四首，不仅数量空前，其内容之充实生动，也是
前无古人的。今举数首以明之。

翡翠戏兰苕，容色更相鲜。绿萝结高林，蒙笼盖一山。
中有冥寂士，静啸抚清弦。放情凌霄外，嚼蕊挹飞泉。
赤松临上游，驾鸿乘紫烟。左挹浮丘袖，右拍洪崖肩。
借问蜉蝣辈，宁知龟鹤年？

杂县寓鲁门，风暖将为灾。吞舟涌海底，高浪驾蓬莱。
神仙排云出，但见金银台。陵阳挹丹溜，容成挥玉杯；
姮娥扬妙音，洪崖领其颐。升降随长烟，飘飘戏九垓。
奇龄迈五龙，千岁方婴孩。燕昭无灵气，汉武非仙才。

晦朔如循环，月盈已复魄；蓐收清西陆，朱羲将由白。
寒露拂陵苔，女萝辞松柏；荣荣不终朝，蜉蝣岂见夕。
圆丘有奇草，钟山出灵液。王孙列八珍，安期炼五石。
长揖当途人，去来山林客。

旸谷吐灵曜，扶桑森千丈，朱霞升东山，朝日何晃朗！
回风流曲棂，幽室发逸响。悠然心永怀，眇尔自遐想。
仰思举云翼，延首矫玉掌。啸傲遗世罗，纵情在独往。
明道虽若昧，其中有妙象。希贤宜励德，羡鱼当结网。

璇台冠昆岭，西海滨招摇。琼林笼藻映，碧树疏英翘。
丹泉漂朱沫，黑水鼓玄涛。寻仙万余日，今乃见子乔。
振发晞翠霞，解褐被绛绡。总辔临少广，盘虬舞云韶。
永偕帝乡侣，千龄共逍遥。

上五首诗具有两个特色：其一为仙气之加浓，其二为模山范水之成分的增加。先谈第一个特色：如前面所举曹植、嵇康、阮籍、何劭、张华等人的作品中，虽然也充满着虚幻缥缈的游仙色彩，然而以之与郭璞这些作品相比，便觉不及其浓郁逼真了。例如上面五首中的浮丘、洪崖、陵阳、容成、姐娥、子乔等都是传说中长生不老的仙人，在郭璞之前，已常见于各家的游仙篇章之中，不过像"左挹浮丘袖，右拍洪崖肩"这般忘我地与仙人嬉戏的诗句，却是没有前例的；又如"陵阳挹丹溜，容成挥玉杯；姐娥扬妙音，洪崖额其颐"等句，则又以神仙而有类人间的举止。凡此皆可视为作者把自己融入其境的结果。在那虚设的幻境中，作者已恍惚眩惑于自设的遐想中而不辨真伪了。庄周梦为胡蝶："不知周之梦为胡蝶与？胡蝶之梦为周与？"[1] 读郭璞的游仙诗，也往往予人以——不知郭璞之为仙乎？仙人之下凡乎？——这样的错觉。本来逍遥仙界、耽溺黄老的意旨在于逃避现实，忘怀苦闷，所以游仙诗人多数刻意铺张、渲染仙界逍遥之快乐，从而达到自我安慰之目的。曹植、嵇康，甚至于屈原，虽也写仙境、述仙语，然而与郭璞相比，他们或愤世嫉俗，或托辞述怀，都不如他的认真，倾心于自己的"幻设"[2]，故称郭璞为游仙诗人之宗，当不成问题。

再谈郭璞游仙诗的第二个特色：试观前举第一首"翡翠戏兰苕，容色更相鲜。绿萝结高林，蒙笼盖一山"四句，描写原始林木翳翳郁郁的样子和山中栖息的禽鸟。第五首"琼林笼藻映，碧树疏英翘。丹泉漂朱沫，黑水鼓玄涛"四句，也描写壮观的山水，

---

① 见《庄子·齐物论》。

② "幻设"即幻想假设之意。语见明·胡应麟《少室山房笔丛》。近人作小说史多引用之。

然而较诸第一首"容色更相鲜"的笼统形容更见细致深刻。如琼林、碧树、丹泉、朱沫、黑水、玄涛等词的运用，显然已造成了更具体更鲜明的色泽感。这是嵇康《游仙诗》的"遥望山上松，隆谷郁青葱"；或何劭《游仙诗》的"青青陵上松，亭亭高山柏，光色冬夏茂，根柢无凋落"等简单贫乏的素描所不能相比的。又如第四首"旸谷吐灵曜，扶桑森千丈，朱霞升东山，朝日何晃朗！回风流曲棂，幽室发逸响"则不仅渲染丰多的彩色，更刻画跃动的光影，摹描流转的声响，把握着大自然立体的美和多端的变化。其修辞之成熟与雕琢之严谨，更助益了诗中赤松、王乔、灵液、五石等仙意和神秘感，刘勰谓其"艳逸"①，实在是极中肯的评语。郭璞《游仙诗》中这些模山范水的诗句，若非配以仙言仙语，几乎已可视为山水佳句；而即使与后之大小谢的作品相较也毫无逊色了。不过，要注意的是，在郭璞的作品中，这些艳丽的诗句仍然只是意图烘托逍遥游仙之乐而已，其目的并非在于歌咏大自然本身，或登山临水之乐的，所以他所描写的山水自然，看似在人世间，实则仍然意味着仙界。只是郭璞与前代的游仙诗人所不同的在于：他所摹描的背景已不再是纯然的幻想仙界，却是将理想中的神仙异人安置在吾人肉眼所能看见的原始大自然里了。从曹植的金碧辉煌；而嵇康、何劭的笼统白描；而郭璞的雕琢刻画，可以看出游仙诗的仙界，一方面从虚无缥缈的纯粹理想的世界逐渐移向人间大自然；同时另一方面又由贫乏单调变为丰富多彩起来。于是在郭璞的仙界里便有了蓊郁的林木，茂密的杂草，奔泻的泉水，滔天的浪涛等现象，而光影动移，色泽明暗，声响流转等千变万化也就呈现诗中了。传说中的蓬莱仙境或有无比奥

---

① 《文心雕龙·才略篇》："景纯艳逸，足冠中兴。"

妙，然而毕竟只存在于人的想像之中。正始以来，竹林悠游的风气日盛，文士们徜徉山林日久，定会发现其中真美。一丘一壑，一草一木，仔细观察体味，亦壮丽亦神秘，所谓仙境岂非即是如此的吗？然则，郭璞以大自然美丽的山水实景取代了前代诗人虚无缥缈的仙境，实在是有其由渐而来的途径可寻的。

四、郭璞以后的游仙诗

游仙诗至郭璞而达到极致。其后虽有庾阐作《游仙传》十首，但是显然内容风格都步趋于郭璞之后，除了模拟之外，看不出有新的发展。何以游仙诗到了郭璞以后便逐渐衰微下去了呢？要了解这个道理，有先探索游仙诗写作动机的必要。游仙文学乃是产生于对神仙生活境界的追求，神仙生活最大的特色是灵魂上天而游行不休，可以不受人世间现实社会既有的拘束和限制，所以当人对现实有不安或不满时，往往便想逃遁远方，求得精神上的解脱。游仙的思想正满足了这个需求。

孔子临水而慨叹"逝者如斯夫，不舍昼夜"，人的生命原本是短暂的，生逢乱世之人则往往连这短暂的天命都不可把握，随时随处受着死亡的威胁。如前面所说，魏晋之际的文士，他们对生命和现实所感的不安和不满，实在更在屈原或曹植之上，故而他们对游仙的需求更为迫切。阮籍《咏怀诗》有句云："独有延年术，可以慰我心"，正始文士们采药服食求仙之目的，一方面是要增加生命的长度，思将有限的寿命无限地延长；另一方面，也想借超现实的幻想世界暂忘现实生活的苦闷和恐惧。然而，服食黄老是否真正能使人忘忧延年呢？《古诗十九首》有"仙人王子乔，难可与等期"语，曹植也说"虚无求列仙，松子久吾欺"，可见游仙诗人们虽然恍惚陶醉于自己的幻设之中，实则始终是将信将疑的。而从汉末到永嘉，游仙诗已经被许多诗人咏歌了一世纪的时间，黄老神仙的内容已渐渐令人生厌，一再重复的情调也失去了吸引力，诗的内涵正期待着一种更新鲜的对象了。

走笔至此，让我们再来看一看游仙诗的发展吧。初时，文士们为了厌恶现实社会，所以假想神游于虚幻的仙境，冀求获得精神上短暂的松弛。其后，由于政治的压迫，隐避入山林者日多，而当时黄老道术益盛，故诗中之仙气亦更形浓厚。另一方面，由于文士们居处山林日久，渐渐发现大自然之美妙；尤其典午南移后，北方士人初到江左，南方绮丽柔美的风物以一种新鲜的姿态呈现于眼前，大大地吸引了他们的注意，对大自然的态度遂由隐遁的实用目的，转为感叹的欣赏与赞颂了。这样，由躲避现实而隐入山林；由隐入山林而发现大自然之美妙，成为山水之爱好者与崇拜者；无形间，隐遁生活与山水的爱好已成了密不可分的一体。其后，由于文士们的宣扬，大自然的吸引力愈形增加，风会所趋，竟以接近山林为一种风流雅事。至此，山林与隐遁生活乃又逐渐脱离关系，入山林者已不必再限于政治场中的失意者，如谢安东山之游，王羲之兰亭之聚，新的山水爱好者竟都是一些当时的门阀望族。大自然是亘古不变的，然而由于人的身分不同，心境有别，所以登临山水的意义也就大异其趣了。这些出身乌衣巷的富贵子弟们当然没有遭受什么政治的压迫，没有体验过人世的苦闷，他们无须逃避什么，他们之所以入山林，只是为求富裕生活的新调剂、新刺激而已。于是山林也就不再是隐遁之所，而变成为游乐之处了。《晋书·王羲之传》云：

> 羲之雅好服食养性，不乐在京师，初渡浙江便有终焉之
> 志。会稽有佳山水，名士多居之，谢安未仕时亦居焉。孙绰、

> 李允、许询、支遁等皆以文义冠世，并筑室东土，与羲之同好。尝与同志宴集于会稽山阴之兰亭。……羲之既去官，与东土人士尽山水之游，弋钓为娱。又与道士许迈共修服食，采药石，不远千里，遍游东中诸郡，穷名山、泛沧海。

既是贵族的游乐，于山水对象之选择也就自然要格外讲究，因此这些人所游必名山胜水，且因地位显赫，生活阔绰，所以每游则务求尽兴。《晋书·谢安传》云：

> 安虽放情丘壑，然每游赏，必以妓女从。……又于土山营墅，楼馆林竹甚盛。每携中外子侄往来游集，肴馔亦屡费百金。

可见在这群贵族游集的风气之下，往昔七贤之悠游任诞已荡然不存，甚至于何劭、郭璞那种恍惚逍遥的境界亦已淡薄了。虽则他们也吟咏庄老，服食采药，毕竟只能视同秦皇汉武长生之愿，与早先游仙诗人之本衷是迥然不同了。再者，登临山水之目的既在求赏心悦目，于是，他们在享受佳肴歌舞之余，得从容饱览高山流水，而大开鉴赏之目，故诗中渐多山水佳句，也是极自然之事。虽然这个时期的贵族诗人，其作品现在已不可多见，但是仅从兰亭诸篇，已颇能窥见一斑。

> 三春启群品，寄畅在所因。仰视碧天际，俯瞰渌水滨。
> 寥阒无涯观，寓目理自陈。大矣造化工，万殊莫不均。
> 群籁虽参差，适我无非亲。（王羲之）

散怀山水，萧然忘羁。秀薄粲颖，疏松笼崖。
游羽扇霄，鳞跃清池。归目寄欢，心冥二奇。（王徽之）

伊昔先子，有怀春游。契兹言执，寄傲林丘。
森森连领，茫茫原畴。迥霄垂雾，凝泉散流。（谢安）

肆眺崇阿，寓目高林。青萝翳岫，修竹冠岑。
谷流清响，条鼓鸣音。玄崿吐润，霏雾成阴。（谢万）

甚至于被钟嵘评为"平典似《道德论》"的孙绰都有几首山水之作：

流风拂枉渚，停云荫九皋。莺语吟修竹，游鳞戏澜涛。
携笔落云藻，微言剖纤毫。时坌岂不甘？忘味在闻韶。

（《兰亭》）

萧瑟仲秋日，飙唳风云高。山居感时变，远客兴长谣。
疏林积凉风，虚岫结凝霄。湛露洒庭林，密叶辞荣条。
抚菌悲先落，郁松羡后凋。垂纶在林野，交情远市朝。
澹然古怀心，濠上岂伊遥。

（《秋日》）

正始以来的玄风仙气至此已疲，成为尾声。在文学发展的途径上，"穷则变"是常理。郭璞游仙诗中借为仙境的自然美景，遂成为后之诗人的新题材对象了。

五、谢灵运的山水诗

如前所述，流行一世纪之久的游仙诗至郭璞而达于极致，同时也呈现了衰疲的现象，继之而充实诗的内涵者为傍依着游仙诗而逐渐成熟起来的山水诗。模山范水的诗句在嵇康、何劭的游仙诗篇中已可以见到，然而分量既少，表现也嫌单调贫乏。郭璞的游仙诗中有分量较多的山水丽句，不过它们只是作者借为仙境的表现，却非对自然美景欣赏的赞叹。换言之，山水诗本身的地位仍未建立起来。历东晋偏安时期贵族们的兰亭东山之雅聚，江南的美景往往于谈玄说理之余，入于这些贵族文士们的诗章之中。然而真正使山水诗脱离玄风仙气而在文学史上获得独立生命的人却是晋宋之际的谢灵运。

谢灵运对山水热衷爱好的情形在我国文学史上可谓罕见。其人才高性傲，出身晋代名门，却仕历晋宋二代。一生之中屡仕屡隐，事与志违，彷徨矛盾，终身苦闷，竟以四十九岁弃市。既不得志于宦途，不满于现实，故以登山涉水为愤懑发泄之方。他的诗以写山水者居绝大多数，而篇篇可观，姑举五首于后为例。

> 时竟夕澄霁，云归日西驰。密林含余清，远峰隐半规。
> 久痗昏垫苦，旅馆眺郊歧。泽兰渐被径，芙蓉始发池。
> 未厌青春好，已睹朱明移，戚戚感物叹，星星白发垂。
> 药饵情所止，衰疾忽在斯。逝将候秋水，息景偃旧崖。
> 我志谁与亮，赏心唯良知。
>
> （《游南亭》）

> 昏旦变气候，山水含清晖；清晖能娱人，游子憺忘归。

出谷日尚早，入舟阳已微。林壑敛暝色，云霞收夕霏。
芰荷迭映蔚，蒲稗相因依。披拂趋南径，愉悦偃东扉。
虑澹物自轻，意惬理无违。寄言摄生客，试用此道推。

（《石壁精舍还湖中作》）

晨策寻绝壁，夕息在山栖。疏峰抗高馆，对岭临回溪。
长林罗户庭，积石拥基阶。连岩觉路塞，密竹使径迷。
来人忘新术，去子惑故蹊。活活夕流驶，噭噭夜猿啼。
沉冥岂别理，守道自不携。心契九秋干，目玩三春荑。
居常以待终，处顺故安排。惜无同怀客，共登青云梯。

（《登石门最高顶》）

朝搴苑中兰，畏彼霜下歇。暝还云际宿，弄此石上月。
鸟鸣识夜栖，木落知风发。异音同致听，殊响俱清越。
妙物莫为赏，芳醑谁与伐？美人竟不来，阳阿徒晞发。

（《石门岩上宿》）

朝旦发阳崖，景落憩阴峰。舍舟眺回渚，停策倚茂松。
侧径既窈窕，环洲亦玲珑。俯视乔木杪，仰聆大壑灇。
石横水分流，林密蹊绝踪。解作竟何感，升长皆丰容。
初篁苞绿箨，新蒲含紫茸。海鸥戏春岸，天鸡弄和风。
抚化心无厌，览物眷弥重。不惜去人远，但恨莫与同。
孤游非情叹，赏废理谁通。

（《于南山往北山经湖中瞻眺》）

上五首诗中最令人注目的事实为模山范水之诗句的大量增加。大体言之，一首诗之中，有一半以上的句子是直接描写山水，或因山水而发，这种情形是未有前例的。试观第一首"泽兰渐被径，芙蓉始发池"、第三首"长林罗户庭，积石拥基阶"刻画着大自然的静态美；第一首"时竟夕澄霁，云归日西驰"、第二首"林壑敛暝色，云霞收夕霏"则反映着大自然的动态美；第三首"疏峰抗高馆，对岭临回溪"、第二首"昏旦变气候，山水含清晖"摹描着山川之雄姿；第二首"芰荷迭映蔚，蒲稗相因依"、第五首"海鸥戏春岸，天鸡弄和风"则细绘草木禽鸟之情态。白居易谓其"大必笼天海，细不遗草树"①，诚非虚言。

谢灵运的诗模山范水特重色彩感觉，如第五首"初篁苞绿箨，新蒲含紫茸"、第一首"未厌青春好，已睹朱明移"，或明写，或暗喻，在他的诗章里到处可见红绿紫白等各种鲜明颜色的调配，宛如画家的调色板然，他的诗又富于音声效果，如第三首"活活夕流驶，嗷嗷夜猿啼"、第四首"鸟鸣识夜栖，木落知风发"，川流风声与禽兽啼鸣洋溢其间，如天籁之反响。在前引郭璞的诗中，虽也有这种绘声绘色的摹描，然而二者相较之下，显然可见谢诗更详实洗练了。刘勰所谓"情必极貌以写物，辞必穷力而追新"②恐即是指此。

不过，郭谢二家描写山林丘壑的诗不仅在分量的多寡、技巧的高下有分别而已，在基本精神上，其最大不同之处在：郭璞的景色描写是为了衬托浓厚的游仙思想，他以肉眼所能看到的自然美景替代了过去游仙诗人笔下的虚无缥缈的仙界，所以山水风物

---

① 白居易《读谢灵运诗》："吾闻达士道，穷通顺冥数。通乃朝廷来，穷即江湖去。谢公才廓落，与世不相遇。壮志郁不用，须有所泄处。泄为山水诗，逸韵谐奇趣。大必笼天海，细不遗草树。岂惟玩景物，亦欲摅心素。往往即事中，未能忘兴渝。因知康乐作，不独在章句。"

② 见《文心雕龙·明诗篇》。

看似在眼前，实则意味着理想中的仙界，而他写山水风物的动机并不是因为受了大自然之美的感动，却是借以咏歌游仙之乐为目的；至于谢灵运写作山水诗的动机，乃是由于他个人对大自然的喜爱与欣赏的结果，其诗篇之中虽亦时时掺杂有庄老的哲理，但是只能视为借以防止纯粹山水描写的单调，和增加诗意深刻的功用，却无论在分量上或情调上都不能把全诗导向玄言或游仙的方向。易言之，谢灵运的诗乃以山水赏美为主，庄老思想则退居次位；这情形恰与郭璞之诗以游仙为主，山水为次是相反的。

有游览癖好的谢灵运又常以个人登山涉水的经验入诗，如前引第二首及第三首的开头部分即可为例。其山水诗不仅谱出了大自然的美与庄严，更历历如绘地写出山水游历者的冒险（如"苔滑谁能步，葛弱岂可扪"[1]）与好奇（如"企石挹飞泉，攀林摘叶卷"[2]），故而谢灵运笔下的山山水水不仅仅是供人赏心悦目的自然美景，更是可以游历体验的真实世界。至此，山水不必再作为仙界的替代物，它已回复了本来面目；而山水诗句也就脱离了臣役于游仙诗的配角地位，作为对大自然本身的忠实纪录，获得了真正独立的生命，正式在诗的领域里登场了。

六、结　语

山水写景的诗句在游仙诗以前不能说没有，不过，如《诗经》《楚辞》时代早期的山水诗句都是作为陪衬诗的内容——感情思想的附属存在而已。随着游仙诗的发展，在作为提供仙界的任务之际，它逐渐发育成熟，又随着黄老玄言的咏歌之衰微，终于取得独立的地位，顺理成章地替代了游仙玄言之诗。就文学发

---

① 见《石门新营所住四面高山回溪石濑茂林修竹》。
② 见《从斤竹涧越岭溪行》。

展的立场上观之，这乃是一个自然的发展途径，只是恰巧在这发展的中途上出现了酷爱山水的天才诗人谢灵运，以其个人的才华、热衷与努力，遂有快马加鞭之功，使山水诗的发展向前猛进了一大段。

中国山水诗的特质

　　吾人步出户庭或野外，举目眺望，便可以看见大自然的许多景象。平常我们称呼这些形形色色的景象为风景（相当丁英文之 landscape 或 scenery）。将这种风景入画，即为风景画；入诗则为风景诗。日本汉学家小川环树氏在其《中國の詩における風景の意義》①一文中谓："风景"一词约始见于南朝时期，唐代以后始普遍为人使用。不过，他强调"风景"之词虽不多见于南朝以前，这并非就意谓南朝之时中国没有风景诗；事实上，当时之人每常以"山水"一词替称"风景"，故写风景之诗也就称为"山水诗"。从他的文章之中所举的许多例证及所统计的结果看来，这个说法应是可信的。顾名思义，所谓"山水诗"，应是指"模山范水"②（《文心雕龙·物色篇》）类的诗而言，为取材于大自然的山山水水，乃至草木花卉鸟兽者。换言之，它的内容宜包括大自然

---

　①　详《立命馆文学》第二六四～二六五号，桥本循先生喜寿纪念特辑。
　②　"模山范水"本为形容司马相如之辈所写的大赋，此处借以言山水诗。

的一切现象。不过，在我国文学史上，"山水诗"一词却已约定俗成，别有一种特殊的含义，而并不是泛指任何时代的一切风景诗那种笼统的说法。追溯其源，应始于刘勰《文心雕龙·明诗篇》所说：

> 宋初文咏，体有因革，庄老告退，而山水方滋。

也就是说，在我们的观念上，"山水诗"是指南朝宋齐那一段时期的风景诗而言；更具体地说，乃是指以谢灵运为代表的那种模山范水的诗而言。其实，在谢灵运以前，虽然也有以山水草木鸟兽等自然景象入诗者，不过因为那些诗的作者描写大自然的目的多数只在于借为抒情写志的比兴或陪衬而已，在写作的分量上既显得贫乏单薄，而在态度上也不够深入热烈，因此只能视为山水诗的准备期或酝酿期之作，却不能视为真正的山水诗。至于唐代以后歌咏自然的诗，实际上是六朝的田园诗和山水诗汇合以后发扬扩张的结果，虽则无法尽去六朝山水诗人的影响，却也有不同于所谓"山水诗"。所以本文将以南朝宋齐时期的山水诗为中心，来探讨我国山水诗的特质。

为了说明山水诗的特质，下面先举四首诗为例：

登永嘉绿嶂山 谢灵运

裹粮杖轻策，怀迟上幽室。
行源径转远，距陆情未毕。
澹潋结寒姿，团栾润霜质。⟩记游、写景
涧委水屡迷，林迥岩逾密。
眷西谓初月，顾东疑落日。
践夕奄昏曙，蔽翳皆周悉。

蛊上贵不事，履二美贞吉。⎫
幽人常坦步，高尚邈难匹，⎪
颐阿竟何端，寂寂寄抱一。⎬兴情、悟理
恬如既已交，缮性自此出。⎭

从斤竹涧越岭溪行　谢灵运

猿鸣诚知曙，谷幽光未显。⎫
岩下云方合，花上露犹泫。⎪
逶迤傍隈隩，迢递陟陉岘。⎪
过涧既厉急，登栈亦陵缅。⎬记游、写景
川渚屡径复，乘流玩回转。⎪
蘋萍泛沉深，菰蒲冒清浅。⎪
企石挹飞泉，攀林摘叶卷。⎭

想见山阿人，薜萝若在眼。⎫
握兰勤徒结，折麻心莫展。⎪
情用赏为美，事昧竟谁辨。⎬兴情、悟理
观此遗物虑，一悟得所遣。⎭

登庐山　鲍照

悬装乱水区，薄旅次山楹。⎫
千岩盛阻积，万壑势回萦。⎪
巃嵸高昔貌，纷乱袭前名。⎪
洞涧窥地脉，耸树隐天经。⎬记游、写景
松磴上迷密，云窦下纵横。⎪
阴冰实夏结，炎树信冬荣。⎪
嘈囋晨鹍思，叫啸夜猿清。⎭

深崖伏化迹，穷岫阒长灵。⎫
乘此乐山性，重以远游情。⎬兴情、悟理
方跻羽人途，永与烟雾并。⎭

晚登三山还望京邑　谢朓

灞涘望长安，河阳视京县。⎫
白日丽飞甍，参差皆可见。⎪
余霞散成绮，澄江静如练。⎬记游、写景
喧鸟覆春洲，杂英满芳甸。⎭

去矣方滞淫，怀哉罢欢宴。⎫
佳期怅何许，泪下如流霰。⎬兴情、悟理
有情知望乡，谁能鬒不变。⎭

以上四首诗之中，由于谢灵运（晋孝武帝太元十年生，宋文帝元嘉十年卒，公元三八五～四三三年）为此派诗最重要之作家，故举二例；鲍照（生年不详，卒于宋明帝泰始二年，公元四六六年）、谢朓（宋武帝大明八年生，齐东昏侯永元元年卒，公元四六四～四九九年）各举一例，以观宋齐时期山水诗之典型。读此四诗，从表面上显而易见的是：模山范水诗句之多，在全诗的比例上都占着过半的分量；而且，在布局结构上，记游与山水景物之描写都是居于前段首要部位。这两个现象说明了山水诗最重要的特色：即诗人以山水大自然为写作的主要对象，同时，他们对大自然都有热烈的爱好与深入的体悟。

固然，在宋、齐以前的作品，非无写山水之诗，不过，若以分量言之，没有这样丰富；以写作态度或动机言之，也没有如此热烈而纯粹。例如《诗经》："桃之夭夭，灼灼其华"（《周南·桃

夭》）、"蒹葭苍苍，白露为霜"（《秦风·蒹葭》）、"昔我往矣，
杨柳依依；今我来思，雨雪霏霏"（《小雅·采薇》）、"春日迟迟，
卉木萋萋。仓庚喈喈，采蘩祁祁"（《小雅·出车》），诸如此类，
三百篇也有形容大自然的美丽诗句，不过，多数只有两句或四句，
简单而笼统的表现；且所写景物亦多为举目可见，抬头可望，属
于平凡寻常的对象，而非诗人特别登山临水所发现的自然美景或
奇观。固然，也有像《周南·葛覃》，一章全部叙景之例，又如
《豳风·东山》则有更长的写景诗句。不过《葛覃》旨在咏妇人
归宁，《东山》则旨在咏征役艰苦，写景的部分只是作为兴发诗
情的作用，却不是诗的主题。故三百篇大体言之，无论有无叙景，
或叙景多寡，其内容或为里巷歌谣以道男女情思，或写贵族生活，
或则宗庙颂歌，都是以抒发情志为主，景物只是居于比兴陪衬等
次要的地位。《楚辞》较诸《诗经》有更多且更细腻的景物摹描
之诗句，如"石濑兮浅浅，飞龙兮翩翩"（《九歌·湘君》）、"袅
袅兮秋风，洞庭波兮木叶下"（《九歌·湘夫人》）、"秋兰兮青青，
绿叶兮紫茎"（《九歌·少司命》）、"山峻高以蔽日兮，下幽晦以
多雨。霰雪纷其无垠兮，云霏霏其承宇"（《九章·涉江》）。至如
《离骚》中则有大量的香草香木，以及看似田园风光之描写：

> 余既滋兰之九畹兮，又树蕙之百亩。畦留夷与揭车兮，
> 杂杜衡与芳芷。冀枝叶之峻茂兮，愿竢时乎吾将刈。虽萎绝
> 其亦何伤兮，哀众芳之芜秽。

不过，这些草木景物实为君子美德之象征比喻，而"滋兰""树蕙"
等语，也旨在委曲道出怨讽之意，其为想像性之设词，而非实景之
客观描写，是显而易见的。《离骚》之中，甚且有游览的描写：

朝发轫于苍梧兮，夕余至乎县圃。欲少留此灵琐兮，日
忽忽其将暮。吾令羲和弭节兮，望崦嵫而勿迫。路曼曼其修
远兮，吾将上下而求索。饮余马于咸池兮，总余辔乎扶桑。
折若木以拂日兮，聊逍遥以相羊。

表面上，这一段诗似在记述游览之过程，但这里面所呈现的乃是
虚幻空想的世界，甚至是神仙传说的理想世界，绝不同于山水诗
人笔下那种感官能及的现实世界。且其所谓"上下相羊"，又岂
单是纯粹赏游之记述而已，实为一种追求理想之寄托。故而自然
也有异于山水诗的记游性质。谈游仙文学的渊源，有人或托始于
《楚辞》①，然而即使在游仙诗全盛期诗人郭璞的作品里，山水景
物虽较《离骚》已有接近现实景象的趋势，但是那山山水水仍然
应视作诗人借以表现仙境，或衬托游仙之乐的功用而已，却非为
摹描实景，或纯粹赏美之作。下面引一首郭璞的《游仙诗》为例
以明之：

璇台冠昆岭，西海滨招摇。⎫
琼林笼藻映，碧树疏英翘。⎬写（仙）景
丹泉漂朱沫，黑水鼓玄涛。⎭
寻仙万余日，今乃见子乔。
振发晞翠霞，解褐被绛绡。
总辔临少广，盘虬舞云轺。
永偕帝乡侣，千龄共逍遥。

---

① 见《纯文学》第六卷第四期郭惠卿《游仙文学的渊源及其精神》。

首四句写山水林木，生动而鲜明，几令人疑为现实自然界，不过，作者却只是用以作为寻仙逍遥之陪衬目的，而与《离骚》之虚幻相较，虽然更为接近现实世界，其为仙境之描叙则并无二致。

至若宋齐时期的山水诗则不然。试观前举谢灵运的第一首诗例《登永嘉绿嶂山》：首四句"裹粮杖轻策，怀迟上幽室。行源径转远，距陆情未毕"，写旅游者出发前的兴奋心情，及实际登山涉水之经过。"澹潋"以下六句，则铺叙途次风景，山水林木光影等，在在可以感受。凡此既为作者的亲身体验，故读者于吟咏之际，亦能仿佛追随而徜徉游览，故景物得历历如绘呈现眼前了。再看第二首《从斤竹涧越岭溪行》：首二句由"猿鸣""谷光"暗示人在山中。"逶迤"以下四句，写转过山角，褰衣渡水，走过栈道一般的山路——点明题目之"越岭"；"川渚"以下六句，则写沿溪前进——点明"溪行"。谢灵运的山水诗大抵如此，不仅模山范水，歌咏自然，往往更写诗人本身在山水中的情形。这是因为他对大自然始终有一种狂热的爱好之故。稍涉文学史的人，莫不知他是一位稀世的天才诗人，同时也是我们这个讲究"温柔敦厚"的民族的一个叛徒。他出身富贵而性偏激，极放纵狂傲，又极不世故，身逢易代的乱世，而不知收敛保身。一生中曾仕两姓，且两次退隐，三度出仕，时时得罪人，也处处树敌，终以四十九岁而遭弃市极刑。谢灵运的一生充满了时代的以及他个人的矛盾。他的内心始终澎湃着不平与愤怒，也就是这一股抑闷之情驱使他疯狂地奔向山水。居官时，他是一个不负责的官吏，全不关怀民间听讼，唯山水之乐是务；在野时，则又浩浩荡荡率领奴僮义故门生数百人凿山浚湖，寻山陟岭，是一个颇不安分的隐士。白居易《读谢灵运诗》云：

> 谢公才廓落，与世不相遇。壮志郁不用，须有所泄处。泄为山水诗，逸韵谐奇趣。

山水是他积郁之情的发泄处，山水也是他寂寞内心的知音，因此他留下大量的山水诗。而既然是有意做赏美的登涉，故所选择的风景，自然不可能是寻常易见的田园或低丘浅流，而必然以高山深谷为目标，欲求人所未见的佳景奇观。谢灵运的山水诗是在这种背景下产生的，所以绝不同于《楚辞》及魏晋间的游仙诗那种美丽空洞的幻境，而是一山一水一草一木莫不具体实在。同时，由于他对山水的态度也不像陶渊明"采菊东篱下，悠然见南山"（《饮酒》之五）那样以从容闲在的眺望为满足；却是不怕"苔滑""葛弱"（《石门新营所住四面高山回溪石濑茂林修竹》）之险，必要"浮舟千仞壑，总辔万寻岭"（《还旧园作见颜范二中书》），纵身其间，甚至征服大自然而后已，因此，谢灵运的山水诗与一般风景诗有很大的差异，他开创了一种游记性的写作方法。这种风格遂成为宋、齐间山水诗的典范。除了前举鲍照、谢朓的二首诗可见这种特色外，在时代相若的他家作品之间，也时时可以窥见一些例子：

始安郡还都与张湘州登巴陵城楼作　*颜延之*

江汉分楚望，衡巫奠南服。
三湘沦洞庭，七泽蔼荆牧。
经涂延旧轨，登阚访川陆。
水国周地险，河山信重复。⟩记游、写景
却倚云梦林，前瞻京台圃。
清雾霁岳阳，曾晖薄澜澳。
凄矣自远风，伤哉千里目。

万古陈往还，百代劳起伏。⎫
存没竟何人，炯介在明淑。⎬兴情、悟理
请从上世人，归来薮桑竹。⎭

泛南湖至石帆　谢惠连

轨息陆涂初，枻鼓川路始。⎫
涟漪繁波漾，参差层峰峙。⎪
萧疏野趣生，逶迤白云起。⎬记游、写景
登陟苦跋涉，瞵盼乐心耳。⎭
即玩玩有竭，在兴兴无已。——兴情、悟理

　　山水诗既视大自然为咏歌的主要题材对象，而山水诗人又往往以亲身游历之经验入诗，故诗中每每呈现细腻写实的笔法。《文心雕龙·物色篇》云：

　　　　自近代以来，文贵形似，窥情风景之上，钻貌草木之中。吟咏所发，志惟深远；体物为妙，功在密附。故巧言切状，如印之印泥，不加雕削，而曲写毫芥。故能瞻言而见貌，即字而知时也。

这一段话可谓山水诗写作技巧所以成功的最佳说明。宋齐时期的山水诗人不再是汉赋的作者那样凭经验与想像而可以"气貌山海，体势宫殿"（《文心雕龙·夸饰篇》）的案前风景诗人，他们也不是"悠然见南山"的东篱下的风景诗人；而是"寻山陟岭，必造幽峻。岩嶂千重，莫不备尽"（《宋书·谢灵运传》）、"渡沂无边，险径游历。栈石星饭，结荷水宿。"（鲍照《登大雷岸与妹书》）的辛勤而冒险的旅游风景诗人，所以山水草木鸟兽等自然景物不在想像之外，也不在遥远之处，却就在他们自己耳目感官所及的身边。既然他们"窥情风景之上，钻貌草木之中"，则前人的想像虚夸之词，或遥远模糊之句，必不适合眼前鲜明而生动的景象，故而"情必极貌以写物，辞必穷力而追新"（《文心雕龙·明诗篇》）乃属当然必要。又因为山水这一类的题材是新颖的，故须创造许多新鲜的状物喻形的词汇，而繁复多变化的山水景色，为求达到"貌其形而得其似"（《文镜秘府论》），曲写入微，使人心领神会，如入真境的效果，故诗人乃须别出心裁，大量运用形容疏状之词，才能"体物密附""巧言切状"，将耳目感官所体会的自然之美"如印之印泥"般一一表现出来。

山水，就其内容而言，不外是山，不外是水；然而就其所呈现的形态言之，却又极复杂而变化多端。山与水到处构成佳境，又时时呈现美景；何况山外有山，水外有水，而又有草树花卉鸟兽点缀其间，加以风光流动，音响变化，于是乃有无限趣味蕴藏其间。诗人置身于此万象罗会之中，"寓目辄书"（《诗品》上品"谢灵运"条），焉得不"繁富"（同上）？故形容自然之雄伟则云：

> 连峰竞千仞，背流各百里。（谢灵运《会吟行》）
>
> 日没涧增波，云生岭逾叠。（谢灵运《登上戍石鼓山》）
>
> 洲岛骤回合，圻岸屡崩奔。（谢灵运《入彭蠡湖口》）
>
> 高岑隔半天，长崖断千里。（鲍照《登庐山望石门》）
>
> 千岩盛阻积，万壑势回萦。（鲍照《登庐山》）
>
> 澜漫潭洞波，合沓崿嶂云。（鲍照《自砺山东望震泽》）
>
> 兹山亘百里，合沓与云齐。（谢朓《游敬亭山》）
>
> 潭渊深可厉，狭斜车未方。（谢朓《赛敬亭山庙喜雨》）

刻画自然之优美灵秀则云：

> 云日相辉映，空水共澄鲜。（谢灵运《登江中孤屿》）
> 密林含余清，远峰隐半规。（谢灵运《游南亭》）
> 野旷沙岸净，天高秋月明。（谢灵运《初去郡》）
> 白云抱幽石，绿筱媚清涟。（谢灵运《过始宁墅》）
> 腾茜溢林疏，丽日晔山文。（鲍照《三日游南苑》）
> 余霞散成绮，澄江静如练。（谢朓《晚登三山还望京邑》）
> 川霞旦上薄，山光晚余照。（谢朓《和萧中庶直石头》）
> 叶上凉风初，日隐轻霞暮。（谢朓《临溪送别》）

摹临风光音响则云：

> 清霄飏浮烟，空林响法鼓。（谢灵运《过瞿溪山饭僧》）
> 早闻夕飙急，晚见朝日暾；崖倾光难留，林深响易奔。
> （谢灵运《石门新营所住四面高山回溪石濑茂林修竹》）
> 活活夕流驶，嗷嗷夜猿啼。（谢灵运《登石门最高顶》）
> 嘈囋晨鹍思，叫啸夜猿清。（鲍照《登庐山》）
> 急流腾飞沫，回风起江濆。（鲍照《还都道中》）
> 朔风吹飞雨，萧条江上来。（谢朓《观朝雨》）
> 切切阴风暮，桑柘起寒烟。（谢朓《宣城郡内登望》）

描绘光彩色泽则云：

> 连障叠巘崿，青翠杳深沉；晓霜枫叶丹，夕曛岚气阴。

（谢灵运《晚出西射堂》）

初篁苞绿箨，新蒲含紫茸。（谢灵运《于南山往北山经湖中瞻眺》）

山桃发红萼，野蕨渐紫苞。（谢灵运《酬从弟惠连》）

铜陵映碧涧，石磴泻红泉。（谢灵运《入华子冈是麻源第三谷》）

腾沙郁黄雾，翻浪扬白鸥。（鲍照《上浔阳还都道中作》）

既逢青春盛，复值白蘋生。（鲍照《送别王宣城》）

余云映青山，寒雾开白日。（谢朓《高斋视事》）

至如草木花卉鸟兽之叙写则云：

荒林纷沃若，哀禽相叫啸。（谢灵运《七里濑》）

芰荷迭映蔚，蒲稗相因依。（谢灵运《石壁精舍还湖中作》）

海鸥岁春岸，天鸡弄和风。（谢灵运《于南山往北山经湖中瞻眺》）

岩下云方合，花上露犹泫。（谢灵运《从斤竹涧越岭溪行》）

轻鸿戏江潭，孤雁集洲址。（鲍照《赠傅都曹别》）

鸡鸣清涧中，猿啸白云里。（鲍照《登庐山望石门》）

喧鸟覆春洲，杂英满芳甸。（谢朓《晚登三山还望京邑》）

独鹤方朝唳，饥鼯此夜啼。（谢朓《游敬亭山》）

鼯狖叫层嵁，鸥凫戏沙衍。（谢朓《游山》）

在宋、齐以前诸家的诗篇之中，类似上举各种切状绘色形声的诗句也并非没有出现过，不过，多数仅止于其中一二类，却罕见如二谢鲍照之山水诗这般组织严密而又独立完备的企图捕捉山水之全貌者。白居易《读谢灵运诗》谓其诗"大必笼天海，细不遗草树"，与钟嵘称其"外无遗物"，确实点明了谢灵运写山水之热烈态度，而这种巨细靡遗的细腻写实精神正是山水诗之一大特色，为鲍照与谢朓诸人所努力追随模范之方向。不过，鲍照虽亦"善制形状写物之词"（《诗品》），"惊挺""险急"（《南齐书·文学传论》）或有过之，而"清远秀丽"（薛君采《西原遗书》）似不及灵运；谢朓则"工发端，撰造精丽，风华映人"，但"材力小弱"（《艺苑卮言》）未若灵运之"险"而"自然"（《诗谱》）。《贞一斋诗说》谓："宋以后只当以老谢作主，其余若江、鲍，若何、范，若小谢，皆其羽翼。"不可否认的，谢灵运乃是山水诗人中最成功的大家。焦竑《谢康乐集·题辞》说："弃谆白之用，而竞丹臒之奇；离质木之音，而任宫商之巧。"从上举诸例也可以证明谢灵运的诗在追求图画音乐效果的美。因为山水是富有声色的自然景物，以此多变化的山水入诗，要写得"极貌"，便不能不绘声绘色去表现大自然的各种静态美与动态美了。

此外，山水景物虽无边无界，千变万化，但是诗人亲历其境，以肉眼观实景，所见者无非是山山水水。这宇宙大自然，看似杂乱，却有秩序，因此以山水入诗，在结构上便也自然容易呈现一定的安排；而魏晋以来逐渐兴盛的排偶技巧，乃顺理成章地成为山水诗最合适的形式了。既然以排偶句法写耳目感官所体会的大自然，因此山水诗往往又呈现上句写山，下句写水；上句写闻，下句写见的整齐章法。试以谢灵运《于南山往北山经湖中瞻眺》为例，证明如下：

朝旦发阳崖，景落憩阴峰。　　朝↔晚
舍舟眺回渚，停策倚茂松。　　水↔山

> 侧径既窈窕，环洲亦玲珑。　　山↔水
>
> 俯视乔木杪，仰聆大壑灇。　　山↔水；俯↔仰；见↔闻
>
> 石横水分流，林密蹊绝踪。　　水↔山
>
> 解作竟何感，升长皆丰容。
>
> 初篁苞绿箨，新蒲含紫茸。　　山↔水；植物
>
> 海鸥戏春岸，天鸡弄和风。　　水↔山；动物
>
> 抚化心无厌，览物眷弥重。
>
> 不惜去人远，但恨莫与同。
>
> 孤游非情叹，赏废理谁通。

此诗最可见其整齐的排比手法：首二句即点明题目"于南山往北山"，且以"朝旦"出发对"景落"抵达。接着叙述"往"的具体过程；以"舍舟"及"停策倚松"表示先水行而后陆行。"侧径"以下十二句，除中间"解作"二句夹着由景所兴之感想外，余十句皆在写沿途"瞻眺"之景色：其中"侧径"与"环洲"为山对水；"乔木"与"大壑"为山对水，且由"俯视"与"仰聆"又呈现上下视听之对比效果；"水分"与"林密"为水对山；"初篁"与"新蒲"皆植物而一生于山中，一出于水中，故为山对水；"海鸥"与"天鸡"则皆属禽鸟而一在海边，一在山里，故为水对山；而以上四句，又呈现植物与动物的对比效果。末尾六句写诗人于游览观赏景物之余，触景生情悟出之道理。这是典型的谢灵运式山水诗，严密整齐，一丝不苟。类似的例子于其诗集中亦处处可见，兹再举其《过始宁墅》以证之：

> 束发怀耿介，逐物遂推迁。
>
> 违志似如昨，二纪及兹年。

缁磷谢清旷，疲薾惭贞坚。

拙疾相倚薄，还得静者便。

剖竹守沧海，枉帆过旧山。　　水↔山

山行穷登顿，水涉尽洄沿。　　山↔水

岩峭岭稠叠，洲萦渚连绵。　　山↔水

白云抱幽石，绿筱媚清涟。　　山↔水

葺宇临回江，筑观基曾巅。　　水↔山

挥手告乡曲，三载期归旋。

且为树枌槚，无令孤愿言。

中段写景的主要部分五联，可以看到山水相对的句法。这种山山水水整齐排列的技巧，最能表现层峦叠岭、曲江回溪的大自然，然而也必须"天质奇丽，运思精凿"（《艺苑卮言》）如灵运，始可以工整而不凝滞。《说诗晬语》说"谢诗经营而反于自然"，又说"谢诗胜人正在排"；钟嵘虽批评他"颇以繁富为累"，却又不得不佩服他"譬犹青松之拔灌木，白玉之映尘沙，未足贬其高洁"，原因也即在此。后之写山水诗者每以谢诗为典范，若鲍照、谢朓、谢惠连诸家，亦往往能得其神貌，但究竟有工力不逮之憾。底下更举鲍照与谢朓诗各一首，以观其学谢诗山水排比之情形。

登庐山　鲍照

悬装乱水区，薄旅次山楹。　　水↔山

千岩盛阻积，万壑势回萦。　　山↔水

巃嵸高昔貌，纷乱袭前名。　　山↔水

洞涧窥地脉，耸树隐天经。　　水↔山

松磴上迷密，云窦下纵横。　　上↔下

阴冰实夏结，炎树信冬荣。　　水↔山

嘈囋晨鹍思，叫啸夜猿清。　　鸟↔兽

深崖伏化迹，穹岫阅长灵。

乘此乐山性，重以远游情。

方跻羽人途，永与烟雾并。

游　山　谢朓

托养因支离，乘闲遂疲蹇。

语默良未寻，得丧云谁辩。

幸莅山水都，复值清冬缅。

凌崖必千仞，寻谿将万转。　　山↔水

坚崿既峻嶒，回流复宛澶。　　山↔水

杳杳云窦深，渊渊石溜浅。　　山↔水

傍眺郁篔簹，还望森楠梗。

荒陬被葳莎，崩壁带苔藓。

鼯狖叫层巘，鸥凫戏沙衍。　　山↔水　闻↔见　兽↔鸟

触赏聊自观，即趣咸已展。

经目惜所遇，前路欣方践。

无言蕙草歇，留垣芳可搴。

尚子时未归，邴生思自免。

永志昔所钦，胜迹今能选。

寄言赏心客，得性良为善。

鲍照与小谢的山水诗虽然踏袭模仿谢灵运的风格，然而他们却都未如大谢之整齐清晰，故分析的结果，亦不如大谢作品之严密。

　　山水诗人虽然在技巧上致力于"名章迥句""丽典新声"（《诗品》）之经营，又"俪采百字之偶，争价一句之奇"（《文心雕龙·明诗篇》），在句型结构上造成繁富凸出的意象，以期把握变化无穷的大自然的形象、光影、色泽、音响，等等，务求其"如印之印泥"般成功地模仿大自然。可是，难道所谓"诗中有画"便即是山水诗吗？或者山水诗人所要表现的仅止于大自然的外在形貌而已吗？则又不然！白居易看出灵运之山水诗"岂惟玩景物，亦欲摅心素"，是另有怀抱深度的，山水诗人虽然在写作技巧方面已成功地捕捉了大自然的形貌，但是他们的目的却不只在用文字表现图画的美或音乐的美，也不单在叙写游历赏景之乐而已。王船山《古诗评选》称谢诗云："情不虚情，情皆可景；景非滞景，景总含情。神理流乎两间，天地供其一目，大无外而细无垠。落笔之先，匠意之始，有不可知者存焉。"钟嵘也说他"兴多才高，寓目辄书，内无乏思，外无遗物"。这都说明了山水诗不仅在绘形绘色做外貌的摹临而已。沈约评灵运以"兴会标举"，李善注《文选》，释"兴会"为"情兴所会也"，引郑玄《周礼注》说："兴者托事于物也。"而《文心雕龙·明诗篇》云："人禀七情，应物斯感，感物吟志，莫非自然。"《礼记·乐记》云："人心之动，物使之然也，感于物而动，故形于声。"因之"山林皋壤，实文思之奥府"，"山沓水匝，树杂云合，目既往还，心亦吐纳"（《文心雕龙·物色篇》）。山山水水等"外物"，正可以引发诗人的"心思"以写"神理"，而山水诗之所以厚实可读，不流于浮夸空洞的原因也正在于此。前面已经述及，谢灵运以前的诗，虽亦有山水风景之描写，不过多数只供情志抒发之陪衬附托，未若灵运之因景兴情，作为诗之主题。至于《子虚》《上林》等大赋，其"虚而无微"（左思《三都赋序》）、"辩言过理"（挚虞《文章流别论》)且勿论,即刘勰所谓"体物写志",也只是"体国经野"(《文心雕龙·诠赋篇》)之志,却并非顺乎人情自然的"感物吟志"之志,故也不能与山水诗相提并论。

然则山水诗与唐代王、孟诸人的自然风景诗相比又如何呢?虽然唐代自然诗在血统上禀承了陶谢诗之遗质,但是滋长发育的结果,却形成了独立而不同的风格。唐代的自然诗多数已打破情景的界限而交融为一体了。试举王维与李白各一首诗以明之:

> 木末芙蓉花,山中发红萼。涧户寂无人,纷纷开且落。
>
> (王维《辛夷坞》)

> 朝辞白帝彩云间,千里江陵一日还。
> 两岸猿声啼不住,轻舟已过万重山。
>
> (李白《早发白帝城》)

这两首诗中,前面王维的诗写大自然静态之美,字字是写景,却句句是叙情,情景交融,物我合一,不分彼此,故寻不着谢诗那种因景兴情的痕迹;至于后面李白的诗则状声绘色且兼记游,颇与谢灵运式的山水诗相近,不过由于绝句受字数句法的限制,虽有它轻快流利的节奏,却无法像山水诗那样雕琢堆砌,也只能亦景亦情,却无法层层推出。

宋、齐时代的山水诗则不然,虽谓"景非滞景,景总含情",其由景而情而理,总是有脉络可循,发展的秩序是井然不紊的。且观下例便可知:

登江中孤屿　谢灵运

江南倦历览，江北旷周旋。〕
怀新道转迥，寻异景不延。〕} 记游

乱流趋正绝，孤屿媚中川。〕
云日相辉映，空水共澄鲜。〕} 写景

表灵物莫赏，蕴真谁为传。〕
想像昆山姿，缅邈区中缘。〕} 兴情

始信安期术，得尽养生年。——悟理

此诗首二句写游永嘉江南北之动机。"怀新"二句则写游历时的兴奋与欣喜心情。以上四句构成记游式的说明。"乱流"以下四句则点出主题"江中孤屿"，而"媚"字是句中眼（灵运最擅长炼字，如"白云抱幽石，绿筱媚清涟""积石竦两溪，飞泉倒三山"等）。此一"媚"字使江中孤屿生动活现，跃然纸上，其效果岂止"诗中有画"而已？由于文字所引发之无限想像，乃有一种图画所不能表达的境界。"云日""空水"二句，从水天光影之衬托，注解孤屿所以媚中川的原因。故此四句看似空灵晶莹，但细观其写作手法，则甚为严密具体，不失谢诗一贯的作风。"表灵"以下四句是写因眼前之景物而兴起之感动，所谓"应物斯感"是也。结尾二句则为诗人于游览赏景触发感动之余所悟之道理。由以上分析，可以看出诗中有一种井然的推展次序：

记游→写景→兴情→悟理

这种新颖的布局结构一再呈现于灵运个人的诗篇中，也为鲍照等人所追随模仿。下更举三例以为参考：

过白岸亭　谢灵运

拂衣遵沙垣，缓步入蓬屋。——记游

近涧涓密石，远山映疏木。
空翠难强名，渔钓易为曲。
援萝临青崖，春心自相属。　　写景
交交止栩黄，呦呦食萍鹿。

伤彼人百哀，嘉尔承筐乐。
荣悴迭去来，穷通成休戚。　　兴情

未若长疏散，万事恒抱朴。——悟理

上浔阳还都道中作　鲍照

昨夜宿南陵，今旦入芦洲。
客行惜日月，崩波不可留。　　记游
侵星赴早路，毕景逐前俦。

鳞鳞夕云起，猎猎晚风遒。
腾沙郁黄雾，翻浪扬白鸥。
登舻眺淮甸，掩泣望荆流。　　写景
绝目尽平原，时见远烟浮。

倏忽坐还合，俄思甚兼秋。
未尝违户庭，安能千里游。　　兴情

谁令乏古节，贻此越乡忧。——悟理

游 山 谢朓

托养因支离，乘闲遂疲蹇。
语默良未寻，得丧云谁辩。 〕记游
幸苍山水都，复值清冬缅。
凌崖必千仞，寻溪将万转。

坚崿既峻嶒，回流复宛澶。
杳杳云窦深，渊渊石溜浅。
傍眺郁篁箊，还望森楠梗。
荒隩被蒇莎，崩壁带苔藓。 〕写景
鼯狖叫层崿，鸥凫戏沙衍。
触赏聊自观，即趣咸已展。
经目惜所遇，前路欣方践。
无言蕙草歇，留垣芳可搴。

尚子时未归，邴生思自免。 〕兴情
永志昔所钦，胜迹今能选。

寄言赏心客，得性良为善。——悟理

从以上诸例，显然可以看出，因游历、赏景而衷情感动，山水诗人所领悟的道理，实在乃是老庄的玄思。这可以从谢灵运山水诗中更多的实例获得有力的证明：

怀抱既昭旷，外物徒龙蠖。（《富春渚》）

目睹严子濑，想属任公钓；谁谓古今殊，异代可同调。（《七里濑》）

恬如既已交，缮性自此出。（《登永嘉绿嶂山》）

　　人生谁云乐，贵不屈所志。(《游岭门山》)

　　战胜臞者肥，鉴止流归停；即是羲唐化，获我击壤情。
(《初去郡》)

　　虑澹物自轻，意惬理无违；寄言摄生客，试用此道推。
(《石壁精舍还湖中作》)

　　居常以待终，处顺故安排；惜无同怀客，共登青云梯。
(《登石门最高顶》)

　　观此遗物虑，一悟得所遣。(《从斤竹涧越岭溪行》)

何以游览赏景的结果会牵引出老庄的玄理呢？这一点可以从灵运
个人的原因，及诗的发展两方面来解释：首先说灵运个人的遭遇。
灵运之游历，诚如白居易所说："与世不相遇，壮志郁不用，须有
所泄处，泄为山水诗，逸韵谐奇趣。"山水林野本来是大自然最美
最能感动人的一部分，《庄子·知北游篇》云："山林与，皋壤
与，使我欣欣然而乐焉。"《外物篇》也说："大林丘山之善于人
也……"老庄信徒之所以每好以山水林野为谈玄说理之场所，正
因为大自然之美可以使人忘却俗虑。何况生动多变幻的自然现象
正与变化的道契合。所以南朝宋代的画家宗炳说："山水以形媚
道，而仁者乐焉。"(《画山水序》)山水本身就是道的艺术化的表
现。这也就是陶渊明《饮酒诗》所说的"山气日夕佳，飞鸟相与
还。此中有真意，欲辩已忘言"。亦即魏末竹林文士以降，老庄之
信徒每好徜徉山水间的道理吧。阮籍"登临山水，经日忘归"
(《晋书》本传)，羊祜"乐山水，每风景必造岘山置酒，言咏终
日不倦"(《晋书》本传)，而被钟嵘评为"平典似《道德论》"
的玄言诗人之代表孙绰也说过："情因所习而迁移，物触所遇而兴
感。故振辔于朝市，则充屈之心生；闲步于林野，则辽落之志

兴……屡借山水以化其郁结……"(《三月三日兰亭诗序》)可知，大自然一方面可以令人赏其美而"欣欣然而乐焉"，又可借以"化其郁结"；另一方面，既适于终日言咏，也是作玄理思考的最佳去处。谢灵运虽未必笃信老庄思想，然而他生于道家思想极浓厚的时代，而他自己在十五岁以前又曾寄养于奉信道教的杜明师家中（详《诗品》上品"谢灵运"条），所以在他登临山水，赏美景泄郁闷之余，庄老的哲理玄思油然而生，乃是极自然的情形。何况道家的达观思想也确实能使他的寂寞与郁闷暂得寄托与安慰。

再从诗的发展来看：山水诗兴起以前，原是游仙、玄言诗的时代。那种逃避现实，虚谈黄老，似道德说教的题材，本是乱世的产物。从正始以来逐渐流行，至永嘉而达于巅峰状态，过江以后仍然持续。所谓"正始明道，诗杂仙心"(《文心雕龙·明诗篇》)、"永嘉时，贵黄老，稍尚虚谈"(《诗品序》)，"平典似《道德论》"(《诗品序》)的题材，在文上间已流行约一世纪。文学史上的任何一种现象，其兴起与没落都不可能是突然的。虽然"为学穷于柱下，博物止乎七篇"(《宋书·谢灵运传论》)、"理过其辞，淡乎寡味"(《诗品序》)的玄言诗已经被诗人反复吟咏，早已失去新鲜趣味，但是山水诗接续游仙、玄言诗而起，却也未能一时尽去玄理。这情形从谢灵运等山水诗人的作品中便可以得到证明。故刘勰所谓"宋初文咏，体有因革，庄老告退，而山水方滋"，只是指示诗的写作方向的自然而逐渐地转变而已，这句话当然是不能视为截然的二分法的①。

---

① J. D. Frodsham, "The Origins of Chinese Nature Poetry"（*Asia Major*, VIII, 1960）说："我以为中国文学批评界早就犯了过于粗疏的错误（按：指刘勰、钟嵘以降中国文学批评界），他们单纯把山水诗看作谢灵运凭个人天才草创出来的作品，其实他的诗不过是几百年来累积的成就而已。"此段译文据香港中文大学出版《英美学人论中国古典文学》邓仕梁所译《中国山水诗的起源》。

　　事实上，由于山水与道家的玄理有其自然契合之处，从阮籍、嵇康等较早期的游仙诗，到孙绰之辈的玄言诗，山水佳句也时时夹杂其间，只不过分量较少、写作技巧较简单，而且精神与功用有所不同罢了①；谢灵运等人的山水诗，却使山水风景摆脱游仙、说理的附庸陪衬的地位，而正式成为诗的独立题材。然而"山水以形媚道"，山水诗人虽然未必要全神贯注于玄理说教，可是由山水导引出玄理来，却也是极自然的结果。或者，也可以说，山水诗之兴起，正革除了玄言诗的缺点。山水诗人可以透过生动美丽而变幻莫测的自然景象，以更富于艺术的方式表现玄理。如是，则由"庄老"过渡到"山水"，在文学发展的过程上言之，也是自然且必然的现象了。至于山水诗之滋长成熟于宋初，谢灵运虽非凭空独创，不过，以其个人之际遇、癖好与才学，他确实可居快马加鞭之功的地位。刘勰之说是可信的。鲍照与谢朓的山水诗步趋谢诗之后，也多数保持着"庄老"与"山水"并存的风格，只是与玄言诗相比，则"庄老"的成分显然已减少，由主位退居于客位了。下引玄言诗与山水诗各一首供比较：

赠谢安　孙绰

　　缅哉冥古，邈矣上皇。夷明太素，结纽灵纲。
　　不有其一，二理曷彰。幽源散流，玄风吐芳。
　　芳扇则歇，流引则远。朴以凋残，实由英蓺。
　　捷径交轸，荒涂莫践。超哉冲悟，乘云独反。
　　青松负雪，白玉经飙。鲜藻弥映，素质逾昭。——写景
　　凝神内湛，未醨一浇。遂从雅好，高跂九霄。

---

① 详前文《从游仙诗到山水诗》。

洋洋浚泌，蔼蔼丘园。庭无乱辙，室有清弦。——写景

足不越疆，谈不离玄。心凭浮云，气齐皓然。

仰咏道诲，俯膺俗教。天生而静，物诱则躁。

全由抱朴，灾生发窍。成归前识，孰能默觉。

暧暧幽人，藏器掩曜。涉易知损，栖老测妙。

交存风流，好因维絷。自我不遭，寒暑三袭。

汉文延贾，知其弗及。戴生之黄，不觉长揖。

与尔造玄，迹未偕入。鸣翼既舒，能不鹤立。

整翰望风，庶同遥集。

从庾中郎游园山石室　鲍照

荒涂趣山楹，云崖隐灵室。

冈涧纷萦抱，林障杳重密。

昏昏磴路深，活活梁水疾。

幽隅秉昼烛，地牖窥朝日。　写景

怪石似龙章，瑕璧丽锦质。

洞庭安可穷，漏井终不溢。

沉空绝景声，崩危坐惊栗。

神化岂有方，妙象竟无述。　说理

至哉炼玉人，处此长自毕。

前一首玄言诗长达五十八句，其中仅中段"青松"以下四句及"洋洋"以下四句，共八句为写景，余皆为说理（孙绰、许询及谢安诸人虽然也有写景较多之作，孙绰且有《三月三日兰亭诗序》及《秋日》等看似通篇叙景之诗，然而究竟只能视为玄言诗人偶然之作，而非彼等之正宗代表风格。这一点也正可以说明由

"玄言"而"山水"之过渡现象)。后一首山水诗则全篇十八句中，仅后四句为说理，其余皆在写景。两种诗之中，山水写景之句的比例悬殊，其为诗之主客地位亦判然可知。不过，鲍照、谢朓以后，咏物、宫体诗渐兴，终至取代了山水诗的地位。梁、陈时期的诗人，虽亦偶有写山水诗者，究竟其写作态度已不再热烈，而风格上也更倾向纯粹客观写实了。下引梁、陈山水诗各一首以明之：

玩汉水　梁　简文帝

杂色昆仑水，泓澄龙首渠。岂若兹川丽，清流疾且徐。
离离细碛净，蔼蔼树阴疏。石衣随溜卷，水芝扶浪舒。
连翩泻去楫，镜澈倒遥墟。聊持点缨上，于是察川鱼。

入武关　陈　周弘正

武关设地险，游客好遭回。将军天上落，童子弃襦来。
挥汗成云雨，车马扬尘埃。鸡鸣不可信，未晓莫先开。

梁、陈时代的风景诗多类此。齐代以后，写实细腻而客观冷静的咏物诗与宫体诗兴起，虽然在写景的技巧方面，梁、陈的风景诗仍直袭谢灵运山水诗的风格，然而，除景物之摹描铺叙外，不见作者因景所兴之情，更不及于庄老之哲理，因而与宋、齐时代的山水诗在精神上已有所不同。"庄老"之玄理至此可谓正式"告退"，而谢灵运式的山水诗遂亦告一段落了。

附　记

笔者曾就谢灵运、鲍照及谢朓三家诗集中，山水诗与全集之比例，及山水诗中写玄理与否作统计，兹将结果附记于下：

（一）谢灵运

现存诗：八十七首（据黄节《谢康乐诗注》）

山水诗：三十三首（占全集二分之一弱）

寓玄理之山水诗：二十三首（占山水诗篇三分之二强）

（二）鲍照

现存诗：一五〇首（据黄节《鲍参军诗注》）

山水诗：二十四首（占全集六分之一弱）

寓玄理之山水诗：十首（占山水诗篇二分之一弱）

（三）谢朓

现存诗：一四二首（据郝立权《谢宣城诗注》）

山水诗：三十四首（占全集五分之一弱）

寓玄理之山水诗：十一首（占山水诗篇三分之一弱）

二谢之时代相距约百年，由上面的统计可见：在这一白年间，山水诗写作的态度已逐渐冷却下来，而山水诗之含有庄老哲理者更呈每况愈下之势。正可以证明文学史上山水诗由盛极而衰的现象，以及"庄老"逐渐自"山水"告退的情形。

陶谢诗中孤独感的探析

在没有进入本题之前，我想先举二首大家所熟悉的作品于下：

前不见古人，后不见来者，念天地之悠悠，独怆然而涕下。

缺月挂疏桐，漏断人初静。谁见幽人独往来？缥缈孤鸿影。
惊起却回头，有恨无人省。拣尽寒枝不肯栖，寂寞沙洲冷。

第一首诗是唐代诗人陈子昂传诵古今的名作《登幽州台歌》。这短短二十二字的诗，平易浅白，却流露着无限慷慨悲凉的调子。任何人读了，都会被其中无比深沉的孤独感所动：头二句的"前"与"后"，应该是指空间的，也是指时间的。天地悠悠，宇宙何其广大；无边无涯，而诗人却在这连绵不断的无限时间之中，看不见古人也看不见来者，在这无界无垠的辽阔空间之中，四顾茫茫，寻找不到一个伴侣，他像是唯一的生存者，四周只是一片空白死寂。这首诗便是这样的予人一种绝对孤独的感受。第二首是宋代词家苏东坡的小令《卜算子》，有小题："黄州定惠院寓居所作"。东坡中年时期所作诗文多讥切时事，故得罪当政者，几乎断送性命，后经其弟苏辙及好友多方奔走，蒙神宗垂怜，总算保住一命，责授黄州团练副使。这首小令即他谪居黄州，在举目无亲的情况下所写的。词中的孤鸿，显然便是缺月下徘徊的幽独的诗人。他的恨，他的寂寞，无人知晓，只是存在于他自己的心里，而"拣尽寒枝不肯栖"句，则于孤独之外，又透露一种不肯轻易妥协的兀傲气概。

诗词文学写孤独的作品当然不少，读者也都能感受得到，但是，若问"孤独"究竟应如何解释呢？似乎这种感受是较易于意会，却是不太容易言传的。我曾经就手头方便的字书辞典翻找过各种注释，下面我把几种所得的结果抄录下来供参考：

段氏《说文解字》：孤，幼而无父曰孤，引申之，凡单独皆曰孤。独，《小雅·正月传》曰，独，单也。

《辞海》没有"孤独"一词的解释，却有"孤寂"的解释，谓："孤单寂寞也。"

东方出版社《国语辞典》解释"孤独"为"孤单"，而"孤单"则作"只有一个人"解。

《国语日报辞典》解释"孤独"为"孤单"，而"孤单"则作"单独没有依靠"解。

《大汉和辞典》以日文解释"孤独"为"ひとりぼつち"。译成中文应是"只有一个人"。

然则"孤独"与"寂寞"是不是相同呢？以上五种字书辞典对"寂寞"一词的解释依次是：

寂，无人声也；嗼，嗼嘆也。嘆，《尔雅·释诂》曰，嘆，定也。寂寞义略同。

清静也，无声也。

没有声音，冷静，无聊。

冷清，无聊。

ひつそりとして淋しいさま、形も声もないさま（寂静貌、无形无声貌）。可见"孤独"与"寂寞"并不是同一回事。

英文的 solitary 和 solitude 是"孤独"，而 lonely 则是"寂寞"。韦氏《同义辞典》里解释 lonesome 说道："深度的孤单寂寞感，较诸 lonely 凄凉的意味尤甚。"或许，在文学的领域里，这个词可说是介乎"孤独"与"寂寞"间的吧。

比较上面各种中、日、英文三种的解释，我们可以得到这样的结果："孤独"是比"寂寞"更为凄凉的一种意境。不过，这样的解释也许还不十分完整。孤独的感觉与寂寞的感觉，似乎不仅只是凄凉的程度的加浓而已，由于寂寞感往往是外在的原因所造成（诸如清静、无声、冷清、无聊等等）；而孤独感却是发自内心的一种孤单凄凉的感觉，因此，像前举二诗中所谓"前不见古人，后不见来者""谁见幽人独往来"那种真正"只有一个人"的情形，固然是孤独的典型境况；有时候，当一个人置身于众人之间，也仍可能会产生一种莫名的"孤独感"，所以孤独感之生，与真正只有一个人独处，或有没有别人伴同，是没有多大关系的。

本文想就晋宋之际的两大诗人陶渊明与谢灵运的诗，来谈一谈其中的孤独感。我所以选择这两位诗人，一方面是因为他们的时代相同，而家世、为人及作品风格却相异，历来文学史家、文学批评家，每好以之比较；但是从另一方面看，这只是表面上一般的说法而已，陶渊明与谢灵运的为人及作品，实在是异中有同的。尽管陶渊明的为人含蓄清高，他的诗质朴疏朗；谢灵运的为人狂放不羁，他的诗茂密精严，但是他们的内涵却往往有相同的地方，细读二人的诗，我们便能体会其中所流露的深沉的孤独感。这里先各举二例以见一斑：

陶渊明：

咏贫士七首之一

万族各有托，孤云独无依。暧暧空中灭，何时见余晖？
朝霞开宿雾，众鸟相与飞。迟迟出林翮，未夕复来归。
量力守故辙，岂不寒与饥？知音苟不存，已矣何所悲。

饮酒二十首之四

栖栖失群鸟，日暮犹独飞。裴回无定止，夜夜声转悲。
厉响思清远，去来何依依？因值孤生松，敛翮遥来归。
劲风无荣木，此荫独不衰。托身已得所，千载不相违。

谢灵运：

于南山往北山经湖中瞻眺

朝旦发阳崖，景落憩阴峰。舍舟眺回渚，停策倚茂松。
侧径既窈窕，环洲亦玲珑。俯视乔木杪，仰聆大壑灇。
石横水分流，林密蹊绝踪。解作竟何感，升长皆丰容。
初篁苞绿箨，新蒲含紫茸。海鸥戏春岸，天鸡弄和风。
抚化心无厌，览物眷弥重。不惜去人远，但恨莫与同。
孤游非情叹，赏废理谁通。

七里濑

羁心积秋晨，晨积展游眺。孤客伤逝湍，徒旅苦奔峭。
石浅水潺湲，日落山照曜。荒林纷沃若，哀禽相叫啸。
遭物悼迁斥，存期得要妙。既秉上皇心，岂屑末代诮。

目睹严子濑，想属任公钓。谁谓古今殊，异代可同调。

陶诗每好以象征的手法表现情操。例如上举第一首里的"孤云""迟迟出林翮"，以及第二首里"日暮犹独飞"的"失群鸟"，甚至"此荫独不衰"的"孤生松"，都是作者的自喻。《咏贫士》七首，咏古代人穷而志不穷的贫士，事实上，也是在咏作者自己，以古之贫士自况，亦以自慰。所以"孤云"喻贫士，也是作者自喻。在这世界上万物都有所依托，只有那一片孤独的云无依无靠，静静地由一方飘到另一方，终于独自消失在空中。这是古往今来坚守志节原则的贫士们的象征，他们沉默而孤独地承担人生的苦痛，又沉默而孤独地从这世界消失。这也正是作者陶渊明的写照。他有所不为而隐居园田，过着夕露沾衣、烟火裁通的贫苦且孤独的生活。他的行径又像是与众不同的迟出林之鸟，不肯随波逐流而急流勇退的结果，使他变成了一只失群的独飞之鸟，为着谨慎选择栖身之枝，备尝孤独飞翔的劳力与焦心之苦，那夜夜悲啼的厉响，正是作者的孤独心声。至于再三徘徊之后所遇的孤生松，在劲风之中傲然独保不衰之荫，也正是诗人兀傲特立的风范。古来论陶诗的人多数只注意到他悠闲冲远的一面，觉得"采菊东篱下，悠然见南山""春秋多佳日，登高赋新诗"等，便是他的生活全貌，可是细读以上二诗，我们便会感受到诗人深深的孤独感，甚至会觉得在那看似平静的水面之下，正隐藏着激流洄洑！

提到谢灵运，无人不知他是我国文学史上有名的山水诗人，也是一位旅行家和冒险家。他出生于富贵的家庭，举止阔绰而个性放纵，《宋书》本传说：

灵运因父祖之资，生业甚厚。奴童既众，义故门生数百。

凿山浚湖，功役无已，寻山陟岭，必造幽峻，岩障千重，莫不备尽。……常自始宁南山伐木开径，直至临海，从者数百人。临海太守王琇惊骇，谓为山贼，徐知是灵运，乃安。……在会稽亦多徒众，惊动县邑。

他所到之处，所作所为都是惊世动俗的，而他的周围也经常有许多人追随他、伺候他，似乎寂寞、孤独与他无缘；然而读前举二首诗，我们也会深深地体会到一种无比的孤独感。尽管传记上所记载的谢灵运的事迹是多彩多姿的，可是诗中屡称"孤游""孤客"，又叹"不惜去人远，但恨莫与同""谁谓古今殊，异世可同调"，似乎眼前当时，诗人是孤孤单单没有知音同调的。谢诗擅长雕缋，然而草木鸟兽彩色音响等鲜明繁富的外景，往往只是更强烈地衬托了诗人内心的孤独感，成为一种对比的效果。谢诗在这一点上是与陶诗有所不同的：表面看似平静安详，而内藏强烈的感情，这是陶诗的孤独；表面繁缛富丽，而实则蕴含无比的沉郁，这是谢诗的孤独。从外表上看，陶谢二家的诗迥然不同，然而值得注意的是，骨子里他们却都流露着同样的孤独感。这个现象在我们检视二家的诗集时，会有更多的发现。下面分别提出陶集与谢集中与孤独有关的诗句：

静寄东轩，春醪独抚。(《停云》)
偶景独游，欣慨交心。(《时运序》)
黄唐莫逮，慨独在余。(《时运》)
怅恨独策还，崎岖历榛曲。(《归园田居》之五)
自我抱兹独，僶俛四十年。(《连雨独饮》)
怀役不遑寐，中宵尚孤征。(《辛丑岁七月赴假还江陵夜

行途中》)

逸想不可淹，猖狂独长悲。(《和胡西曹示顾贼曹一首》)

阶除旷游迹，园林独余情。(《悲从弟仲德一首》)

顾影独尽，忽焉复醉。(《饮酒二十首序》)

栖栖失群鸟，日暮犹独飞。(《饮酒》之四)

去来何依依，因值孤生松。(同上)

劲风无荣木，此荫独不衰。(同上)

一觞虽独尽，杯尽壶自倾。(《饮酒》之七)

连林人不觉，独树众乃奇。(《饮酒》之八)

一士长独醉，一夫终年醒。(《饮酒》之十三)

少时壮且厉，抚剑独行游。(《拟古》之八)

欲言无予和，挥杯劝孤影。(《杂诗》之二)

万族各有托，孤云独无依。(《咏贫士》之一)

此士胡独然，寔由罕所同。(《咏贫士》之六)

窦窳强能变，祖江遂独死。(《读山海经》之十一)

青丘有奇鸟，自言独见尔。(《读山海经》之十二)

陶集现存的诗约有一百二十五首，其中有歌咏田园者，有抒怀写志者等，内容未必相同，情调也各异，而于咏歌田园，抒情写意之间，开怀自适者固不少，却也时时见到他的孤独。单看明显地提到"孤"或"独"字的诗句便有以上各例。从这个数目和现象，就可以想见陶渊明的生活与心境了。

谢灵运的诗现存者较少，仅保留有八十八首，其中像陶诗那样明白地提到"孤"或"独"者也比较少，但是却有不少与"孤独"同义之词句。下举其例：

空对尺素迁，独视寸阴灭。(《折杨柳行》之二)

晚暮悲独坐，鸣鹍歇春兰。(《彭城宫中直感岁暮》)

持操岂独古，无闷征在今。(《登池上楼》)

安排徒空言，幽独赖鸣琴。(《晚出西射堂》)

结念属霄汉，孤景莫与谖。(《石门新营所住四面高山回溪石濑茂林修竹》)

孤游非情叹，赏废理谁通。(《于南山往北山经湖中瞻眺》)

且申独往意，乘月弄潺湲。(《入华子冈是麻源第三谷》)

孤客伤逝湍，徒旅苦奔峭。(《七里濑》)

惜无同怀客，共登青云梯。(《登石门最高顶》)

妙物莫为赏，芳醑谁与伐。(《石门岩上宿》)

不惜去人远，但恨莫与同。(《于南山往北山经湖中瞻眺》)

永绝赏心望，长怀莫与同。(《酬从弟惠连》)

风雨非攸吝，拥志谁与宣。(《发归濑三瀑布望两溪》)

倘有同枝条，此日即千年。(同上)

以上这些例句，出乎意外地使我们发现，在看似热闹多彩的生活底层，诗人谢灵运竟也这样时时不自禁地倾吐他的孤单郁闷，慨叹知音难觅，同怀无人。

然则，究竟陶渊明和谢灵运的诗中何以会流露这般深沉的孤独感呢？

诗是诗人生活与感情思想的反映，所以要了解其人之诗，最好先从其生活的认识开始。陶谢二人的身世环境以及个性操守并不相同，当然不能同时并提，一概而论。下面我想先做个别的分析，再进一步做互相的比较异同。

先说陶渊明。六朝人士最重门阀，陶渊明的曾祖陶侃虽然封长沙郡公，死后追赠大司马，而他的祖父和父亲也都做过太守，但是，到了渊明的时代，陶家已中衰，史传上说他家只有"一门生二儿"，而他那篇自传式的《五柳先生传》所说的"环堵萧然，不蔽风日；短褐穿结，箪瓢屡空"谅也是事实写照。这样看来，他的物质生活真是穷得可以。不过，他"不戚戚于贫贱，不汲汲于富贵"，所以虽然生活穷困，却不以为意。又性爱丘山，不慕荣利，因此生当奔竞成风、丧乱相寻的乱世，他做过几回小官，觉得"世与我而相违"，便写了一篇《归去来辞》，表明心迹，回到他的家乡，躬耕自食，以终其一生了。

陶渊明的后半生隐居于田园，但他没有放弃诗文写作；不唯不放弃，而且写作愈勤，风格境界也愈高，后世所称田园诗，多数是指这时期的作品。他讴歌山野园田，把庐山附近的纯朴而优美的风光，用自然明白的文字表现出来；他颂咏农村社会，把自己和近邻野老田翁的辛勤却自由的生活，以亲切平实的口吻记叙下来，而在那"玄风独扇""驰骋文辞"的文学潮流之中，无论在形式上或内容上均能独树一格，成为诗坛的孤峰别流。许多人欣赏陶渊明写田园闲静自适的生活情调，便以为他退隐之后的生活是称心惬意的。事实上，陶集之中表现恬淡和平之作颇多，例如：

> 结庐在人境，而无车马喧。问君何能尔？心远地自偏。
> 采菊东篱下，悠然见南山。山气日夕佳，飞鸟相与还。
> 此中有真意，欲辩已忘言。
>
> 　　　　　　　　　　　　　　　　　　（《饮酒》之五）

> 春秋多佳日，登高赋新诗。过门更相呼，有酒斟酌之。
> 农务各自归，闲暇辄相思；相思则披衣，言笑无厌时。

　　此理将不胜，无为忽去兹。衣食当须纪，力耕不吾欺。

（《移居》之二）

　　孟夏草木长，绕屋树扶疏。众鸟欣有托，吾亦爱吾庐。
既耕亦已种，时还读我书。穷巷隔深辙，颇回故人车。
欢然酌春酒，摘我园中蔬。微雨从东来，好风与之俱。
泛览周王传，流观山海图。俯仰终宇宙，不乐复何如？

（《读山海经》之一）

　　这些都是传颂千古，令人百读不厌的佳篇，写出了人与大自然的和谐，与悠闲自在却并不颓废的生活情调。只不过，这并不是渊明田园生活的全部。自古以来，靠天吃饭的农家生活都是不容易很富足的，何况，渊明并不是一个十分灵巧的农夫。他虽然认真辛勤地工作，"晨兴理荒秽，带月荷锄归"，却往往只见"草盛豆苗稀"的成绩。即使到了晚年，他自诩"颇为老农"，经验较丰富之后，值年灾时，仍不免于饥饿，诚如《有会而作》起首二句所说，"弱年逢家乏，老至更长饥"（《饮酒》之十六），渊明的一生几乎都是在贫穷之中度过，而他也从来不避讳说自己的贫穷，所以集中随处可见到"草庐寄穷巷"（《戊申岁六月遇火一首》）、"贫居依稼穑"（《丙辰岁八月中于下潠田舍获一首》）、"弊庐交悲风，荒草没前庭。披褐守长夜，晨鸡不肯鸣"（《饮酒》之十六）、"倾壶绝余沥，窥灶不见烟"（《咏贫士》之二）、"弊襟不掩肘，藜羹常乏斟"（《咏贫士》之三）、"被服常不完，三旬九遇食。十年着一冠，辛苦无此比"（《拟古》之四）等说穷道苦的诗句。这些诗句一点也不优美闲在，却真实地让我们看到血肉之躯的诗人挨饿受冻的情形。他甚至还有一首《乞食》诗，是写在饥

055

饿的驱使之下，顾不得自尊心，拉下脸皮去叩门向陌生人讨饭的。
诗云：

> 饥来驱我去，不知竟何之；行行至斯里，叩门拙言辞。
> 主人解余意，遗赠岂虚来。谈谐终日夕，觞至辄倾杯；
> 情欣新知欢，言咏遂赋诗。感子漂母惠，愧我非韩才；
> 衔戢知何谢，冥报以相贻。

读此篇，无人不为之鼻酸。苏东坡说："渊明得一食，至欲以冥报
谢主人，此大类丐者口颊也，哀哉哀哉！非独余哀之，举世莫不
哀之也。"黄廷鹄则于不忍之余，竟为之辩道："'谈谐终日夕'
'情欣新知欢'，非真乞食也，盖借给园行径，以写其玩世不恭
耳。"其实，这种贫困的生活，是陶渊明在做"仕"与"退"的
抉择时早应料知的。所谓："量力守故辙，岂不寒与饥""田家岂
不苦？弗获辞此难。四体诚乃疲，庶无异患干"。苦在预料之中，
穷也在预料之中，但与其违志过"心为形役"的生活，他毅然选
取了辛劳的躬耕生活方式，即所谓"道狭草木长，夕露沾我衣；
衣沾不足惜，但使愿无违"。既然如此，再苦再穷，也都能甘之如
饴，而说穷道苦，便也能这般坦然无所顾忌了。那么，为之辩解
"乞食"一事，岂不成了替古人担忧的多余之举吗？

"先师有遗训，忧道不忧贫"，这是渊明一生所坚守的原则，
因此，物质生活的贫乏固然十分辛苦，尚是可以忍受的；不过，
我们要问：归隐田园之后，陶渊明在精神上是不是就完全满足快
乐了呢？"晨出肆微勤，日入负耒还"，这样的农夫生活只是肉体
上的疲劳而已，在远离政治虚伪的纯朴乡野自食其力，他无须乎
再向乡里小儿折腰；而左邻右舍尽是温厚朴实的农民，他有许多

诗句记述这种和平而融洽的情谊，例如："漉我新熟酒，只鸡招近局""田父有好怀，壶浆远见候""秉耒欢时务，解颜劝农人""时复墟曲中，披草共来往""相见无杂言，但道桑麻长""过门更相呼，有酒斟酌之。农务各自归，闲暇辄相思；相思则披衣，言笑无厌时"。从这里，可以看出他与外物旁人取得协调和睦相处的一斑。不过，这类单纯而愉悦的农村生活，却也并不是他归隐以后的精神全貌，仔细翻阅陶集，我们便会发现像前面所列举的那些孤独感溢乎词表的诗句了。这是为什么呢？要明白这一点，最好先来看一看渊明的一首四言诗《归鸟》：

> 翼翼归鸟，晨去于林。远之八表，近憩云岑。
> 和风弗洽，翻翮求心。顾俦相鸣，景庇清阴。
> 翼翼归鸟，载翔载飞。虽不怀游，见林情依。
> 遇云颉颃，相鸣而归。遐路诚悠，性爱无遗。
> 翼翼归鸟，驯林徘徊。岂思天路，欣及旧栖。
> 虽无昔侣，众声每谐。日夕气清，悠然其怀。
> 翼翼归鸟，戢羽寒条。游不旷林，宿则森标。
> 晨风清兴，好音时交。矰缴奚施？已卷安劳。

诗中借归鸟以自喻。这一只归鸟本来是有高飞远游的志向的，它一大清早离开林巢，志在八表云岑，奈何遭遇到一阵狂风，使它不得不半途而折回。所谓"远之八表，近憩云岑"，即是渊明年少时的胸襟怀抱："少时壮且厉，抚剑独行游。谁言行游近？张掖至幽州。饥食首阳薇，渴饮易水流""忆我少壮时，无乐自欣豫。猛志逸四海，骞翮思远翥"。然而，不幸他生当晋之季世，政治紊乱，社会黑暗，人心不古，正如他在《感士不遇赋》一文中所说："自真风告逝，大伪斯兴，闾阎懈廉退之节，市朝趋易进之心。"而他自己则怀正志道，洁己清操，众人皆醉我独醒，故觉得"与物相忤"，格格不入，犹如那满怀希望的鸟，忽遇"和风弗洽"，便只好放弃原先的志愿，而"翻翻求心"，回归到故乡的园田了。这样看来，"性本爱丘山"固然是渊明回归园田的原因之一，却不是唯一必然的原因，因为欲有所为的积极的儒家精神乃是他早期的重要思想；而即使在中年以后隐居期间的诗里，我们也仍可以看到他的心并非如止水一般平静的，像："及时当勉励，岁月不待人""辞家夙严驾，当往志无终。……闻有田子泰，节义为士雄""先师遗训，余岂云坠。四十无闻，斯不足畏。脂我名车，策我名骥，千里虽遥，孰敢不至"。这些诗句里都明显地透露着一种愤懑激越的感情。"既已不遇兹，且遂灌我园""长吟掩柴门，聊为陇亩民"等诗句，正道出了一种无可奈何的、退而求其次的选择。由此可知，归隐生活对陶渊明而言，并不像我们所想像的那么惬意安详，虽然他也十分肯定地高歌"托身已得所，千载不相违"，实则其生涯未必如那种表面上所歌颂的平静，而有时竟也显得精神上颇为苦恼。最能说明这个现象的是《杂诗十二首》之二：

> 白日沦西阿，素月出东岭。遥遥万里辉，荡荡空中景。
> 风来入房户，夜中枕席冷。气变悟时易，不眠知夕永。
> 欲言无予和，挥杯劝孤影。日月掷人去，有志不获骋。
> 念此怀悲凄，中晓不能静！

白日与素月在空中遥相辉，这应该是傍晚薄暮的奇景；而风来入户，枕席转冷，则已是入夜很深了。这漫长的一段时间的转移，诗人用美丽而凄冷的笔触表现。"不眠知夕永",则道出所以悟时易的缘故。不眠,多数是有原因的,而在陶渊明当时来说,竟是"有志不获骋"的悲凄遗憾!这里所说的志,当是指"猛志逸四海""丈夫志四海"之志吧?谁说陶公年少时代的雄心壮志在中年以后已消匿无踪了呢?它仍隐伏在诗人心底,时亦感慨激动,令他"中晓不能静"。因为,环顾四周,诗人是孤独的。他内心这种深沉的感慨,能向谁说明呢?不错,在他的周围时常有一些村夫野老,桑麻共话,近邻亲友,鸡黍相招;虽然他们纯朴温厚有余,却不是能与之吐露这种严肃而深刻话题的对象。身为一个退隐的知识分子,虽然他日常的言行举止与众人并不隔,然而,总会有抑制不住的孤独感爬升心头。有时"泛览周王传,流观山海图",或轻抚膝上无弦之琴,也能排遣寂寞,享受独处的乐趣;不过,"欲言无予和,挥杯劝孤影"那种孤独感,依然是似海一般深沉的。

虽说是"穷巷隔深辙,颇回故人车",偶尔也会有旧日友朋来访草庐,抗言谈昔,奇文共赏,拟义相析,而暂获一种属于知识分子的精神上的快乐与满足,然而这样的朋友似乎并不多。当时慕渊明者虽大有人在,可是像王弘、檀道济辈名利场中人,在人格思想方面根本与他相抵触,如何能谈得上交情?至于殷景仁、颜延之等文士,则虽然与渊明偶有诗酒交往;颜延之更在渊明死后写了一篇对其人格推崇备至的《陶征士诔》,然而彼此间取舍操守既不相同,浮沉宦海的殷、颜二人自然也不可能与隐居园田的陶渊明有较长的接触与更深的认识。他们的聚散既匆匆,恐怕志趣怀抱的相左,也限制了相知的深度吧。

陶渊明甚至还有一些隐士的朋友以及方外之交。他和刘遗明、周续之,被时人称做"浔阳三隐",刘、周二人都师事当时的高僧慧远，参加了轰动一时的白莲社。慧远对于渊明倒是十分欣赏，颇希望借法力感召，吸引他入佛门，可是，尽管渊明在思想性格上有接近佛家之处，他却有自己的独特思想（《形影神》三首最可见其思想），故而虽也有时来往庐山之间，却不肯随俗苟同，而终究与这些高僧隐士之间保持了一段距离。

我们这样分析陶渊明的生活与交游的情形，便会发现：这位表面上看似和睦可亲的田园诗人，其实是一位颇有主见原则而不肯轻易迁就流俗的，他同时也是一位十分兀傲孤单的人。《拟古诗》之八云："路边两高坟，伯牙与庄周，此士难再得，吾行欲何求！"《桃花源记》末尾二句云："愿言蹑轻风，高举寻吾契。"茫茫尘世中，渊明却得不到一个相知相契的人，岂不孤独！这就难怪渊明的诗里时时会流露出一种很深的孤独感了。因为就像那一片孤云，那一只迟出林的鸟，在这世界上，他是一个没有知己的孤独的人，所以他说："知音苟不存，已矣何所悲！"

现在再来谈一谈谢灵运。灵运出身在六朝最显赫的两大贵族之一的谢家，所以在那个重视门第的时代里，他先天就秉承了优厚的物质条件，而他这一房，又子胤单薄，从他的父亲以来，两代都是单传，所以灵运个人自幼便受到家人过分的呵护。这样的出身背景和生活环境，无形中把他塑造成一种奢侈放纵而任性傲慢的性格。这种人，即使生在承平安定的时代，也不是容易与旁人协调的；而况，他又偏偏逢着一个易代的乱世，这就几乎注定了他不幸的一生。在他三十六岁那一年，布衣出身的刘裕篡晋而建立了宋朝。虽然灵运的祖先都是司马氏的重臣，可是他并没有"耻仕二姓"的表现。改朝换代之后，刘裕虽然整肃了一些异己，但是他也知道不可能杀尽全部的晋臣；而且，理智地考虑政治前途与对社会民心的影响，适当地笼络某些贵族人物，甚至是必要的一种政治手段。以灵运当时已具的地位、名望和才华，他虽然在爵位和食邑方面受到一点损失，却在刘宋的皇朝保得了一席地位。在这里，须要说明一下陶谢取舍之不同。渊明的隐退是在刘裕篡晋以前。入宋之后，有人见他生活穷困，也曾劝他再仕，但是他宁愿受冻挨饿，也不愿改变初衷，终于贯彻了隐居的生活。关于陶渊明归隐的原因，历来学者已有多种解释，事实上，我们可以用他自己的话来说明。"世与我而相违""性刚才拙，与物多忤"是主要原因。至于谢灵运以晋康乐公之后而改仕于刘宋，在当时来讲，其实也不是一件什么不得了的事情。东晋末期政治动乱，社会黑暗，想颠覆晋室的野心家也不止刘裕一人而已；相反的，刘裕崛起于市井，曾经消灭孙恩之乱，讨伐桓玄之叛，又北征胡族，因此当时甚至有人为他表面上的功劳所惑，而视他为英雄人物；何况东晋季世的皇帝多荒唐无能，故刘裕的篡晋，已是多数人预料中的事情，而由晋入宋，仕司马氏又改仕刘氏的也大有人在，岂止谢灵运一人而已。再从灵运个人的处境而言，当时谢氏老的一辈如谢安、谢玄、谢混等人皆已相继凋谢，灵运正是谢家一族的中坚人物。他不像陶渊明那样默默无闻，可以不引人注目，欲隐则隐。才华、名望与社会地位，使他成为新皇朝注目的人物。而刘裕既示笼络，则即使灵运不欲出仕，也恐怕有困难甚或危险吧；况灵运根本是一个热衷名利，不甘寂寞的人物呢！但是，生为富贵子弟，又没有经过生活挫折的他，竟天真地误以为新皇朝真心要重用自己，所以当他发现朝廷"唯以文义处之，不以应实相许"时，便觉得这是一种莫大的羞辱，竟而与颜延之、释慧琳等儿戏般地结成一个小集团，同时捧出了当年仅十数岁的刘裕次子庐陵王义真。这个没有周详计划的文人集团能发挥什么力量呢？当政者不费吹灰之力，便把他们摧毁拆散了。结果，灵运外放永嘉。这是他在人生上第一次尝到的不如意事。失望愤怒之余，他借当地的名山名水安慰自己，却把公事丢在一边，而且，一年之后便称疾去职。然而他在家乡闲居的生活也不寂寞，他一方面经营别墅整修庭园，一方面与友朋诗文纵游。看似有以此终焉之志，可是，不到三年工夫，便又出为秘书监。不过，他志在"参权要"，这种文史之职，当然不是他所渴望的，所以不久便又任性胡闹起来。《宋书》本传记载：

> 灵运意不平，多称疾不朝直。穿池植援，种竹树果，驱课公役，无复期度。出郭游行，或一日百六七十里，经旬不归，既无表闻，又不请急。

这样的放纵，终于落得免官处分。但是这次隐退，也只维持了三年，却表现得更为轰轰烈烈，热闹非凡。除了以诗文赏会亲友，遨游山泽外，且又举止狂放，出言伤人，致被人诬告有异志，险些闹成不可收拾的结果。幸而文帝知其见诬，不仅不罪，且又任命出使临川内史，衡以常情，这次有惊无险的经验，应该使灵运稍知收敛才是。然而他竟不改旧习，"在郡游放不异永嘉"，而再度为有司所纠。朝廷派人去收押，他却反将来人执录，而糊里糊涂起兵造反。终以广州弃市之下场，结束了四十九年的生命！

谢灵运的寿命虽较陶渊明短了十四年（此据颜《诔》、萧《传》、《晋书》等渊明享年六十三之说），但是他一生之中三仕二隐，两度被免官，生活波动不已；而且，无论出仕或退隐，他的周围始终有一大群人追随陪伴着。他又喜爱凿山浚湖，寻山陟岭。其游山玩水又有独特的癖好，他往往舍现成的路径不走，偏要仗其奴童众多，义故门生数百之势，为之"伐木开径"。所谓"苔滑谁能步？葛弱岂可扪！"越是困难攀登的原始山岭，越能引起他的征服欲望，谢灵运所表现的是一种十足冒险家的精神。不幸的是，他对人生所取的态度也是同样的：他的躁急狂放，他的纵身政治险浪，不也正是冒险的作为吗？虽然葛弱苔滑威胁不了灵运，他征服了群山众岭，而政治的漩涡却终于吞噬了他的生命！

传记上说他的游历常常是浩浩荡荡，甚至于"从者数百人"的。以谢灵运从幼养成的阔绰豪举，这恐怕也非过言吧。他"性豪侈，车服鲜丽，衣裳器物多改旧制，世共宗之"，不仅讲究穿着，连器物车服都要刻意求与众不同，造成一时的风尚。出入时，又经常有许多人跟随着，《宋书·五行志》记载他这种行为曾被人编成歌谣唱："四人絜衣裙，三人促坐席。"这样看来，谢灵运一直是被人簇拥惯了，所以连登临山水，他也总是劳师动众，似乎永不曾寂寞。他这种欣赏大自然的态度，较诸陶渊明"采菊东篱下，悠然见南山"，其间的差别何其大啊。

但是，与实际的言行表现相比，谢灵运的诗却往往出乎意外地显得孤寂。这里姑且先举一首《石门新营所住四面高山回溪石濑茂林修竹》为例：

> 跻险筑幽居，披云卧石门。苔滑谁能步，葛弱岂可扪。
> 袅袅秋风过，萋萋春草繁。美人游不还，佳期何繇敦。
> 芳尘凝瑶席，清醑满金尊。洞庭空波澜，桂枝徒攀翻。
> 结念属霄汉，孤景莫与谖。俯濯石下潭，仰看条上猿。
> 早闻夕飙急，晚见朝日暾。崖倾光难留，林深响易奔。
> 感往虑有复，理来情无存。庶持乘日车，得以慰营魂。
> 匪为众人说，冀与智者论。

这一首诗，包括题目与诗本身，无论在形式结构及内容情思方面，都是最具谢诗特色的。他的题目堂皇而精致，具前人所未有的格调，其字面上的豪华热闹，则一如其人。至于诗本身，则组织谨严，极写山川，上下四方，有如《子虚》《上林》。首四句即表明了灵运的赏美态度。如前所说，他是一位冒险家，所以他接受大自然的挑战，宁愿伐木开径，走前人所未走之路，却不甘于平凡的低丘浅流。陶诗中那种"平畴交远风，良苗亦怀新"的普通田园风光，虽亦和平可喜，却并未能满足这一位诗人。由于他不畏苔滑葛弱，必筑幽室于险阻的高岭之上，披云而卧，始觉称心，故而他所看到的景象，当然也绝不是悠然的南山，那种模糊一片的效果，却是草木鸟兽，风声光影，一一可以具体把握的奇景。谢灵运的山水诗，所以被人称为"繁富"或"繁芜"，也正因为这个缘故。

我们读谢诗，容易被他那"寓目辄书"的景物与"络绎奔会"的辞藻所惑，致忽略其中的情思。方虚谷说："灵运尤情多于景。"然则，灵运在诗中所表现的感情是什么样的呢？尽管秋风过，春草繁，大自然以美景展现于眼前，但是诗人的感觉是落实孤单而不乐的。像前举诗中"美人游不还，佳期何缥敦。芳尘凝瑶席，清酾满金尊。洞庭空波澜，桂枝徒攀翻"。这样的情调充斥于谢集之中，例如："握兰勤徒结，折麻心莫展""欢愿既无并，戚虑庶有协""摘芳芳靡谖，愉乐乐不燮。佳期缅无像，骋望谁云惬"。登高赏美之际，诗人每常透露一种盼望期待之意，而这种盼望期待之意，几乎都是以失望落寞的心境作结束。尽管传记上所记的是热闹多彩的游历，可是呈现于谢诗中的则是所谓"孤景莫与谖"这般孤寂忧郁的情调。下面再举一首《石门岩上宿》：

　　朝搴苑中兰，畏彼霜下歇。暝还云际宿，弄此石上月。
　　鸟鸣识夜栖，木落知风发。异音同致听，殊响俱清越。
　　妙物莫为赏，芳醑谁与伐？美人竟不来，阳阿徒晞发。

　　从这一首诗中，我们所感到的毋宁是一种空寂的情调。宇宙之广大，人世之喧扰，似乎都与诗人无关联。此时此地，只有鸟鸣风声伴同一个孤独的谢灵运。而这种孤独感又是带着十分凄凉意味的。谢诗中每常引用《楚辞》典故，用"瑶席""金尊""芳醑"等华词，譬喻热切的期望，又以"握兰""摘芳""攀桂"等意象显示徒然无望的热情的冷却。

　　究竟他所指的"美人"是谁呢？黄晦闻说："美人殆指庐陵王也。"以为庐陵王是灵运一生知己。这个说法未必可信。庐陵王义真是刘裕的次子，他少好文义，又性轻易，颇带几分魏晋文士的放诞风范。他对父亲刘裕的篡夺行为并不太赞成，却喜欢与士族人物交往。当谢灵运、颜延之、慧琳等与之接近而形成一个小集团的时候，义真不过是一个十四五岁的少年人而已，他却曾经夸言："得志之日，以灵运、延之为宰相，慧琳为西豫州都督。"可是两年后，刘裕死亡。执政者徐羡之等使用分散的方法，轻而易举地将这个政治小集团摧毁了；结果，义真出镇历阳，颜延之出守始安，慧琳也被迫离开建康，而灵运自己则赴任永嘉。其后，庐陵王被废为庶人，未几，又见杀。死时年方十八。灵运与义真分别后，曾有信笺往来；庐陵王之死，又为之作诔；后灵运应文帝征召为秘书监赴京，舟次其墓下，也作了一首深情哀痛的《过庐陵王墓下作》诗。不过，以一个骄傲如灵运者，对英年而逝的义真，怀念之情容或日久而弥深，视他为终生景仰的理想人物，则是不大可思议的。

在灵运的一生之中，也有一些曾赢得他欣赏或钦佩的人物。谢氏族人之中，就有许多才华之士，例如其从叔混、方明，以及从兄弟瞻、晦、曜、弘微、惠连等，皆是才思飘逸，风流可喜的。谢家的文学气氛特浓，灵运自幼便参与这种家族的诗文赏会，倒也颇能琢磨与激发文思，得着精神上暂时的慰藉。其中尤以方明之子惠连，才思富捷，最得灵运知赏。《谢氏家录》云："康乐每对惠连，辄得佳语"，甚至他的名句"池塘生春草，园柳变鸣禽"传说也是寤寐间得惠连神助而成。不过，若说惠连或其他谢氏的文士能得灵运的赏识，或者可能；如欲目为灵运一生之知己，为他登临赏物之际殷切盼望之对象，则未必属实。

谢灵运的高傲又与陶渊明有所不同。对渊明而言，庄子的"独与天地精神往来，而不傲睨于万物；不谴是非，以与世俗处"正可以代表他那怀抱高远而不伤外物的生活态度；灵运则不然，他的诗句"樵隐俱在山，由来事不同"便说明了其人的阶级意识；其实，这在出身高门的灵运来讲，倒也没有什么值得惊怪的；何况，他自幼骄纵成习，颐指气使惯了下人，所以纵有从者数百，在登山越岭之际，他们都只是供做伐木开径的机器而已，在灵运心目中，莫说引为知己，他们是连作为赏美的伴侣都不配。非仅待奴童义故门生如此，甚至于对一般有相当高的社会地位人士，谢灵运也不稍予掩饰他的轻蔑。例如他曾当面侮辱事佛精恳的会稽太守孟颛说："得道应须慧业。丈人升天当在灵运前，成佛必在灵运后。"其狂傲，可见一斑。

谢灵运本身是一位佛徒。对佛理确实有一番深研工夫。他曾与释慧观、慧严删改前作而成《南本大涅槃经》。其所撰《辨宗论》，能折衷儒释二家之理，成为顿悟的重要文献。他的聪明才识，自与一般泛泛信徒有异。灵运一生中结交的佛教法师颇不少，其中，他对慧远与昙隆这二位高僧最为倾心钦佩。前文已述及慧远，他是东晋第一位高僧。灵运捐钱置莲池之说虽然未必可信，但他对这位大德所表现的尊敬，可以从他曾经应其要求作《庐山佛影铭》，及在慧远死后为他作诔二事看出。昙隆则是一位苦节之僧，当灵运卧病东山时，曾有过与之共饵同卷之谊，他的修行涵养，深深感动了灵运。卒后，灵运也为他虔诚地写了一篇诔。不过，灵运与这两位高僧所交往的时间都很短，且都是止于宗教哲理的讨论而已。灵运虽有慧业，却不是一个可以甘于受某方面限制的人。他乃是一位有狂野之心的人，因而与方外之士虽有交游，却无法达到彼此引为知己的深度。

至于其他文士，如何长瑜、羊璿之、颜延之、范泰，乃至于隐士王弘之、孔淳之等，都先后与灵运有过文章赏会或山泽之游，但灵运仍然是感觉孤独的，因为纵使周遭未尝久缺过亲友侍从，他却没有一个知音。陶渊明叹"知音苟不存，已矣何所悲"，同样的，谢灵运也时常慨叹："长怀莫与同""我志谁与亮""倘有同枝条，此日即千年"。世人皆视他为一个任性而才华超俗的世胄贵族，然而有谁能真正了解他入宋以后的愤懑的心境呢？至于灵运本人，则又孤芳自赏，兀傲有余而目空世人，所谓"匪为众人说，冀与智者论"。环视四周，现实世界里的芸芸众生，岂是他心目中的"智者""美人""同枝条"？这就难怪他一再冀望、等待，却屡次失望了。陈胤倩读《石门岩上宿》的末语"妙物莫为赏，芳醑谁与伐？美人竟不来，阳阿徒晞发"而同情感慨道："东坡所谓'何地无月？何处无竹柏？特无如吾两人耳。'东坡幸有两人，康乐终身一我，悲哉！悲哉！'阳阿晞发'，傲睨一世！"可谓精评。"天下良辰、美景、赏心、乐事，四者难并"（《拟魏太子邺中集诗八首》序语）是谢灵运的名言，而最重要的是得到赏心人，若无赏心之人，何事可乐？良辰美景也是徒然的了。谢诗屡次涉及"赏心"或"心赏"二字，如"我志谁与亮，赏心惟良知"（《游南亭》）、"赏心不可忘，妙善冀能同"（《田南树园激流植援》）、"满目皆古事，心赏贵所高"（《入东道路诗》）、"灵域久韬隐，如与心赏交"（《石室山诗》），终其一生，灵运得不到一个真正赏心或心赏的人，焉得不感觉孤独呢？本文前段曾指出：有一种孤独感是虽置身众人之间也无法排除的。谢灵运的孤独感便是属于这一种，然则谢诗之所以时常流露深沉的孤独感，也就不足怪了。

　　陶渊明与谢灵运，这两位时代相若，而为人与文风表面看似大异其趣的诗人，实则他们的内心都有深刻凄凉的孤独感。分析其原因，一方面是时代环境的影响，另一方面则是个人脾性所致。在陶渊明而言：晋宋之交的乱世逆流，是他所不满意的，他自己本亦曾有雄心壮志，然而既知无力独挽狂澜，遂隐退以独善其身，可是终其一生，心底的矛盾并没有真正平伏过。归田以后的生活，虽然以他个人的涵养功夫而能在表面上与环境取得协调，和睦而平静地度过了晚年；其实缺乏真正的知音，他的内心始终是孤独而悲凉的。对谢灵运而言：易代的政治变化，使自尊而又有优越感的这位贵族子弟，在心理上和实际生活上都受了很大的打击。他自信"才能宜参权要"，但冷酷的现实却抑压了他一展抱负的希望。他不像陶渊明那样有定力，所以忽而隐忽而仕，终致断送了性命。尽管他喜好热闹，喜欢标新立异，而且身边总被许多人簇拥包围着，但是傲慢的个性与狂放的言行，却使他无法在现实世界里觅得知音，故而灵运的一生竟也是孤独的。

　　由于性格上的差异，陶谢二人借以忘怀孤独的方法也不同：

渊明是比较内向的，故他每借酒以排遣孤寂，人谓他的诗篇篇染有酒味；灵运则是比较外向的，故他要成群结队去游山玩水，这使他的诗集里到处有山光水色。然而饮酒果真使渊明忘却孤独吗？山水的游历是否消除了灵运的孤独感呢？我们读陶集中"一觞虽独进，杯尽壶自倾""欲言无予和，挥杯劝孤影"，再看谢集中"孤客伤逝湍，徒旅苦奔峭""不惜去人远，但恨莫与同"，觉得在二人的心底，那种深沉的孤独感是挥之不去驱之不走的。

鲍照与谢灵运的山水诗

山水大自然是六朝诗的主要写作题材之一，而山水诗的最优秀作家当推谢灵运。山水诗滋生并茁壮于谢灵运的笔下，同时，这位对大自然有狂热爱好的天才作家，也把山水诗的写作引至最高的巅峰状态。齐、梁、陈以后，虽然也有过不少的诗人模山范水；至唐代，乃与陶渊明系统的田园诗汇合成为王孟诸人的自然诗，然而，窥情风景，钻貌草木的山水诗人，几乎没有一个人能与谢灵运相比。他们不是在作品的量的方面望尘莫及，便是在风格方面无法摆脱其直接的或间接的影响。不过，一般而言，谈论六朝山水诗的发展，总认为灵运以后，以谢朓为最受人瞩目。的确，谢朓的山水诗，无论在量与质两方面，均较他家为多且佳，又以其为灵运族人①之故，后人遂称灵运为大谢，谢朓为小谢，而视谢朓的山水诗为谢灵运山水诗之延长或继承者。但事实上，

---

① 灵运之曾祖奕与朓之高曾祖据为兄弟，故朓为灵运堂侄。

在大谢与小谢之间，另有鲍照①，其山水诗亦相当多，且在风格上亦极接近谢灵运的诗，因此可以视作大谢与小谢之间的过渡人物。本文拟就鲍照的山水诗，探讨其与谢灵运山水诗之异同，并试为六朝山水诗之发展重新整理出一个途径来。

鲍照的诗现存者有一九四首（字谜及联句不计）②，其中乐府拟代之作占一〇八首，故历来论鲍诗者多注意此类作品。钟嵘谓其源出于二张（协、华）③，杜甫说他俊逸④，《文镜秘府论》称其丽而气多⑤，盖指《代东门行》《代苦热行》《拟行路难》诸作而言。然而，观其诗集，写山水之作品近三十首，这个数量的比例，固然不及谢灵运山水诗分量之重，然而与六朝他家相比，则除谢朓而外，堪与抗衡者并不多。虽然沈约、江淹、何逊、阴铿诸人之集中，亦偶见山水诗作，但是毕竟在写作精神上，已呈余波荡漾之状，盛况不复可求了。一般言之，齐、梁、陈时代乃是咏物诗、宫体诗之全盛时期，诗人吟咏多取材于苑草宫槐、佳人艳情等身边事物，对大自然高山深水的摹描，染指者遂少。

钟嵘《诗品序》称谢灵运"才高词盛，富艳难踪"，列其诗于上品，谓：

---

① 吾师郑因百先生《永嘉堂札记》上（《书目季刊》七卷一期）鲍照生卒年考曰："约少于陶渊明近五十岁，少于颜延之、谢康乐近三十岁，长于谢玄晖五十岁左右。"

② 《全宋诗》《汉魏六朝百三家集》及近人钱振伦注黄节补注鲍参军诗并同。

③ 《诗品》卷中宋参军"鲍照"条语。

④ 《春日忆李白》诗："俊逸鲍参军。"

⑤ 卷四论文意语。

> 其源出于陈思，杂有景阳之体，故尚巧似，而逸荡过之。

《南齐书·文学传论》分文学为三体，谓：

> ……次则发唱惊挺，操调险急，雕藻淫艳，倾炫心魂，亦犹五色之有红紫，八音之有郑卫，斯鲍照之遗烈也。

《诗品》卷中"鲍照"条则谓：

> 其源出于二张，善制形状写物之词。……然贵尚巧似，不避危仄。

黄子云《野鸿诗的》谓：

> 景阳琢辞，实祖太冲，而写景渐启康乐。

刘熙载《艺概》谓：

> 景阳诗开鲍明远。

综合以上各说，可以看出古人对谢灵运与鲍照诗的风格，至少有三点肯定其类同：（一）二人皆近似景阳（张协）之体。（二）皆尚巧似。（三）皆富艳（或淫艳）。

《诗品》卷上"张协"条谓：

> 文体华净，少病累，又巧构形似之言。……词采葱茜，
> 音韵铿锵……

《文心雕龙·明诗篇》谓：

> 景阳振其丽。

则又可知，鲍谢二人之诗所以近似张协者，正因其善写景物而得其形似，且文词盛而丽之故。

如前所述，一般论鲍诗者，多着眼于其乐府拟代诸篇，故《诗品》与《南齐书》之所论，亦未必仅指其山水诗而言，不过，一个作家的风格谅不致因写作题材之改变而有大差异，则上述之特色，若用以解释鲍照的山水诗，当亦不会有什么不妥之处吧。

构成谢灵运山水诗"富艳难踪"特色的基本因素为其用字遣词之凝练。他有意避免平凡简单的词汇，特选用精致繁密而鲜艳的字眼，例如：

> 金尊 金羁 瑶席 芳尘 兰厄 丹梯 红萼 紫苞 绿箨

等，皆能从视觉上予人光彩耀目之感。此种特色在鲍照的山水诗中亦常见到。例如：

> 金涧 金羁 金景 银质 玉绳 玉闼 玉岸 玉堂 瑶波 锦质
> 霞石 霞壁 芳艳 芳云 华甸 丹壑 丹磴 绮藻 绮纹 朱华

凡此皆由于名词之上冠以鲜丽华贵的形容词，故能使原本平凡之

事物转为富丽精美。

其次为双声叠韵之善用。谢灵运之山水诗中，常见以上下对句之中设置双声或叠韵之词。例如：

> 溯流触惊急，临圻阻参错。（"惊急""参错"皆双声。）
> 澹潋结寒姿，团栾润霜质。（"澹潋""团栾"皆叠韵。）
> 依稀采菱歌，仿佛含嚬容。（"依稀"为叠韵，"仿佛"为双声。）
> 蘋萍泛沉深，菰蒲冒清浅。（"蘋萍"为双声，"沉深"为叠韵；"菰蒲"为叠韵，"清浅"为双声。）

试观鲍照诗例：

> 流连入京引，踯躅望乡歌。（"流连""踯躅"皆双声。）
> 参差出寒吹，飋戾江上讴。（"参差""飋戾"皆双声。）
> 澜漫潭洞波，合沓岹嶂云。（"澜漫""合沓"皆叠韵。）
> 浸淫旦潮广，澜漫宿云滋。（"浸淫""澜漫"皆叠韵。）
> 岫远云烟绵，谷屈泉靡迤。（"烟绵""靡迤"皆叠韵。）
> 萧条生哀听，参差远惊觇。（"萧条"为叠韵，"参差"为双声。）
> 嘈囋晨鹍思，叫啸夜猿清。（"嘈囋"为双声，"叫啸"为叠韵。）
> 刘兰争芬芳，采菊竞葳蕤。（"芬芳"为双声，"葳蕤"为叠韵。）

凡此诸例，亦皆于句中同部位处，或以双声相对，或以叠韵相对，或以双声与叠韵对峙，而造成听觉上整齐铿锵之韵律感。由此可知，鲍照的山水诗所以有"淫艳"之风格者，正因他能踵接灵运，从最基本的词藻方面用心铸炼，于视听效果求发挥之故。

谢诗又特重动词或副词之选择，于五言诗之中间位置——第三字，匠心独运，即所谓句中眼，故能使诗句常因一字而更形活跃生动。鲍照的山水诗在这方面也甚得谢诗之精神。下面各引二家诗例若干以为实际比较：

谢　诗	鲍　诗
白云**抱**幽石，绿筱**媚**清涟。	朱华**抱**白云，阳条**熙**朔风。
海鸥**戏**春岸，天鸡**弄**和风。	轻鸿**戏**江潭，孤雁**集**洲沚。
连障**叠**巘崿，青翠**杳**深沉。	冈涧**纷**萦抱，林障**杳**重密。
繁云**起**重阴，回飙**流**轻雪。	复涧**隐**松声，重崖**伏**云色。
积石**竦**两溪，飞泉**倒**三山。	两江**皎**平迥，三山**郁**骈罗。
乱流**趋**正绝，孤屿**媚**中川。	乱流**灇**大壑，长雾**匝**高林。
林壑**敛**暝色，云霞**收**夕霏。	晨光**披**水族，晓气**歇**林阿。
密林**含**余清，远峰**隐**半规。	广岸**屯**宿阴，悬崖**栖**归月。

由这个上下的对照，可以看出：诗意或属相近，或属相反，甚或并无关联，而句中动词或副词皆在中间的第三字，其为诗句之精髓，及作者之匠心巧思则并无二致。这种句眼之活用，在鲍诗中俯拾皆是。句中眼本发端于曹植诗，至谢灵运而以之入山水诗中，使景物呈现活泼之生气与清新之韵致；鲍照的山水诗在这方面可谓承谢而追曹。

上举各例，虽旨在证明鲍照追随模拟谢诗句眼之用法，然而其中亦颇有诗意内涵近似者。以下暂不问句眼之运用，单就诗句之接近者更举实例以观鲍诗模仿谢诗情形：

谢　诗	鲍　诗
南州实炎德，桂树陵寒山。	阴冰实夏结，炎树信冬荣。
灵物吝珍怪，异人秘精魂。	霜崖灭土膏，金涧测泉脉。
金膏灭明光，水碧缀流温。	旋渊抱星汉，乳窦通海碧。
洞委水屡迷，林迥岩逾密。	冈涧纷萦抱，林障杳重密。
窥岩不睹景，披林岂见天。	幽隔秉昼烛，地牖窥朝日。
活活夕流驶，噭噭夜猿啼。	昏昏磴路深，活活梁水疾。
洞庭空波澜，桂枝徒攀翻。	淹留徒攀桂，延伫空结兰。
沉冥岂别理，守道自不携。	神化岂有方，妙象竟无述。
孤客伤逝湍，徒旅苦奔峭。	愁来攒人怀，羁心苦独宿。
荒林纷沃若，哀禽相叫啸。	昏明积苦思，昼夜叫哀禽。
洲岛骤回合，圻岸屡崩奔。	涨岛远不测，冈涧近难分。
日没涧增波，云生岭逾叠。	烂漫潭洞波，合沓崿幛云。
宵济渔浦潭，旦及富春郭。	昨夜宿南陵，今旦入芦洲。
含悽泛广川，洒泪眺连冈。	登舻眺淮甸，掩泣望荆流。
虚泛经千载，峥嵘非一朝。	龍樅高昔貌，纷乱袭前名。
三江事多往，九派理空存。	三崖隐丹磴，九派引沧流。
川后时安流，天吴静不发。	泉源首安流，川末澄远波。
美人竟不来，阳阿徒晞发。	美人竟何在，浮心空自摧。
旅人心长久，忧忧自相接。	旅人乏愉乐，薄暮增思深。
重经平生别，再与明知辞。	已经江海别，复与亲眷违。

以上各例，或拟似，或颠倒；或形似，或神似；而末数例，则无论遣词造句乃至内容涵义均极相近，可谓形似兼神似者。

谢灵运以其高贵之出身及稀世之文才，名震于当时。《宋书》本传云：

> 每有一诗至，都邑贵贱，莫不竞写。宿昔之间，士庶皆遍，远近钦慕，名动京师。

鲍照约少于灵运三十岁①，尝评谢诗曰："如初日芙蓉，自然可爱。"② 可知他必熟读谢诗无疑。鲍集中拟古诗章极多，拟魏晋诗人者有曹植、刘桢、阮籍、陆机、陶潜③等，独不见拟谢灵运之诗。不过，前举诸例已显示其山水诗虽未明题拟谢灵运，而事实上，所模拟之对象则呼之欲出矣。

谢灵运写变化多端之大自然而善用对仗工整之笔法，其山水诗每每上句写山，下句则写水，而山水景物往往于严密组织中一一呈现，层层推出。《登池上楼》即为此类对仗工整之代表作：

> 潜虬媚幽姿，飞鸿响远音。薄霄愧云浮，栖川怍渊沉。
> 进德智所拙，退耕力不任。徇禄反穷海，卧痾对空林。
> 衾枕昧节候，褰开暂窥临。倾耳聆波澜，举目眺岖嵚。
> 初景革绪风，新阳改故阴。池塘生春草，园柳变鸣禽。
> 祁祁伤豳歌，萋萋感楚吟。索居易永久，离群难处心。

---

① 吾师郑因百先生《永嘉堂札记》上（《书目季刊》七卷一期）鲍照生卒年考曰："约少于陶渊明近五十岁，少于颜延之、谢康乐近三十岁，长于谢玄晖五十岁左右。"

② 详沈约《宋书·颜延之传》。

③ 拟曹植者如：《代陈思王京洛篇》《代陈思王白马篇》。拟刘桢者如：《学刘公干体五首》。拟阮籍者如：《拟阮公夜中不能寐》。似陆机者如：《代陆平原君子有所思行》。拟陶潜者如：《学陶彭泽体》。

持操岂独古，无闷征在今。

鲍照之山水诗亦多组织严密，对仗工整。下举二首为例：

> 高山绝云霓，深谷断无光。昼夜沦雾雨，冬夏结寒霜。
> 淖坂既马岭，碛路又羊肠。畏涂疑旅人，忌辙覆行箱。
> 升岑望原陆，四眺极川梁。游子思故居，离客迟新乡。
> 新知有客慰，追故游子伤。

> （《登翻车岘》）

> 泉源安首流，川末澄远波。晨光被水族，晓气歇林阿。
> 两江皎平迥，三山郁骈罗。南帆望越峤，北榜指齐河。
> 关扃绕天邑，襟带抱尊华。长城非壑崄，峻岨似荆芽。
> 攒楼贯白日，摛堞隐丹霞。征夫喜观国，游子迟见家。
> 流连入京引，踟蹰望乡歌。弥前叹景促，逾近倦路多。
> 偕萃犹如兹，弘易将谓何。

> （《还都至三山望石头城》）

声韵遣词之技巧，及骈俪对偶之讲究，乃是六朝文士之发明，经许多人长期的努力尝试，至唐代遂有律诗之产生。鲍照继谢灵运之后，写山水自然，而愈用当时逐渐流行的对仗笔法，亦为极自然之现象。

摹描大自然的诗，在谢灵运以前并非无人写作，早者如《诗经》《楚辞》、古诗以及魏晋诗人笔下亦屡有所见。不过，写山水自然的诗句在全篇之中所占的比例既少，而其为用，又多系供诗人情思之陪衬而已，鲜见独立成章，以山水自然为咏歌之主题者，曹操的《观沧海》虽通篇歌咏自然，但旨在“歌以咏志”。陶潜的田园诸作，则借景以喻情，故情景交融，不分物我。然而就其写作态度而言，皆未若谢灵运之纯以赏鉴态度捕捉自然美景。《文心雕龙·明诗篇》云：

> 宋初文咏，体有因革，庄老告退，而山水方滋。

谢灵运在山水诗的领域里，既是开山祖，同时也是最成功的代表作家。故其客观赏鉴之态度，及细腻摹描之笔法，遂成为山水诗之典型写作方法。山水诗得以独据诗坛一角，成为诗人写作的一个新鲜的题材对象，也正因为不仅是形容山水自然的诗句在每篇的分量比例方面有显著的增加而已，乃因为从此诗人用更认真的态度去式法自然之故。白居易《读谢灵运诗》云：

> 大必笼天海，细不遗草树。

事实上，谢诗的特色岂单是巨细靡遗而已，更能把握阴晴昏晨刻刻变化的自然景象。因此，他的山水诗不是平面的，而是立体的；不是呆滞的，而是生动的。鲍照的山水诗在量的方面虽然不及谢灵运，但是，对于大自然，他也付出了一份喜爱与细微的观察。黄子云《野鸿诗的》云：

> 明远沉雄笃挚，节亮句遒，又善能写难写之景，较之康乐，互有专长。

试观其写景之诗句：

千岩盛阻积，万壑势回萦。(《登庐山》)

高岑隔半天，长崖断千里。(《登庐山望石门》)

高山绝云霓，深谷断无光。(《登翻车岘》)

乱流灇大壑，长雾匝高林。(《日落望江赠荀丞》)

连山眇烟雾，长波迥难依。(《吴兴黄浦亭庾中郎别》)

高柯危且竦，锋石横复仄。复涧隐松声，重崖伏云色。

(《行京口至竹里》)

高山深谷，千岩万壑，大自然雄奇壮伟的美景，能经由其对仗严谨的诗句呈现于读者眼前。此类工整而不失生动的山水诗句，可谓已得谢诗之神貌。下引谢诗数例以供对比：

连峰竞千仞，背流各百里。(《会吟行》)

日没涧增波，云生岭逾叠。(《登上戍石鼓山》)

洲岛骤回合，圻岸屡崩奔。(《入彭蠡湖口》)

林壑敛暝色，云霞收夕霏。(《石壁精舍还湖中作》)

积石竦两溪，飞泉倒三山。亦既穷登陟，荒蔼横目前。

窥岩不睹景，披林岂见天。(《发归濑三瀑布望两溪》)

鲍照的乐府拟代诸作，如《行路难》《代苦热行》《代东门行》等，皆抗音吐怀，壮丽豪放，若决江河。而这种豪放之气一旦与自然奇景相遇，遂定型于具体的山山水水，乃有如上之雄伟诗句，盖亦理所当然之事。

谢灵运又擅长写原始山林的神秘幽异，往往见人所未见，写人所未写之奇异景象。例如：

攀崖照石镜，牵叶入松门。三江事多往，九派理空存。
灵物吝珍怪，异人秘精魂。(《入彭蠡湖口》)

南州实炎德，桂树陵寒山。铜陵映碧涧，石磴泻红泉。
既枉隐沦客，亦栖肥遁贤。(《入华子岗是麻源第三谷》)

俯濯石下潭，仰看条上猿。早闻夕飙急，晚见朝日暾。
崖倾光难留，林深响易奔。(《石门新营所住四面高山回溪石
濑茂林修竹》)

连岩觉路塞，密竹使径迷。来人忘新术，去子惑故蹊。
活活夕流驶，嗷嗷夜猿啼。(《登石门最高顶》)

鲍照的山水诗中亦不乏此类诗句。试观:

阴冰实夏结，炎树信冬荣。嘈嘈晨鹍思，叫啸夜猿清。
深崖伏化迹，穹岫阅长灵。(《登庐山》)

氛雾承星辰，潭壑洞江沄。崭绝类虎牙，嶻嵲象熊耳。
埋冰或百年，韬树必千祀。(《登庐山望石门》)

青冥摇烟树，穹跨负天石。霜崖灭土膏，金涧测泉脉。
旋渊抱星汉，乳窦通海碧。(《从登香炉峰》)

铜溪昼森沉，浮寔夜涓滴。既类风门磴，复像天井壁。
蹀蹀寒叶离，瀁瀁秋水积。(《过铜山掘黄精》)

幽隅秉昼烛，地牖窥朝日。怪石似龙章，瑕璧丽锦质。
洞庭安可穷，漏井终不溢。沉空绝景声，崩危坐惊栗。(《从
庚中郎游园山石室》)

此类诗句能从形象、光影、音声各方面堆砌，造成幽深、神秘、

恐怖的气氛，把大自然渲染成莫测之境界。这样的景象不是"采菊东篱下"的田园诗人所要表现的。陶渊明观自然是以心观物，我即是物，物即是我，所以他的诗诚如《饮酒》之五所说，"此中有真意，欲辩已忘言"是浑然一体，不分物我的至高境界。不过，也正因为陶渊明对大自然所持的态度是不分物我的，甚至是物我两忘的，因此，他对自然的描绘也就仅止于"悠然见南山"，或"山气日夕佳"等泼墨画式的表现而已。谢灵运与鲍照则视山水为山水，我为我，物我既对立，而我更是山水大自然的鉴赏者，甚或征服者。他们对山对水也就不以遥望暂临为满足，必欲躬临其境，穷搜深探而后已。谢灵运性好山水，其"寻山陟岭，必造幽峻；岩嶂千重，莫不备尽"（《宋书》本传语）的壮迹豪举早已成为文学史上之美谈；而鲍照以才秀人微①，其传不详，不过，观其诗题，如《登庐山》《登庐山望石门》《从登香炉峰》《从庚中郎游园山石室》《登翻车岘》《登黄鹤矶》《登云阳九里埭》《自砺山东望震泽》《还都至三山望石头城》《行京口至竹里》《发后渚》《山行见孤桐》等，亦颇可以想见其人喜好山水，勤于登涉之一斑。至如《登大雷岸与妹书》则有语云：

> 吾自发寒雨，全行日少，加秋潦浩汗，山溪猥至，渡沂无边，险径游历。栈石星饭，结荷水宿。旅客贫辛，波路壮阔。始以今日食时，仅及大雷。涂登千里，日逾十晨。岩风惨节，悲风断肌，去亲为客，如何！如何！向因涉顿，凭观川陆，遨神清渚，流睇方曛。东顾五洲之隔，西眺九派之分，窥地门之绝景，望天际之孤云。长图大念，隐心者久矣……

---

① 《诗品》卷中"鲍照"条语。

谢灵运出身门阀高第，"因父祖之资，生业甚厚，奴童既众，义故门生数百"①，可供颐指，任意伐木开径，且从者常达数百人，其登山涉水，可谓阔绰豪举；而鲍照则家世贫贱，位不过参军，他的游历，多系随行性质，其动机自有异于灵运。不过，所谓"涂登千里，日逾十晨"，其遨游山水的经验，却也与灵运的"遍历诸县，动逾旬日"相若。而所谓"栈石星饭，结荷水宿"，那种不辞辛劳的冒险精神又孰如灵运的"苔滑谁能步，葛弱岂可扪"（《石门新营所住四面高山回溪石濑茂林修竹》），"企石挹飞泉，攀林摘落叶"（《从斤竹涧越岭溪行》）。可以想见二人对山水有类似的经验，也有相同的喜爱。

由于谢灵运是一位志在征服自然的冒险家，因而展开在他笔下的大自然不仅是供人遥望欣赏的平面图画，却是可以让读者跟随作者攀崖泛流，徜徉游历的山山水水。诗中既有可视的林木岩石，可闻的猿啼鸟鸣，可嗅的奇花异香，可触的露痕泉沫，更有作者登涉寻游的踪迹。六朝士人雅爱山水，尽管他们有兰亭盛会那种"崇山峻岭，茂林修竹，清流激湍，映带左右"②的环境供诗兴之引发，然而观当时与会诸人，如庾阐、谢万、王羲之、王徽之、王宿之、王彬之等所留存之诗篇③，其描山绘水之简单贫乏固不消说，尤可注意者，其中竟无一涉及登陟之趣。故在这方面，谢灵运的山水诗实在也意味着新境界与新里程。因为他的诗不仅描绘自然，并且更写出了人在大自然中的实际情形。如：

怀新道转迥，寻异景不延。（《登江中孤屿》）

① 《宋书·谢灵运传》语。
② 王羲之《兰亭集序》语。
③ 以上诸人均有兰亭诗作，见于《全晋诗》。

此乃寻幽者因贪寻新景而暂忘路途遥远，以及因急于更往前探奇而不愿为眼前之美景迁延的心理。沈德潜谓："深于寻幽者知之。"（《古诗源》评语）实为中肯之评。又如：

> 裹粮杖轻策，怀迟上幽室。行源径转远，距陆情未毕。
> （《登永嘉绿嶂山》）
> 跻险筑幽居，披云卧石门。苔滑谁能步，葛弱岂可扪。
> （《石门新营所住四面高山回溪石濑茂林修竹》）

则更将游山者搜剔深远的兴奋心境与冒险精神表露无遗。至于全篇构成游记式者，谢集之中比比皆是。兹举一首以为例：

> 晨策寻绝壁，夕息在山栖。疏峰抗高馆，对岭临回溪。
> 长林罗户穴，积石拥基阶。连岩觉路塞，密竹使径迷。
> 来人忘新术，去子惑故蹊。活活夕流驶，噭噭夜猿啼。
> 沉冥岂别理，守道自不携。心契九秋干，目玩三春荑。
> 居常以待终，处顺故安排。惜无同怀客，共登青云梯。
>
> （《登石门最高顶》）

此诗首二句，一面说策杖登石门，点出题目来，一面说山顶有精舍可供游客住宿。次四句铺叙高馆四周之形势，先写远景，后写近景。"连岩"以下四句则写登石门沿途之景色，以及迂回险阻之情形，乃是作者登山的实际经历过程。"夕流"与"夜猿"写天籁，从听觉上的效果反衬深山之寂静。"沉冥"以下则由眼前景物推出作者之感受与悟得之道理，而以守道不变则穷达显晦浑然一致自慰，末尾又翻出知音难觅之叹，作凄然的结束。大抵，谢诗首多叙事，继言景物，而结之以情理，故末语每多感伤。这种井然的次序，几为惯例典型。一般认为灵运之继承者为谢朓，然而，小谢的山水诗反而纯是咏物诗的章法，未若鲍照之步趋紧密。下引鲍诗三首以明之：

> 昨夜宿南陵，今旦入芦洲。客行惜日月，崩波不可留。
> 侵星赴早路，毕景逐前俦。鳞鳞夕云起，猎猎晚风遒。
> 腾沙郁黄雾，翻浪扬白鸥。登舻眺淮甸，掩泣望荆流。
> 绝目尽平原，时见远烟浮。倏忽坐还合，俄思甚兼秋。
> 未尝违户庭，安能千里游。谁令乏古节，贻此越乡忧。
>
> （《上浔阳还都道中作》）

> 荒涂趣山楄，云崖隐灵室。冈涧纷萦抱，林障杳重密。
> 昏昏磴路深，活活梁水疾。幽隅秉昼烛，地牖窥朝日。
> 怪石似龙章，瑕璧丽锦质。洞庭安可穷，漏井终不溢。
> 沉空绝景声，崩危坐惊栗。神化岂有方，妙象竟无述。
> 至哉炼玉人，处此长自毕。
>
> （《从庾中郎游园山石室》）

> 高柯危且竦，锋石横复仄。复涧隐松声，重崖伏云色。
> 冰闭寒方壮，风动鸟倾翼。斯志逢凋严，孤游值曛逼。
> 兼涂无憩鞍，半菽不遑食。君子树令名，细人效命力。
> 不见长河水，清浊俱不息。
>
> （《行京口至竹里》）

以上三首虽为鲍照山水诗之一端，却已显然可见其所受谢诗影响之痕迹。首先，就结构而言，三篇大抵皆循谢诗先叙事，继写景，后结以情理之章法。不过，其间亦小有分别；谢诗虽然每以易理道情自勉，而终难免于知音难觅之悲响。此类诗句，在谢集中多至不胜枚举，试举数例以明之：

> 安排徒空言，幽独赖鸣琴。（《晚出西射堂》）
> 握兰勤徒结，折麻心莫展。（《从斤竹涧越岭溪行》）
> 惜无同怀客，共登青云梯。（《登石门最高顶》）
> 倘有同枝条，此日即千年。（《发归濑三瀑布望西溪》）
> 美人竟不来，阳阿徒晞发。（《石门岩上宿》）

谢灵运的诗多以此类美人不来、知音难盼为终曲。而鲍照的山水诗则除"叹慨诉同旅，美人无相闻"（《还都道中》三首之一）外，似未见同调。其所以有此分别者，盖以二人身分地位与个性遭遇有异之故。谢灵运出身于豪门贵族，其人才高性傲，不幸又适逢晋宋易朝之际。他名满天下，却不知收敛，乃肆意放荡，遂遭嫉恨，终致排斥，且不免于弃市。灵运之遨游山水固为性分所好，实则亦欲借山水以释怀娱情。不过，由于他对性理之根本功夫仍缺乏修养，内心充满矛盾苦闷。山水为其所爱，但山水不足以娱其情；名理为其所好，而名理亦不足以释其怀；徘徊往复，终未获心灵的安宁。谢灵运四十九年的生命，表面上虽然多彩多姿，极富传奇性，其人言行亦多乖迕不可谅，实则衷情落寞，靡有寄托，可怜可哀！故其诗章悲响萦回，良有以也。至于鲍照，则出身贫微，以有文才得干临川王刘义庆为国侍郎。义庆亡，始兴王濬复引为侍郎。孝武帝时，为中书舍人。后侍临海王子顼为前军参军。终以子顼参与谋逆失败，照亦死于乱军。钟嵘惜之曰"才秀人微"，沈约更诬称他相时投主，"为文多鄙言累句"①，以自贬下迁就。但是，观鲍照诗文，似未见"鄙言累句"，至其"河清颂"及侍宴应制诸诗所表现，则以鲍照的身分地位言之，亦理所当然而已。综观鲍照一生，出身低微，三易其主，又始终不过文学侍从之地位，可谓平凡且平淡。他的心里纵使有怀才不遇之牢骚，也当不致如谢灵运之苦闷难解。因而，登临山水，睹景物，悟情理，也未必有灵运之沉调悲响发自内心。

谢灵运以雅爱山水，多游历之经验，故其山水诗皆有作者登陟之具体描写，且其游历憩息之时间与过程，多脉络可循，极为明显。如前举《登石门最高顶》之首二句："晨策寻绝壁，夕息在山栖"即一例。此外如：

> 裹粮杖轻策，怀迟上幽室。(《登永嘉绿嶂山》)
> 宵济渔浦潭，旦及富春郭。(《富春渚》)
> 朝旦发阳崖，景落憩阴峰。(《于南山往北山经湖中瞻眺》)

或朝发晚抵，或宵出旦及，对于游历之始终、时间、地点、情况，乃至游历者之心情，皆有明白的交代。这种典型，于鲍照前举第一首诗《上浔阳还都道中作》："昨夜宿南陵，今旦入芦洲。……侵星赴早路，景毕逐前俦。"诸语可见，余者如：

> 访世失隐沦，从山异灵士。(《登庐山望石门》)
> 明发振云冠，升峤远栖趾。(《登庐山望石门》)

---

① 《宋书·临川王道规传附鲍照传》语。

鸣鸡戒征路，暮息落日分。(《还都道中》三首之一)

悬装乱水区，薄旅次山楹。(《登庐山》)

亦皆为诗人亲历其境的时间或过程之具体写照。

　　谢诗最擅长实景实写，细腻刻画。此种特色，俱可见于前举三首鲍诗各篇主要部分之中。下面依次摘录以明之：

鳞鳞夕云起，猎猎晚风道。腾沙郁黄雾，翻浪扬白鸥。
登舻眺淮甸，掩泣望荆流。绝目尽平原，时见远烟浮。

(《上浔阳还都道中作》)

荒涂趣山楹，云崖隐灵室。冈涧纷萦抱，林障杳重密。
昏昏磴路深，活活梁水疾。幽隔秉昼烛，地脯窥朝日。
怪石似龙章，瑕璧丽锦质。洞庭安可穷，漏井终不溢。
沉空绝景声，崩危坐惊栗。

(《从庾中郎游园山石室》)

高柯危且竦，锋石横复仄。复涧隐松声，重崖伏云色。
冰闭寒方壮，风动鸟倾翼。斯志逢凋严，孤游值曛逼。
兼涂无憩鞍，半菽不遑食。

(《行京口至竹里》)

大自然之形状、色泽、音响俱见于其中，故而可视、可闻、可触的感官能及之现实景象遂呈于读者眼前。如前所述，鲍谢二家的山水诗绝不仅是供人远眺的平面图画，却是可供读者追踪诗人徜徉徘徊的立体实景。兹更举鲍诗一首以为参考：

悬装乱水区，薄旅次山楹。千岩盛阻积，万壑势回萦。
巃嵸高昔貌，纷乱袭前名。洞涧窥地脉，耸树隐天经。
松磴上迷密，云窦下纵横。阴冰实夏结，炎树信冬荣。
嘈囋晨鹍思，叫啸夜猿清。深崖伏化迹，穹岫閟长灵。
乘此乐山性，重以远游情。方跻羽人途，永与烟雾并。

(《登庐山》)

这首诗雄伟幽深，刻画大自然的原始姿态最为突出传神。方东树
《昭昧詹言》谓：

> 千岩以下十四句皆实写。……虽造句奇警，非寻常凡手
> 所能问津。但一片板实，此不必定见为庐山诗，又不必定见
> 为鲍照所作也。换一人，换一山，皆可施用。

所谓"换一人换一山皆可施用"者，正是谢灵运与鲍照的山水诗
的特色。因为诗人以冷静之眼光观察景物，以细腻写实之笔法摹
临自然。当我与外景对立时，我不移情入景，景亦不染我之情思，
故其状态音色，皆为景物本然。而高山幽谷处处，大自然的美妙，
原不必限于此山此水，故曰："换一人换一山皆可施用"。

不过，有时美景当前，而诗人所选择的角度不同，各人所秉
具之气质有别，则往往诗风亦异。陈祚明《采菽堂古诗选》谓鲍
照此诗：

> 坚苍。其源亦出于康乐，幽隽不逮，而矫健过之。

吐音壮抗，造句奇矫，本乃鲍照诗赋的风格。其山水诗自亦能充分显现此特色。综观鲍照之山水诗及拟代应制酬酢诸篇中有关山水景物之句，可谓惊挺有过，而颇伤清雅。反观谢集，则每见兼容雄伟之美与优柔之美。其雄伟幽奇之诗句诸例，于此无须赘言，兹将其清丽韶秀之诗句摘录若干以见一端：

> 池塘生春草，园柳变鸣禽。（《登池上楼》）
>
> 野旷沙岸净，天高秋月明。（《初去郡》）
>
> 云日相辉映，空水共澄鲜。（《登江中孤屿》）
>
> 芰荷迭映蔚，蒲稗相因依。（《石壁精舍还湖中作》）
>
> 时竟夕澄霁，云归日西驰。密林含余清，远峰隐半规。
> （《游南亭》）
>
> 初篁苞绿箨，新蒲含紫茸。海鸥戏春岸，天鸡弄和风。
> （《于南山往北山经湖中瞻眺》）
>
> 猿鸣诚知曙，谷幽光未显。岩下云方合，花上露犹泫。
> （《从斤竹涧越岭溪行》）

汤惠休称："谢诗如芙蓉出水"[1]；敖器之称："谢灵运如东海扬帆。风日流丽"[2]；薛君采称："清远秀丽"[3]；当系指此类作品而言。《南史·颜延之传》记载：

> 颜延之问鲍照己与谢灵运优劣。照曰："谢五言如初日芙蓉，自然可爱；君诗如铺锦列绣，亦雕缋满眼。"颜闻此语，

---

① 《诗品》卷中宋光禄大夫"颜延之"条语。

② 见敖陶孙《诗评》。

③ 详薛蕙（字君采）《丁原遗书》。

终身病之。

所谓"如初日芙蓉,自然可爱",正与汤惠休①、薛君采所评,不谋而合。足见鲍照对谢灵运心折之一斑。沈德潜《古诗源》例言曰:"康乐神工默运,明远廉俊无前,允称二妙。"王渔洋《古诗选》例言亦谓:"宋代词人,康乐为冠,诸谢奕奕,迭相映蔚。明远篇体惊奇,在延年之上。谢之与鲍,可谓分路扬镳。"二说皆以谢灵运与鲍照相提并论,颇异于《诗品》所说:"谢客为元嘉之雄,颜延年为辅",以及《宋书·颜延之传》所载:"江左称颜谢"之论。不过,沈德潜、王渔洋以鲍谢并称,盖就二家全部作品立论,若仅就其山水诗置评,则鲍照虽能踵武谢诗,而究嫌廊庑略小。严羽《沧浪诗话》曰:"颜不如鲍;鲍不如谢。"方是允当之论。

鲍照诗集中,以乐府拟代之作居多,且风格惊挺创新,遂受瞩目,而论者多忽略其山水诗篇。本文专就其山水诗探讨,由前举诸例分析比较,可知鲍照的山水诗,无论遣词造句,乃至全篇之结构布局,大体皆沿袭谢灵运之山水诗而来。而历代论诗者,于山水诗发展情形,每每仅举谢朓,谓为谢灵运之继承发扬者,实未为妥当。山水诗在谢灵运笔下已创造出实写客观而融合景物情理之独特风格。《文心雕龙·明诗篇》曰:"宋初文咏,体有因革,庄老告退,而山水方滋。"实则灵运的山水诗中,兼容山水与庄老,只是玄理气氛较郭璞、孙绰辈的游仙、玄理诗淡化而已。及至永明,谢朓以当时所盛行之咏物诗方式写山水自然,庄老之色彩乃退。故大谢与小谢虽历来被目为六朝山水诗之主要作家,

---

① 或谓鲍照此语,汤惠休袭之。

事实上，其根本精神已有变化。鲍照居二谢之间，其山水诗篇虽不甚受人重视，然而，从元嘉时代到永明时代，山水诗由兼容情理变为咏物诗式之写法，鲍照的山水诗却真正扮演了过渡的身分。这是山水诗的发展途径上，一个值得注意的事实。

宫体诗人的写实精神

　　我曾经写过一些有关六朝宫体诗的论文，析论其形式与风格，分类归纳其题材对象，以及探讨其渊源流布等问题。在古今论文学史及批评者的眼光尺度里，宫体诗几乎可以说从未获得过垂青与同情，大家只是视它为文学史上的一个现象——曾占据齐梁陈隋乃至唐初共约百余年的时间，对它的批评则始终毁多于誉，甚且有人以它为色情文学之代词。我所以一再撰文讨论宫体诗，并非表示个人对它的特别欣赏，只是觉得在我国文学史上，宫体诗自有其独特之风格而已。本文拟专门讨论宫体诗人写作态度之重要特色——写实精神。

　　中国诗歌在六朝以前大体是气象混沌，着重意境气骨，而较少写实模仿，所以诗歌写作的题材对象无论是自然景物，或人物，多属轻描淡写，难得捕捉逼实的真面目。六朝以后，写实之风气渐重，诗人往往以肉眼观实物，且以肉眼所观得者入诗，故能造成栩栩生动之写实效果。《文心雕龙·物色篇》云：

> 自近代以来，文贵形似。窥情风景之上，钻貌草木之中；吟咏所发，志惟深远；体物为妙，功在密附，故巧言切状，如印之印泥，不加雕削，而曲写毫芥；故能瞻言而见貌，即字而知时也。

刘勰这段文字乃就当时谢灵运派山水诗人的写实风格而论。与刘勰时代相若的钟嵘也发现了当时许多诗人之中有这种追求逼真酷似的写实精神，在《诗品》中可以找到不少例证。上品"张协"条下云：

> 文体华净，少病累。又巧构形似之言。

上品"谢灵运"条下云：

> 杂有景阳之体，故尚巧似，而逸荡过之。

中品"颜延之"条下云：

> 尚巧似，体裁绮密，情喻渊深。

中品"鲍照"条下云：

> 善制形状写物之词，得景阳之诪诡，含茂先之靡嫚。……然贵尚巧似，不避危仄。

钟嵘评上举诸家，说他们"巧构形似"，或"尚巧似"，重点似乎也放在他们写实咏物方面的作品上。此外，《颜氏家训·文章篇》云：

> 何逊诗实为清巧，多形似之言。

恐怕仍是指他那些写景物的诗而言。这样看来，刘勰、钟嵘与颜之推三人类似的评论都是对取材于大自然的诗篇而发的。不过，齐、梁以后，诗人写作的对象似已逐渐缩小范围，高山深谷那种气象广大的题材，除了少数诗人偶一吟咏之外，大家的写作兴趣毋宁是集中于宫草苑花，以及舞伎歌女等眼前身边的人与景物方面了。事实上，接替山水诗而成为当时诗歌主流的，正是咏物诗与宫体诗。但是，尽管由山水而咏物而宫体，诗人咏歌的题材对象有所改变，山水诗所开拓的那种"巧构形似"的写实精神却继续被保留下来，成为这类诗的正统写作态度。尤其在以描写女性及男女感情为主的宫体诗之中，这个特色更属明显。

走笔至此，我想探讨一下文学中写实精神发生的原因。文学是人类生活的反映。换言之，文学与人的感情思想有极密切的关系。故文风之转变也往往意味着人的生活或思维方式之改变。

汉末的政治腐败、社会紊乱以及儒家本身之衰微，使一般的文士对传统的信念从根本上发生了动摇，也间接促成老庄哲学的复活。老庄的思想虽然在行动上消极地逃避现实，而在意识上却积极地批评现实，强调自我之尊贵，这与儒家传统的道德功用观念是极不相同的。经此乱世的刺激与新思维方式之再生，魏晋人士一面摆脱了虚伪而拘束的生活态度，另一方面也有了海阔天空地追求自由自在的真实生活的机会。于是，他们观人生、观物象，无须再透过礼法道德的框架，而尽可以睁大了双眼去饱览，结果，他们看到了宇宙本身，人生世相本身，而尤其重要的是，纯粹的审美观念也在这样的环境下建立起来了。《世说新语·言语第二》载：

> 顾长康从会稽还，人问山川之美。顾云："千岩竞秀，万壑争流，草木蒙笼其上，若云兴霞蔚。"

又载：

> 王子敬云："从山阴道上行，山川自相映发，使人应接不暇；若秋冬之际，尤难为怀。"

可见，当时人士能以无为的纯正赏美眼光接受大自然。非仅此也，他们更能把鉴赏的范围扩展到人本身之上。《世说新语·容止第十四》有甚多此类记载，例如：

> 何平叔美姿仪，面至白，魏文帝疑其傅粉；正夏月，与热汤饼，既啖，大汗出，以朱衣自拭，色转皎然。

> 魏明帝使后弟毛曾与夏侯玄共坐，时人谓"蒹葭倚玉树"。

> 潘岳妙有姿容，好神情；少时，挟弹出洛阳道，妇人遇者，莫不连手共萦之。左太冲绝丑，亦复效岳游遨；于是群妪齐共乱唾之，委顿而返。

> 王夷甫容貌整丽，妙于谈玄；恒捉白玉柄麈尾，与手都

无分别。

潘安仁、夏侯湛并有美容，喜同行，时人谓之"连璧"。

裴令公有隽容仪，脱冠冕，粗服，乱头皆好；时人以为"玉人"。见者曰："见裴叔则如玉山上行，光映照人！"

卫玠从豫章下都，人久闻其名，观者如堵墙。玠先有羸疾，体不堪劳，遂成病而死；时人谓："看杀卫玠。"

有人诣王太尉，遇安丰、大将军、丞相在坐；往别屋见季胤、平子。还，语人曰："今日之行，触目见琳琅珠玉。"

以上诸条，可以令人想见魏晋人士对人本身的审美具有多么敏锐的感受了。其实，爱美本是人性之一端，在别的时代，观史传记载，也有提到男子仪表的，只是多数仅止于形容其魁伟堂皇而已，如上举诸例之形容男子为"玉人""连璧"乃至"琳琅珠玉"等，则确属罕见。又如王衍之手如白玉、何晏之面白如傅粉，都可以显示，魏晋时代对于一位男性的外观的审美态度绝不止于要求其具备英雄气概而已。《魏志·王粲传》注引《魏略》云：

（曹）植初得邯郸淳甚喜，延入坐，不先与谈，时天暑热，植因呼常从取水自澡讫，傅粉，遂科头拍袒胡舞五椎锻、跳丸击剑，诵俳优小说数千言。

又《颜氏家训·勉学篇》云：

> 梁朝全盛之时，贵游子弟多无学术，至于谚云，上车不落则著作，体中何如则秘书。无不熏衣剃面，傅粉施朱，驾长檐车，跟高齿屐，坐棋子方褥，凭斑丝隐囊，列器玩于左右，从容出入，望若神仙。

由这两段记载，可以证明魏晋以后男子傅粉施朱的事实，无怪乎魏文之疑何晏了。至于潘岳、左思二人的美丑悬殊所造成强烈对比的遭遇，以及卫玠因貌美而被时人"看杀"之事实，更显示出当时社会一般风气是如何的看重士人之美。"以貌取人"既然可以使天质佳善者赢得世人赞颂，乃至因而雍容显位，则刻意求美，乃成为极自然的后果。傅粉施朱、熏衣剃面、跟高齿屐等努力，无非都是旨在企求增加外形姿容之美。至于《世说新语·假谲篇》云：

> 谢遏（按：玄小字）年少时，好着紫罗香囊垂覆手，太傅患之，而不欲伤其意，乃谲与赌，得即烧之。

《宋书·谢灵运传》云：

> 性奢豪，车服鲜丽，衣裳器物多改旧制，世共宗之，咸称谢康乐。

则由追求姿貌之美而更进为服饰之考究华丽，其目的亦在于增加外形之美，以引人注意罢了。社会风气趋向浪漫，男子尚且崇美至此，则女性美之讲究，更可想而知。

如前所述，这种对于纯粹美的追求，实在是种因于儒家功用主义崩毁的消极结果与老庄自由思想发扬的积极表现。同时，在文学方面，文士们也已经摆脱了道德实用的桎梏，可以畅所欲言，于是六朝文人也不必再顾忌美刺、讽谏等问题而扭捏作态，只需将山水之美、器物之美等，逼实而细腻地摹描入诗便可以了。纯粹的审美态度与客观而逼真的写作技巧相配合，这就产生了许多写实的诗篇：取材于山水自然者，便成了山水诗；取材于宫苑器物，便成了咏物诗；而取材于人本身——尤重女性时，便产生了宫体诗。因此，六朝人崇尚女性美的具体表现，实在可以说便是以"巧构形似"的写实态度赋出的宫体诗了。

假如我们溯源描绘女性美的诗，最早的恐怕当推《诗经·卫风·硕人》了。兹录其诗于后以明之：

> 硕人其颀，衣锦䌹衣。齐侯之子，卫侯之妻，东宫之妹，邢侯之姨，谭公维私。手如柔荑，肤如凝脂，领如蝤蛴，齿如瓠犀，螓首蛾眉。巧笑倩兮，美目盼兮。硕人敖敖，说于农郊。四牡有骄，朱幩镳镳，翟茀以朝。大夫夙退，无使君劳。河水洋洋，北流活活。施罛濊濊，鳣鲔发发，葭菼揭揭。庶姜孽孽，庶士有朅。

《左传·隐公三年》云："卫庄公娶于齐东宫得臣之妹曰庄姜，美而无子，卫人所为赋《硕人》也。"这一首诗首章叙述庄姜的高贵身世。二章描写庄姜仪容之美，头五句全用比拟手法，从手、皮肤、颈项、牙齿和额头、眉毛等处刻画入微，造成静态美的效果，后二句则从笑容与眼神烘托出动态之美。以四言古朴之形式而能如此成功地描写端庄高贵的女性美，确属难得，故而姚际恒评曰："千古颂美人者无出其右，是为绝唱。"此段文字实在也是全篇最精彩的部分。三四两章写庄姜自齐适卫，渡河来嫁之情形。风景、车马及诸陪嫁女子与卫士，都成为衬托新嫁娘的点缀，有如图画中的背景，而庄姜实为其主题中心。

这种形容女性美的诗在《硕人》以后并不多见。《古诗十九首》中如《青青河畔草》《迢迢牵牛星》间或有几句，然而与全诗之分量相比，颇嫌太少，同时，全篇抒情之成分重而写实之趣味轻。其他，则只有辛延年的《羽林郎》与无名氏的《陌上桑》了。尤其是《陌上桑》的前段，有约占全篇四分之一的文字，用以描写诗中女角罗敷：

> ……罗敷善蚕桑，采桑城南隅。青丝为笼系，桂枝为笼钩。头上倭堕髻，耳中明月珠。缃绮为下裙，紫绮为上襦。行者见罗敷，下担捋髭须；少年见罗敷，脱帽着帩头。耕者忘其犁，锄者忘其锄。来归相怨怒。……

以上写罗敷采桑用的篮子和罗敷的发式、装饰及衣服的华美，用直接描写的笔法；至于罗敷的姿色，则避免直书，而改采侧面反衬之手法，从旁人的反应，间接烘托出罗敷之美，令读者有自由发挥想像之余地，而诗中女性之美也因而可得无限伸展。陈祚明谓："写罗敷全须写容貌，今止言服饰之盛耳，无一言及其容貌，特于看罗敷者尽情描写；诚妙！"的确是此处"无色胜有色"，虚处着笔反较实笔实写为高妙。

从《硕人》而《陌上桑》，描写女性美的文字本来很可以顺理成章地发展成熟下去的，然而事实上，除了司马相如的《美人赋》、宋玉的《神女赋》《登徒子好色赋》及曹植的《洛神赋》

诸篇夸张的赋以外，真正以写实之笔歌咏女性美的诗，却要等到二百多年之后的宫体诗才大量产生。

专事咏歌女性美及男女爱情的宫体诗发端于齐代，经梁、陈二朝，萧氏父子及陈叔宝君臣的迭相唱和而呈极盛状况，余波荡漾，且及于隋代及唐代初期①。兹举宫体诗全盛时期梁代及陈代的典型作品各二首以为示例：

> 北窗向朝镜，锦帐复斜萦。娇羞不肯出，犹言妆未成。
> 散黛随眉广，燕脂逐脸生。试将持出众，定得可怜名。
>
> （梁·简文帝《美人晨妆》）

> 卧久疑妆脱，镜中私自看。薄黛销将尽，凝朱半有残。
> 垂钗绕落鬓，微汗染轻纨。同羞不相难，对笑更成欢。
> 妾心君自解，挂玉且留冠。
>
> （梁·刘孝绰《爱姬赠主人》）

> 丽宇芳林对高阁，新妆艳质本倾城。
> 映户凝娇乍不进，出帷含态笑相迎。
> 妖姬脸似花含露，玉树流光照后庭。
>
> （陈后主《玉树后庭花》）

> 后宫唯闻莫琼树，绝世复有宋容华。
> 皆自争名进女弟，定觉双飞胜荡家。
> 愿并迎春比翼燕，常作照日同心花。

---

① 详见拙著《六朝宫体诗研究》（《台大文史哲学报》第十五期）。

闻道艳歌时易调，忖许新恩那久要。

翠眉未画自生愁，玉脸含啼还似笑。

角枕千娇荐芳香，若使琴心一曲奏。

幽兰度曲不可终，阳台梦里自应通。

秋树相思一枝绿，为插贱妾两鬓中。

　　　　　　　（陈·江总《秋日新宠美人应令》）

从上举四首，显然可以看出，六朝诗人写女性，已较《硕人》或《陌上桑》，无论在分量上和写作技巧上都有长足的进展。《硕人》全篇之精华虽在歌颂庄姜之美的第二章，然而前言其出身，后写其来嫁，实写庄姜个人之部分，究竟只占全诗的四分之一。《陌上桑》则如前所述，也只有前段占全篇四分之一的文字是在形容罗敷本身，至其后半一大段文字，却是写罗敷守身如玉的坚贞妇德。这种情形，当然有异于通篇描写女性的宫体诗。因为古代民歌乃是社会民众的生活写照，其中往往跳跃着热烈的感情思想。庄姜与罗敷这两位女性之美貌，只是在这种情况之下，偶然被加重和夸张而出现的特殊例子而已，二诗的中心意图也并不仅在于咏歌其美，而是另有其目的。至于在六朝贵族文士之间流行的宫体诗，则纯粹是君臣游宴之余酬酢唱和的作品。其写作态度既属娱乐游戏性质①，所以也就无须乎表现浓烈的情感或深刻的思想，诗人只要即景咏成美人的姿色形态便可，因此所写的内容往往仅止于表面的形形色色，同时也因此之故，不得不在表面的形容上刻意求表现了。在这种情形之下，宫体诗中遂大量出现了描绘女性姿容之句，如：

---

　　① 　详见拙著《六朝宫体诗研究》(《台大文史哲学报》第十五期)。

丰容好姿颜。（沈约《少年新婚为之咏》）

妖丽特非常。（萧纲《倡妇怨情十二韵》）

丽色比花丛。（萧纲《和湘东王名士悦倾城》）

二八人如花。（王僧孺《月夜咏陈南康新有所纳》）

新妆本绝世。（王训《应令咏舞》）

此类诗句在宫体诗中俯拾即是，然而尤嫌其笼统，未能具体、细腻刻画人体各部位之诗句，也颇不乏其例：

薄鬓约微黄，轻红淡铅脸。（江洪《咏歌姬》）

妆成理蝉鬓，笑罢敛蛾眉。（萧绎《登颜园故阁》）

同安髻里拨，异作额间黄。（萧纲《戏赠丽人》）

汗轻红粉湿，坐久翠眉愁。（萧绎《咏歌》）

回羞出曼脸，送态表嚬蛾。（王筠《同武陵王看妓》）

关情出眉眼，软媚着腰肢。（萧纶《车中见美人》）

媚眼随羞合，丹唇逐笑分。（何思澄《南苑逢美人》）

斜睛若不盼，当转复迟疑。（江洪《咏舞女》）

梦笑开娇靥，眠鬟压落花。（萧纲《咏内人昼眠》）

朱唇随吹尽，玉钏逐弦摇。（萧纲《夜听妓》）

粉光犹似面，朱色不胜唇。（刘缓《敬酬刘长史咏名士悦倾城》）

白雪凝琼貌，明珠点绛唇。（江淹《咏美人春游》）

逐唱回纤手，听曲动蛾眉。（何逊《咏舞妓》）

清镜对蛾眉，新花弄玉手。（何子朗《和虞记室骞古意》）

腕动苕华玉，袖随如意风。（萧纲《咏舞》）

举腕嫌衫重，回腰觉态妍。（刘遵《应令咏舞》）

纤纤运玉指，脉脉正蛾眉。（刘邈《见人织聊为之咏》）

思君暂促柱，玉指何纤纤。（何子朗《学谢体》）

细腰宜窄衣，长钗巧挟鬓。（庾肩吾《南苑看人还》）

腰纤蔑楚媛，体轻非赵姬。（江洪《咏舞女》）

发袖已成态，动足复合姿。（同上）

裾开见玉趾，衫薄映凝肤。（沈约《少年新婚为之咏》）

这样的诗句，已经不是单靠"美"或"丽"或"妖"等抽象的形容词来描绘女性，而是实实在在地从肉体各部位，如头发、额际、眉眼、嘴唇、腕臂、手指、腰肢、足趾、肌肤等处，做具体而细微的刻画。其中有属于静态的描写，也有属于动态的描写。至如刘孝绰的一首《咏眼》：

含娇暖已合，离怨动方开。欲知密中意，浮光逐笑回。

则专就女性之眼而吟咏，描写之对象如此集中于肉体局部之某一点，这情形正如今日电影之特写镜头了。

有关描写衣饰的诗句，在宫体诗中所占之比例更多，实在繁富不胜枚举，兹略举其中具代表性之例句于后：

衣香知步近，钏动觉行迟。（萧绎《登颜园故阁》）

粉光胜玉靓，衫薄拟蝉轻。（萧纲《美女篇》）

薰衣杂枣香，筒钗新辗翠。（王训《奉和率尔有咏》）

映襟阗宝粟，缘肘挂珠丝。（江洪《咏舞女》）

罗襦金薄厕，云鬓花钗举。（沈约《少年新婚为之咏》）

宝髻珊瑚翘，兰馨起縠袖。（萧纲《三月三日率尔成诗》）

罗袖风中卷，玉钗林下耀。（何逊《苑中见美人》）

袖轻风易入，钗重步难前。（王训《应令咏舞》）

回履裾香散，飘衫钿响传。（刘孝仪《和咏舞》）

罗裙数十重，犹轻一蝉翼。（施荣泰《杂诗》）

锦履并花纹，绣带同心苣。（沈约《少年新婚为之咏》）

荡子十年别，罗衣双带长。（刘孝绰《古意》）

罗裙宜细简，画屧重高墙。（萧纲《戏赠丽人》）

楼殿闻珠履，竹树隔罗衣。（何逊《苑中》）

钗长逐鬟髲，袜小称腰身。（刘缓《敬酬刘长史咏名士悦倾城》）

宝镊间珠花，分明靓妆点。（江洪《咏歌姬》）

凝睛眄堕珥，微睇托含辞。（何逊《咏舞妓》）

良人惜美珥，欲以代芳管。（刘孝绰《遥见邻舟主人投一物众姬争之有客请余为咏》）

曳绡争掩縠，摇佩奋鸣环。（同上）

这里所呈现的衣饰，从衫、襦、袖、裙、带、履、钏、钗、钿、珥、佩，乃至薰香等，举凡女性之服装与饰物几乎都包罗在内，不仅富于鲜明的色彩感，同时也兼具有音响与嗅觉的效果。前面举了一首刘孝绰的《咏眼》以为宫体诗人刻画肉体美极致的例证，此处更举沈约二诗，以明宫体诗人写服饰也往往有专注一端之事实：

纤手制新奇，刺作可怜仪。紫丝飞凤子，结缕坐花儿。

不声如动吹，无风自袅枝。丽色俍未歇，聊承云鬓垂。

（《领边绣》）

105

> 丹樨上飒沓，玉殿下趋蹰。逆转珠佩响，朱表绣袿香。
>
> 裾开临舞席，袖拂绕歌堂。所叹忘怀妾，见委入罗床。
>
> （《脚下履》）

虽然就类别言之，此二诗宜入于咏物诗类，不过，仅就女性领边之绣饰，与脚下之履这样微细的题材咏歌，岂非正足以发明六朝诗人对女性服饰注意之细腻吗？

　　以极肉感之形态美，配合此极艳丽之服饰美，遂能产生十分逼实的人物写照。何况，宫体诗人所要表现的，并不止于一幅静态的画面而已，他们往往更能捕捉栩栩如生的情态，或生动有致的动态。这一点，却是仅靠上举诸种肉体或服饰之形容刻画所无法达到的，故而写宫体诗的作家，常常在字里行间表现了极细腻的观察力和入木三分的表现力。六朝文士之中，梁简文帝既然是写作宫体诗最多，且是对宫体诗之流行影响力最大的人①，且先看一看他的作品：

> 细树含残影，春闺散晚香。轻花鬓边堕，微汗粉中光。
>
> 飞凫初罢曲，啼鸟忽度行。羞令白日暮，车骑郁相望。
>
> （《晚景出行》）

这一首诗与其他宫体诗略有不同，写丽人傍晚出游，景物之烘托较多，而景中人物之描写，则只有"轻花鬓边堕，微汗粉中光"二句，既不及于美人之容貌姿态，亦不繁言其服饰。而"鬓"与

---

① 详见拙著《六朝宫体诗研究》（《台大文史哲学报》第十五期）。

"粉"是其中代表女性之二字；却由于花之堕于鬓边，及粉脸上微渗之汗光，作者采用重点突出方法，一方面暗示了美人出游之久，另一方面则保留了较多想像之空间，使读者自行发挥联想。于是，由"花"而"鬓"而"粉"，诗中人物之玉颜盛饰宛在眼前，而由鬓边堕花、粉脸微汗，诗中人物之娇柔倦慵又似若可以想见。类似的作法，亦见于其《夜听妓》诗中：

> 合欢蠲忿叶，萱草忘忧条。何如明月夜，流风拂舞腰。
> 朱唇随吹尽，玉钏逐弦摇。留宾惜残弄，负态动余娇。

写歌妓舞女，除了描写女性的容貌形态以外，更重在如何把握当时的音响歌声以及舞姿动态。这首诗特以"舞腰""朱唇"强调舞者歌者，看似泛泛寻常之句，却由于流风之拂弄舞腰，朱唇之紧随管弦，而令人想像舞者柳腰之轻盈曼妙，歌者玉喉之宛转悦耳。至如"玉钏逐弦摇"五字，则兼具有视觉与听觉的美妙效果。于是，流风明月之夜，轻歌曼舞之欢乐场面，犹似在读者眼前了。

　　由于歌姬舞女本身具有变化多端的神情动态，使作者可以有更多堆砌刻画、炼字造句的机会，故而歌妓舞女几乎是宫体诗人最乐于吟哦的对象。又由于六朝帝王贵族之间唱和之风气颇盛，所以君臣相率咏和之作遂多。下面更引三首诗例：

> 管清罗荐合，弦惊雪袖迟。逐唱回纤乎，听曲动蛾眉。
> 凝睛眄堕珥，微睇托含辞。日暮留嘉客，相看爱此时。
> 　　　　　　　　　　　　　　　（何逊《咏舞妓》）

> 宝钗间珠花，分明靓妆点。薄鬓约微黄，轻红淡铅脸。

> 发言芳已驰，复加兰蕙染。浮声易伤叹，沉唱安而险。
> 孤转忽徘徊，双蛾乍舒敛。不持全示人，半用轻纱掩。
>
> （江洪《咏歌姬》）

> 因风且一顾，扬袂隐双蛾。曲终情未已，含睇目增波。
>
> （何敬容《咏舞》）

以上三诗长短不一，然而无论写歌妓舞女，除了姿态服饰的描绘
以外，皆能成功地塑造人物情态。即使非咏歌舞的宫体诗，六朝
的诗人也总能作耐心而细致的堆砌刻画，沈约的《少年新婚为之
咏》便是一首最好的例子：

> 山阴柳家女，莫言出田墅。丰容好姿颜，便僻工言语。
> 腰肢既软弱，衣服亦华楚。红轮映早寒，画扇迎初暑。
> 锦履并花纹，绣带同心苣。罗襦金薄厕，云鬓花钗举。
> 我情已郁纡，何用表崎岖。托意眉间黛，申心口上朱。
> 莫争三春价，坐丧千金躯。盈尺青铜镜，径寸合浦珠。
> 无因达往意，欲寄双飞凫。裾开见玉趾，衫薄映凝肤。
> 羞言赵飞燕，笑杀秦罗敷。自顾虽悴薄，冠盖耀城隅。
> 高门列驷驾，广路从骊驹。何惭鹿卢剑，讵减府中趋。
> 还家问乡里，讵堪持作夫。

这一首诗题曰咏少年新婚，事实上除末段八句外，全篇都在写
"丰容好姿颜"的"山阴柳家女"。从她的鬓发、眉黛、嘴唇、腰
肢、足趾、肌肤到花钗、罗襦、薄衫、绣带、裙裾、锦履，乃至
于画扇、青铜镜、合浦珠等，在姿容、服饰、器用，各方面逐一

细细描绘，层层堆砌，更以古代美人飞燕、罗敷相比拟，旨在塑造真实而可亲的佳丽偶像。这种客观而写实的手法，正是《文心雕龙》及《诗品》所称"巧言切状"或"巧构形似"了。不过，如前所述，刘勰与钟嵘所指的对象盖主要为山水诗，所以其"体物为妙，功在密附"也当然是指山水草木等大自然而言。至于宫体诗之题材对象则主要为人物，换言之，其所体之物多为女性，故而欲求达到"如印之印泥"般切状、形似的效果，宫体诗人乃不得不尽量从女性之容貌姿态、服饰器物上着手钻研，这与山水诗人的"窥情风景之上，钻貌草木之中"在写作态度上是一致的。下面举一首谢灵运的山水诗《于南山往北山经湖中瞻眺》以供比较参考：

> 朝旦发阳崖，景落憩阴峰。舍舟眺回渚，停策倚茂松。
> 侧径既窈窕，环洲亦玲珑。俯视乔木杪，仰聆大壑灇。
> 石横水分流，林密蹊绝踪。解作竟何感，升长皆丰容。
> 初篁苞绿箨，新蒲含紫茸。海鸥戏春岸，天鸡弄和风。
> 抚化心无厌，览物眷弥重。不惜去人远，但恨莫与同。
> 孤游非情叹，赏废理谁通。

这是一首典型的山水诗，结构紧严而写景细密。作者于起首四句即点明题目：旅行之方向与时间，接着叙述"往"的具体过程。"侧径"以下十二句遂展开眼前景物之描绘，从侧径、环洲、乔木、大壑、水流、密林，到初篁、新蒲、海鸥、天鸡等，大自然的山水林木，乃至于和风禽鸟，凡是诗人视听感官之所及，都一一入诗，笔调细致而逼实。"抚化"以下末段六句则为全篇之结，写诗人于瞻眺景物之余，心中所兴的感慨。这与沈约之诗首四句

109

起题；以下细述"山阴柳家女"之姿色形态；而末段以婚配之允当作结，在形式上是类同的。不过，就内容言之，谢灵运的山水诗虽然大部分保持客观写实赏景的态度，其结尾几乎没有例外的，总是表现着由赏景所悟的道理，或由景物所兴的慨叹①，故白居易《读谢灵运诗》谓其诗曰："大必笼天海，细不遗草树。岂惟玩景物，亦欲摅心素。"而谢诗之所以读之再三，耐人寻味者，也正因为他那些山水诗不仅止于表面的繁富而已，在玩景物之中，实蕴藏着诗人摅心素的意图。至于宫体诗则除了成功的写实手法以外，率皆后劲不足，没有什么深刻的内涵。上面所举各诗中已可以看出此现象，兹更举梁简文帝二首宫体诗例：

> 北窗聊就枕，南檐日未斜。攀钩落绮障，插捩举琵琶。
> 梦笑开娇靥，眠鬟压落花。簟文生玉腕，香汗浸红纱。
> 夫婿恒相伴，莫误是倡家。
>
> （《咏内人昼眠》）

> 佳丽尽关情，风流最有名。约黄能效月，裁金巧作星。
> 粉光胜玉靓，衫薄拟蝉轻。密态随羞脸，娇歌逐软声。
> 朱颜已半醉，微笑隐香屏。
>
> （《美女篇》）

纯就写作技巧言之，这两首诗写女子之形态情韵，贴切密附，堪称绝妙。不过，除了表现人物的写实笔法之外，二诗都看不出有什么情思可以感动读者，前者之结语，颇嫌轻佻，后者则是平铺

---

① 详见拙著《谢灵运及其诗》（《台大文史丛刊》之十七）。

直叙，了无深义。故宫体诗与谢灵运之山水诗，表面上虽然近似，而实则同中有异。宫体诗这种纯粹写实的手法，毋宁说与山水诗后期大家谢朓的部分作品更为接近。小谢的山水诗大部分继承了大谢的风格，其中有一些却是颇近咏物诗和宫体诗的，《游东田》便是一例：

> 戚戚苦无惊，携手共行乐。寻云陟累榭，随山望菌阁。
> 远树暖阡阡，生烟纷漠漠。鱼戏新荷动，鸟散余花落。
> 不对芳春酒，还望青山郭。

这首诗客观地写山水之美、鱼鸟之欢，论用字炼句、堆砌雕刻，与大谢之作几乎可以媲美，但是全篇平铺直叙，一不及于情理，则与大谢之兼及写景与情理者有所分别。事实上，谢朓的诗集中有大量的咏物诗，宫体之作亦颇有若干。身处咏物诗流行与宫体诗渐起之时①，他的山水诗，间亦染上纯粹写实的笔法，谅亦势所难免的吧。

　　至于咏物诗与宫体之间的关系，则可谓仅只一线之隔，其所不同，在乎题材之由物转为人而已。兹就谢朓的咏物诗与宫体诗各一首做实际比较如下：

> 庭雪乱如花，井冰粲成玉。因炎入貂袖，怀温奉芳褥。
> 体密用宜通，文邪性非曲。本自江南墟，婾娟修且绿。
> 暂承君玉指，请谢阳春旭。

（《咏竹火笼》）

---

　　① 谢朓生于宋孝武帝大明八年，卒于齐东昏侯永元元年（公元四六四～四九九年）。

上客光四座，佳丽直千金。挂钗报缨绝，堕珥答琴心。

蛾眉已共笑，清香复入襟。欢乐夜方静，翠帐重沉沉。

（《夜听妓》之二）

前首《咏竹火笼》，头二句点明时入冬季，以为竹火笼上场之前辞。以下六句从火笼之为用、形象、产地等逐一说明描写，以相当细腻的笔调和人格化（女性化）的口吻作为主要的趣旨。结语二句承上而来，表现平稳中和。六朝咏物诗多遵循此风格，逼实精细、阴柔玲珑，是其共通之特色。后诗咏妓，前二句说明夜宴，以下四句则写妓女之姿容情态，所采的笔法刻画生动，与梁代以后的宫体诗并无二致。末二语亦直承上文，做平铺直叙式的结束。可见，除了咏物与咏人之区别以外，咏物诗与宫体诗无论在形式结构，或内涵情调上都是相同的。

前文已曾述及，六朝人士的审美态度与前代人大有不同。而当时狂热的崇美观念，与浪漫的文艺思潮，乃是促使文人握管写诗时可以自由模仿所见所闻的主要原因。故由模山范水而吟咏眼前器物，乃至于女性容态，"巧构形似"的表现方法终致无所不包容。宫体诗中的人物能栩栩如生，逼实贴切，其实不过是因袭和拓展了前人的写作技巧与范围而已。换言之，从六朝的诗歌发展演进看来，宫体诗人的写实精神乃是理所当然，且是不得不然的结果。至于宫体诗人过分热衷于追求形态的写实而抛弃文学内涵所造成的严重缺陷，萧纲自己早已觉察，故有"伤于轻艳"① 之憾。不过，宫体诗之价值问题，不在本文讨论范围之内，故此暂不赘述。

---

① 《梁书·卷四·简文帝本纪》："（简文帝）雅好题诗，其序云：余七岁有诗癖，长而不倦，然伤于轻艳。"

陶渊明：田园诗和田园诗人

　　说到田园诗和田园诗人，只要是对文学史稍有认识的人都会很自然地想到陶渊明以及他那些恬淡纯美的诗篇来。在魏晋那个文学的浪漫主义时代，诗的潮流本来是倾向于骈俪的形式和玄虚的内容的；只有渊明的诗能特立于时代潮流之外，用浅白平易的文字，描写农村田园的日常生活与冲澹淳朴的自由思想。为什么他的作品能像孤峰别流般独具清新的一格呢？这正如他自己的诗所说的："结庐在人境，而无车马喧。问君何能尔？心远地自偏"（《饮酒》），因为他避开了现实的宦海是非，隐遁于田园自然，所以他的生活能不受世俗的骚扰，甚至于他的诗也能不必迎合文坛的趋向。关于渊明隐居的动机，史传上都说因为他"不能为五斗米折腰，向乡里小人"。其实，这只是他退出俗务是非的一个借口而已。《晋书》《宋书》及《南史》都把渊明列入《隐逸传》中，钟嵘《诗品》亦谓："古今隐逸诗人之宗也。"几乎历来谈渊明的人，都以他为消极的逃避现实的隐士，然而观其诗："少时壮且厉，抚剑独行游。谁言行游近？张掖至幽州"（《拟古》）、"忆我少壮时，无乐自欣豫。猛志逸四海，骞翮思远翥"（《杂诗》）、"少年罕人事，游好在六经"（《饮酒》），其《感士不遇赋》亦云："独祗修以自勤，岂三省之或废；庶进德以及时，时既至而不惠。"可见初时渊明是有用世之大志的，只是官卑职小，欲有所为而不能；及至刘裕篡晋后，更感慨于政治的污秽腐败，和社会的混浊黑暗，对于整个现实有所不满，所以他才毅然致仕退隐，过着独善其身的生活。由于他的曾祖陶侃曾经做过晋朝的大司马，所以先儒往往把渊明的致仕隐居解释做"耻仕二姓"的忠君行为，关于这一点，梁启超先生说得好："如果说他在争什么姓司马的姓刘的，未免把他看小了。"这并不是说渊明没有爱国的思想，只是他心目中的理想境界是更高远的，从其《饮酒》诗第二十首所云："羲农去我久，举世少复真。"二语便可知刘宋固非他心中的理想环境，而司马晋朝也绝不是他所向往的。因为政权倾轧，宦海是非，"举世少复真"，而自己又没有澄清天下的能力，所以只好退隐"多素心人"（《移居》）的乡间了。在农村田园里，渊明找回了真我，和适合自己个性的纯朴环境。我们看他下面几首诗，便可想见他自得其乐的一斑了。

少无适俗韵，性本爱丘山，误落尘网中，一去三十年。
羁鸟恋旧林，池鱼思故渊。开荒南野际，守拙归园田。
方宅十余亩，草屋八九间。榆柳荫后檐，桃李罗堂前。
暧暧远人村，依依墟里烟。狗吠深巷中，鸡鸣桑树颠。
户庭无尘杂，虚室有余闲。久在樊笼里，复得返自然。

（《归园田居》）

蔼蔼堂前林，中夏贮清阴。凯风因时来，回飙开我襟。
息交游闲业，卧起弄书琴。园蔬有余滋，旧谷犹储今。
营己良有极，过足非所钦。春秫作美酒，酒熟吾自斟。
弱子戏我侧，学语未成音。此事真复乐，聊用忘华簪。
遥遥望白云，怀古一何深！

（《和郭主簿》）

春秋多佳日，登高赋新诗。过门更相呼，有酒斟酌之。
农务各自归，闲暇辄相思。相思则披衣，言笑无厌时。
此理将不胜，无为忽去兹。衣食当须纪，力耕不吾欺。

（《移居》之二）

秋菊有佳色，裛露掇其英。泛此忘忧物，远我遗世情。
一觞虽独进，杯尽壶自倾。日入群动息，归鸟趋林鸣。
啸傲东轩下，聊复得此生。

（《饮酒》）

在乡居生活中，渊明朝夕所看到的是田园山川，所接触的是农夫野老，所以他的诗也就大部分歌咏着这些日常的题材。"神渊写时雨，晨色奏景风"（《五月旦作和戴主簿》）、"山涧清且浅，可以濯我足"（《归园田居》）、"采菊东篱下，悠然见南山"（《饮酒》）、"梅柳夹门植，一条有佳花"（《蜡日》），陶诗里的山川自然景象几乎都是平凡得随处可见的，但是在他的笔下，这些田园风光却展现了如许纯美的境界。"相见无杂言，但道桑麻长"（《归园田居》）、"父老杂乱言，觞酌失行次"（《饮酒》）、"过门更相呼，有酒斟酌之。农务各自归，闲暇辄相思"（《移居》），陶诗里的人物是俚俗质朴的，但是这些村夫们勤勉而率真，善良而单纯，没有一点虚伪狡诈，是多么可亲可爱。在这样的环境里，渊明所得到的快乐是真实而珍贵的，"春秋多佳日，登高赋新诗"（《移居》）、"盥濯息檐下，斗酒散襟颜"（《庚戌岁九月中于西田获早稻》）、"弱子戏我侧，学语未成音；此事真复乐，聊用忘华簪"（《和郭主簿》）、"居止次城邑，逍遥自闲止。坐止高荫下，步止荜门里。好味止园葵，大欢止稚子"（《止酒》）。李注胡仔曰：

> 坐止高荫下四句，余反复味之，然后知渊明之用意，非独止酒，于此四者皆欲止之；故坐止于树荫之下，则广厦华堂吾何羡焉；步止于荜门之里，则朝市声利吾何趋焉；好味止于啖园葵，则五鼎方丈我何欲焉；大欢止于戏稚子，则燕歌赵舞我何乐焉，在彼者难求，而在此者易为也。渊明固穷守道，安于邱园，畴肯以此易彼乎？

这几句话真正道出了渊明的心意了。在魏晋那个崇尚虚谈、趋慕绮丽的文坛上，陶渊明竟以他个人的独特风格，建立了"田园诗"的典型。

除渊明之外，歌咏大自然的诗章不是没有，元嘉文坛之雄的谢灵运，即是毕生致力于模山范水的大诗人，但是由于他歌咏的对象是奇峰峻岭，急流响涧；所沿用的笔法整齐华美，堆砌雕琢，所以他所创始的"山水诗"，也就与"田园诗"迥异其趣了。其后，文学的浪漫思想愈盛，遂有齐、梁唯美文学的产生。宫体诗轻艳之风盛极一时，余波荡漾，延及初唐诗坛。

"田园诗"在陶渊明之后，曾经寂寞了一段时期，及至盛唐之际，王维、孟浩然、储光羲、刘长卿等爱好大自然的诗人出现，这

一个诗域里的清新的典型才又得到了延续。现在各举若干首以明之:

> 寒山转苍翠,秋水日潺湲。倚仗柴门外,临风听暮蝉。
> 渡头余落日,墟里上孤烟。复值接舆醉,狂歌五柳前。
> （王维《辋川闲居赠裴迪》）

> 谷口疏钟动,渔樵稍欲稀。悠然远山暮,独向白云归。
> 菱蔓弱难定,杨花轻易飞。东皋春草色,惆怅掩柴扉。
> （王维《归辋川作》）

> 空山不见人,但闻人语响。返景入深林,复照青苔上。
> （王维《鹿柴》）

> 独坐幽篁里,弹琴复长啸。深林人不知,明月来相照。
> （王维《竹里馆》）

> 故人具鸡黍,邀我至田家。绿树村边合,青山郭外斜。
> 开轩面场圃,把酒话桑麻。待到重阳日,还来就菊花。
> （孟浩然《过故人庄》）

> 春眠不觉晓,处处闻啼鸟。夜来风雨声,花落知多少?
> （孟浩然《春晓》）

> 种桑百余树,种黍三十亩。衣食既有余,时时会亲友。
> 夏来菰米饭,秋至菊花酒。孺人喜逢迎,稚子解趋走。
> 日暮闲园里,团团荫榆柳。酩酊乘夜归,凉风吹户牖。

117

清浅望河汉，低昂看北斗。数瓮犹未开，明朝能饮否？

（储光羲《田家杂兴》）

垂钓绿湾春，春深杏花乱。潭清疑水浅，荷动知鱼散。
日暮待情人，维舟绿杨岸。

（储光羲《钓鱼湾》）

寂寞江亭下，江枫秋气斑。世情何处澹，湘水向人闲。
寒渚一孤雁，夕阳千万山。扁舟如落叶，此去未知还。

（刘长卿《秋杪江亭有作》）

苍苍竹林寺，杳杳钟声晚。荷笠带斜阳，青山独归远。

（刘长卿《送灵澈上人》）

以上诸诗，作者虽不同，然而诗的基本情调却是一致的。诗的题材都取自田园自然，或纯朴的村野风光，而在措词用字方面，也都极清新浅白，保持了陶诗的典型风格。其中如孟浩然的《过故人庄》和储光羲的《田家杂兴》二首，全篇之中几乎无一处不酷似陶诗。余者如："墟里上孤烟""惆怅掩柴扉""悠然远山暮""荷笠带斜阳"等句，在意境上也极近陶诗之"依依墟里烟"（《归园田居》）、"长吟掩柴门"（《癸卯岁始春怀古田舍》）、"悠然见南山"（《饮酒》）、"带月荷锄归"（《归园田居》）；而上举王维第一例之末句"狂歌五柳前"则更明白地显示作者在写诗时深受着渊明的影响了。

不过，有一点必须注意的是，以上诸人之作，在风格上虽十分近似陶渊明的田园诗，却只能说是近似陶诗的一部分而已。因为上列诸家的作品,虽然都描写田园风光,表现着大自然恬静优美的风物,或朴厚真挚的人情,然而他们所写的乃是农村生活甘美的一面,却都未曾涉及其勤苦困穷的另一面。储诗《田家杂兴》所表现的是农人农食自给有余的闲暇情调。孟诗《过故人庄》的"把酒话桑麻",王诗《终南别业》中有"偶然值邻叟,谈笑无还期"等都只是以隐居文士的身分与村夫野老往来;未若陶诗"晨兴理荒秽,带月荷锄归"(《归园田居》)、"四体诚乃疲,庶无异患干"(《庚戌岁九月中于西田获早稻》)的躬自耕耘,与邻农的生活打成一片。所以王维、孟浩然等的谈笑问桑麻乃站在客观的立场,总是隔了一层;而陶渊明的"相见无杂言,但道桑麻长"则是站在主观的立场,更切身而调合的。陶诗之中,除了可见田家生活困苦的片断诗句,如:"山中饶霜露,风气亦先寒;田家岂不苦?弗获辞此难"(《庚戌岁九月中于西田获早稻》)、"炎火屡焚如,螟蜮恣中田。风雨纵横至,收敛不盈廛。夏日长抱饥,寒夜无被眠"(《怨诗楚调示庞主簿邓治中》)外,更有《乞食》一首:

> 饥来驱我去,不知竟何之?行行至斯里,叩门拙言辞。
> 主人解余意,遗赠岂虚来。谈谐终日夕,觞至辄倾杯。
> 情欣新知欢,言咏遂赋诗。感子漂母惠,愧我非韩才。
> 衔戢知何谢?冥报以相贻。

东坡曰:"渊明得一食,至欲以冥谢主人,哀哉!哀哉!此大类丐者口颊也。……"美丽的田园生活背后实在是隐藏着如许辛酸的,这岂是王、孟、储、刘诸诗人所能体会得到的呢?说到这里,就得来看看这几位诗人的生活背景了。

王维，字摩诘，太原祁人。开元七年，十九岁时赴京北府试，中解头。二十一岁举进士，调大乐丞。所以算得上是少年得志的。历右拾遗、监察御史、吏部郎中等职。天宝十五年，为给事中。时安禄山兵陷长安，维不及出走，被俘。禄山素爱其才，迎至洛阳普施寺，迫为侍中。贼平下狱，旋因《凝碧诗》而减罪。官至尚书右丞。王维少年时代热衷功名，经历大乱后，生活思想上发生极大的转变，领悟到富贵功名之空虚，厌倦于现实社会的扰乱，而皈依佛教，归隐于辋川别业。

孟浩然，名浩，字浩然。荆州襄阳人。早年受当日隐逸风气，隐居鹿门山。四十岁，才下山出游京师。上书失意，遂归襄阳。张九龄镇荆州，署为从事，与之唱和。晚年再隐鹿门山。

储光羲，兖州人。开元十四年进士。官至监察御史。安禄山之乱，陷贼受伪署。事平后，贬死岭南。曾隐居终南山。

刘长卿，字文房，河间人。开元二十一年进士。至德中，历监察御史，以检校祠部员外郎出为转运使判官。知淮西、鄂岳转运留后观察使。为鄂、岳观察使。吴仲孺诬奏，贬潘州南巴尉。会有为之辩者，量移陆州司马。终随州刺史。

在四个人之中，王维是少年得志，晚年看破世俗的贵族隐士；孟浩然是早年隐居，中年后心怀魏阙，最后因不得志而复隐的人；储光羲和刘长卿，则都是宦海屡沉浮的人。无论是先仕后隐，先隐后仕，或时隐时仕，他们都未曾像陶渊明那样把自己彻底融入田园生活之中，而只是羡慕隐逸生活的恬淡悠闲而已，所以他们所看到的只是田园的优美，体会到的只是隐逸生活的闲静，他们的诗里自然也就充满了和平与欢愉了。只有陶渊明，他弃官归田之后，便真的戴上了斗笠，拿起了锄头，过着躬耕自给的农人生活，他能体会到田园生活的全部——包括田园纯朴的美和农民奋斗的苦，因而他的诗中有"采菊东篱下，悠然见南山"那一份飘逸的闲情，也有"风雨纵横至，收敛不盈廛。夏日长抱饥，寒夜无被眠"这种不加掩饰的苦叹。他不作无病呻吟，但是当受饥寒煎熬时，他也没有故作潇洒，这种忠实反映田园农村生活的诗篇不仅在王维、孟浩然、储光羲和刘长卿的作品里找不出第二个例子来，即使在其后的柳宗元、韦应物等自然派诗人的作品中也不易见到。故称陶渊明为田园诗人之大宗，实在是最恰切不过了。

略谈白居易的讽喻诗

观刈麦

田家少闲月，五月人倍忙。夜来南风起，小麦覆陇黄。

妇姑荷箪食，童稚携壶浆。相随饷田去，丁壮在南冈。

足蒸暑土气，背灼炎天光。力尽不知热，但惜夏日长。

复有贫妇人，抱子在其傍。右手秉遗穗，左臂悬弊筐。

听其相顾言，闻者为悲伤。家田输税尽，拾此充饥肠。

今我何功德，曾不事农桑。吏禄三百石，岁晏有余粮。

念此私自愧，尽日不能忘。

  这一首《观刈麦》是白居易典型的讽喻诗之一。白氏为唐代大诗人，同时也是一位政治、社会的批评者。在其《白氏长庆集》之中，讽喻诗有一百七十二首之多。所谓讽喻诗，乃是用诗来反映政治的黑暗、社会的不平和小民的苦痛，从而达到警戒讽刺之目的者。他写这些诗的目的不在文辞的讲究，而在实际的功用，因此力求通俗浅白，以期流传广播。所以白居易的诗"老妪能解"。元稹在《白氏长庆集序》中说：

> 二十年间，禁省观寺邮候墙壁之上无不书，王公妾妇牛童马走之口无不道。至于缮写模勒，炫卖于市井，或持之以交酒茗者，处处皆是。其甚者，有至于盗窃名姓，苟求自售，杂乱间厕，无可奈何。予于平水市中，见村校诸童竞习诗。召而问之，皆对曰："先生教我乐天、微之诗。"固亦不知予之为微之也。又云鸡林贾人求市颇切。自云本国宰相每以百金换一篇，其甚伪者，宰相辄能辨别之。自篇章以来，未有如是流传之广者。

白居易的诗能如此流传广播，上自王公宰相，下至贩童贾人，人人喜爱，其主要原因即在乎其口语化的诗句，诵读之间，令人倍感亲切。如上诗各句，只要有人吟诵出来，即使不识字的老妪童子都可以了解。这种风格在他的诗集里俯拾皆是，随手可得。试举二首以明之。

蜀路石妇

道傍一石妇，无记复无铭。传是此乡女，为妇孝且贞。
十五嫁邑人，十六夫征行。夫行二十载，妇独守孤茕。
其夫有父母，老病不安宁。其妇执妇道，一一如礼经。
晨昏问起居，恭顺发心诚。药饵自调节，膳羞必甘馨。
夫行竟不归，妇德转光明。后人高其节，刻石像妇形。
俨然整衣巾，若立在闺庭。似见舅姑礼，如闻环佩声。
至今为妇者，见此孝心生。不比山头石，空有望夫名。

母别子

　　母别子，子别母，白日无光哭声苦。关西骠骑大将军，去年破虏新策勋，敕赐金钱二百万，洛阳迎得如花人。新人迎来旧人弃，掌上莲花眼中刺。迎新弃旧未足悲，悲在君家留两儿，一始扶行一初坐，坐啼行哭牵人衣。以汝夫妇新燕婉，使我母子生别离。不如林中乌与鹊，母不失雏雄伴雌；应似园中桃李树，花落随风子住枝。新人新人听我语，洛阳无限红楼女，但愿将军重立功，更有新人胜于汝。

　　这些口语化的文笔，配以"言之有物"的充实内容，便即是白居易的讽喻诗。他的一百七十二首讽喻诗，每一首都有其中心思想；或讽刺政治之黑暗；或极写官吏之贪苛；或反映民间之疾苦，而尤以写匹夫匹妇者居多。如前举三首诗，《观刈麦》所写的是辛勤劳作的农民，中间更安插一贫妇，以言政府苛税之不合理。《蜀路石妇》所写的是征役盛行之下，早年守寡的坚贞乡女。《母别子》则写男人的得意忘形，喜新厌旧，和女人的悲苦命运。每一首诗都以充满同情的口吻道出，令人深受感动。《观刈麦》一诗中，虽然借贫妇以刺征税之不公平，然而只是从"家田输税尽，拾此充饥肠"与"今我何功德，曾不事农桑。吏禄三百石，岁晏有余粮"的对照中轻描淡写地反映小民与官吏的贫富不均现象。不过，在白氏集中，有一些讽喻诗所用的笔法是比较更直接更犀利而深刻的。例如：

杜陵叟

　　杜陵叟，杜陵居，岁种薄田一顷余。三月无雨旱风起，麦苗不秀多黄死；九月降霜秋早寒，禾穗未熟皆青干。长吏明知不申破，急敛暴征求考课。典桑卖地纳官租，明年衣食将何如？剥我身上帛，夺我口中粟，虐人害物即豺狼，何必钩爪锯牙食人肉！不知何人奏皇帝，帝心恻隐知人弊，白麻纸上书德音，京畿尽放今年税。昨日里胥方到门，手持尺牒榜乡村；十家租税九家毕，虚受吾君蠲免恩。

红线毯

红线毯，择茧缲丝清水煮，练丝练线红蓝染，染为红线红于花。织作披香殿上毯；披香殿广十丈余，红线织成可殿铺。彩丝茸茸香拂拂，线软花虚不胜物。美人蹋上歌舞来，罗袜绣鞋随步没。太原毯涩毳缕硬，蜀都褥薄锦花冷；不如此毯温且柔。年年十月来宣州，宣州太守加样织，自谓为臣能竭力。百夫同担进宫中，线厚丝多卷不得。宣州太守知不知？一丈毯用千两丝。地不知寒人要暖，少夺人衣作地衣！

在这两首诗之中，白居易描写唐代小民的苦痛，是直接的，是深刻的，而语气和笔触也更形明显和尖锐，如《杜陵叟》的"剥我身上帛，夺我口中粟，虐人害物即豺狼，何必钩爪锯牙食人肉"；《红线毯》的"宣州太守知不知？一丈毯用千两丝。地不知寒人要暖，少夺人衣做地衣"等句子，已不再是《观刈麦》中"今我何功德，曾不事农桑。吏禄三百石，岁晏有余粮。念此私自愧，尽日不能忘。"那样的含蓄敦厚，却是形成一股悲愤的呼喊了。白居易能如此同情匹夫匹妇，设身处地为他们着想，他以小民的立场观察事物，以小民的口吻疾声呐喊，他这些诗句真个是做到"为民喉舌"了。宋荦在《白香山诗集序》中说：

公立身本末无不合乎道，特余事作诗人耳。公为左拾遗
时，史载其谏章不一而足，皆人所难言，尝殿面对，情辞切
至，论执强梗，宪宗未喻，辄进曰："陛下误矣。"帝变色，
罢谓李绛云云；赖绛救免。噫！公真古之大臣以道事君者与，
而或徒以诗人目之，岂知公者哉。

可谓深知白居易了。而白居易在《与元九书》中也说过：

仆志在兼济，行在独善。奉而始终之则为道，言而发明
之则为诗。

他这种抱负表现于文字，便成了"文章合为时而著，歌诗合为事
而作"的极端功用主义文学观。在此尺度衡量之下，他检视自古
以来的文学作品，能合乎其标准而值得颂扬推许的便寥寥无几了。
在《与元九书》中，他认为诗三百以降，屈原的"泽畔之吟，归
于怨思"，苏李的"河梁之句，止于伤别"，由于"去诗未远，梗
概尚存"，所以称"犹得风人之什二三焉"。至于整个六朝的文
学，包括陶渊明在内，都被他讥为"率不过嘲风雪弄花草而已"。
而唐代前作之中，他所推许的也只不过陈子昂的《感遇诗二十
首》、鲍防的《感兴诗十五首》。至如诗之豪者如李杜，李白之才
奇他是钦佩的，但依风雅比兴的准则，李作可取者竟十无一焉；
而杜甫则"诗最多，可传者千余篇，至于贯穿今古，觇缕格律，
尽工尽善，又过于李。然撮其《新安吏》《石壕吏》《潼关吏》
《塞芦子》《留花门》之章，'朱门酒肉臭，路有冻死骨'之句，
亦不过十三四"，故而叹道："杜尚如此，况不逮杜者乎！"

足见白居易为文作诗不过是为宏扬道理而已，他那些讽喻的篇章也只是将他的满腔忧国忧民之志发而为文字的结果，其用心之苦，绝非一般诗人之染翰咏吟所能比。诚如宋荦所说，若"徒以诗人目"白居易，实在是低估了这位诗人。

阿倍仲麻吕（朝衡）事迹考略

　　我国唐代国势富强，文化灿烂，为一等大国。当时如日本、新罗、百济、吐蕃诸邦，皆派遣僧徒学子来唐留学，颇极一时盛况。其中尤以日本自圣德太子摄政，大化革新以来，力求进步，锐意更新，凡一切政治宗教及学术文化，无不以我国为蓝本。在遣唐使时代，日本派遣入唐之留学僧及留学生不下百人。彼等深入唐土，吸收我国文化，与唐之文士交游，从而获得学问艺术各方面之满足，于留学完成后归国，以在唐所学贡献于日本文化之革新事业；亦有部分留学生于留唐期间娶妻生子，延缓归期；更有少数留学生因慕唐之文物，留而未归其国。其中身世最富传奇性而至今犹为人所乐道者，莫过于阿倍仲麻吕（一作麿）。然有关其人传记，中日二国史料都不完备。《旧唐书》卷一九九《日本传》云：

　　　　开元初，又遣使来朝。……其偏使朝臣仲满，慕中国之风，因留不去，改姓名为朝衡，仕历左补阙，仪王友。衡留京师五十年，好书籍，放归乡，逗留不去。天宝十二年，又遣使贡。上元中，擢衡为左散骑常侍，镇南都护（案：朝臣仲满即仲麻吕，详见后文）。

《新唐书》卷二二○《日本传》云：

> 开元初，粟田复朝。……其副朝臣仲满，慕华不肯去，易姓名曰朝衡。历左补阙，仪王友。多所该识，久乃还。……天宝十二载，朝衡复入朝。上元中，擢左散骑常侍，安南都护。

二书所记均甚简略，且有出入，其最大之差别为《旧唐书》云仲麻吕入唐，"逗留不去"，终未归返日本；《新唐书》则谓归返日本后，于天宝十二载复入唐。实则仲麻吕虽曾返日，而中途遇风折回，未能成行，其后遂终老于我国（详见后文）。《大日本史》取两唐书资料，并参考《唐人诗》以及《续日本纪》《续日本后记》《日本纪略》《古今集钞》等中日两国之史料与文学记载，有较详细之叙述，兹转录于下：

> 阿倍仲麻吕，中务大辅船守子也。性聪敏，好读书，叙从八位上。灵龟二年，选为遣唐留学生，时年十六。往唐学问，多所该识，易姓名曰朝衡。玄宗授左补阙，为仪王友，迁秘书校书，后至秘书监，兼卫尉卿。胜宝中，遣唐大使藤原清河至唐，玄宗命仲麻吕接之。及清河还，仲麻吕欲与归，玄宗因命为使，乃赋诗曰："衔命将辞国，非才忝侍臣，天中恋明主，海外忆慈亲。伏奏违金阙，骈骖去玉津。蓬莱乡路

129

远，若木故国邻。西望怀恩日，东归感义辰。平生一宝剑，
留赠结交人。"尚书右丞王维为诗并序送行。包佶、赵骅等皆
赠之诗。既而至明州，与唐人别。仲麻吕望月怅然，咏和歌
曰："阿麻能波罗，布利佐计美礼婆，加须我奈流，美加佐能
夜麻珥，以传志都岐加毛。"（案：上文系早期和歌书写法，
以汉字训读日音，日文原作见后。）因写以汉语示之，众皆感
叹。海上遭风，漂泊安南，唐人以为仲麻吕溺死，翰林供奉
李白诗哭之。仲麻吕与清河复至唐。肃宗擢左散骑常侍安南
都护，至光禄大夫兼御史中丞，北海郡开国公，食邑三千户。
宝龟元年正月，卒于唐，年七十。代宗赠潞州大都督。仲麻
吕尝作书，凭新罗宿卫王子金隐居，寄乡亲，新罗使金初王
持其书至。仲麻吕在唐凡五十余年，身虽荣贵，思归不已，
言及乡国，未尝不凄恻也。宝龟十年敕曰："前留学生阿倍朝
臣仲麻吕，在唐而亡，家口单乏，葬祭有阙，其赐东绝百匹、
白绵三百屯。"承和三年，因命遣唐使，赠正二位。诏曰：
"故留学问赠从二品阿倍朝臣仲满，身涉鲸波，业成麟角，词
峰耸峻，学海扬漪，显位斯升，英声已播，如何不憖，莫遂
言归，唯有掞天之章，长传掷地之响。追贲幽壤，既隆于前
命，重叙崇班，俾给于命诏。"

据此文所云："宝龟元年（唐代宗大历五年，公元七七〇年）正
月卒于唐，年七十。"逆数推算之，其生年当在大宝元年（唐武
后长安元年，公元七〇一年）①。

---

① 杉木直治郎著《阿倍仲麻吕传研究》据《古今和歌集目录》所引
《日本国史》载："以大历五年正月薨，时年七十三。"以为仲麻吕生于公元六
九八年，卒于七七〇年。此说与《大日本史》相差三年，未详孰是。

当时日本朝廷对遣唐使之遴选颇重门第出身，于留学生之选拔则仅取个人之资质①，故仲麻吕能以中务大辅船守子，十六岁中选为遣唐留学生，其聪敏好学，必不虚传。至其入唐以后学习情形，中日两国史料所载均不甚详明。《旧唐书·日本传》云："开元初，又遣使来朝，因请儒士授经，诏四门助教赵玄默就鸿胪寺教之。……其偏使朝臣仲满，慕中国之风，因留不去。"则赵玄默曾为仲麻吕之师。王维《送秘书晁监还日本国》诗序云："名成太学，官至客卿。"又储光羲《洛中贻朝校书衡》诗有："伯鸾游太学"句，可以想见仲麻吕入唐后曾与一般唐人子弟同受业于太学，而以其聪敏好学，复能以一介外国留学生而有优良成就，故而"多所该识"。

两唐书及《大日本史》皆谓仲麻吕入唐以后改易中国姓名曰朝衡，然仲麻吕姓名及称谓见诸史料及诗文记载者颇不一致，计有：

朝臣仲满（《旧唐书》《新唐书》）

朝衡（《旧唐书》《新唐书》《大日本史》）

朝校书衡（储光羲）

秘书晁监（王维）

晁卿衡（李白、李集一本衡字作行，非是）

晁巨卿（包佶）

晁补阙（赵骅、一作晔）

胡衡（《文苑英华》《唐诗品汇》）

朝卫（北宋·邵思《姓解》）

周衡（《册府元龟》外臣部"降附"条）

---

① 详见森克己著《遣唐使》。

韩衡（《册府元龟》帝王部"来远"条）

卿衡（清·傅云龙《日本图经》）

其中，"朝臣仲满"实即阿倍仲麻吕之略称，为仲麻吕入唐以前之原姓名（案："朝臣"非姓非名，乃古时日本人对在朝任宦者之称呼，"满"字与"麻吕"之日文读音同）。仲麻吕何时改易姓名，则已不可考知。大约在入唐初期仍称"仲麻吕"或"仲满"，其后因慕我国文化，遂改为中国姓名，而毕生仍之。至于所改中国姓名究竟为何，上举诸史料记载虽然纷歧，实则一致：储光羲所称之"校书"，王维所称之"秘书监"，赵骅所称之"补阙"，皆为仲麻吕仕唐之官职；包佶称"巨卿"，犹大卿，盖尊称之。王维、李白、包佶所称"晁"，则为"朝"字之古体。可知以上诸说，实与两唐书及《大日本史》之"朝衡"相同，而储光羲云"朝校书衡"，尤为姓朝名衡之确证。《册府元龟》外臣部"降附"条与帝王部"来远"条文字相同，时间一致，可见所引之事同人同，而前者作"周衡"，后者作"韩衡"。"周"与"朝"音近，"韩"与"朝"形似，盖皆"朝"之误。至于《文苑英华》《唐诗品汇》之"胡衡"，《姓解》之"韩衡"及《日本图经》之"卿衡"，盖亦为史料传钞之误所致。据此可知，两唐书之"朝衡"即仲麻吕入唐后改称之中国姓名，而"朝"字亦可从古体作"晁"。

依当时日本遣唐留学生之一般情形，凡留学期满，学业完成者皆须归去，以其所学贡献于本国。但朝衡于完成学业后仍留我国，更仕于唐。关于朝衡在唐所任官职，前引两唐书记载皆不完备，据中国有关资料考之，朝衡在唐历任官职大体如下①：

一、左春坊司经局校书（正九品下）储光羲《洛中贻朝校书

---

① 详见杉木直治郎著《阿倍仲麻吕传研究》。

衡》："朝生美无度，高驾仕春坊。"

二、左拾遗（从八品上）北宋·邵思《姓解》卷三"朝姓"条："唐有拾遗朝卫（当作衡）。"

三、左补阙（从七品上）两唐书《日本传》（见前）；藤原仲实《古今和歌集目录》（群书类从卷二八五引）所引《日本国史》："〔开元〕十九年，京兆尹崔日知荐之。下诏褒赏，超拜左补阙"；赵骅《送晁补阙归日本国》。

四、仪王友（从五品下）两唐书《日本传》（见前）。

五、卫尉少卿（从四品上）唐杜佑《通典》卷一八五"倭"条末："天宝末，卫尉少卿朝衡，即其国人。"

六、秘书监（从三品）王维《送秘书晁监还日本国》。

七、卫尉卿（从三品）《大日本史》卷一一六《阿倍仲麻吕传》："后至秘书监兼卫尉卿"；淡海真人元开《唐大和上东征传》："大宝十二载岁次癸巳十月十五日壬午，日本大使特进藤原朝臣清河……卫尉卿安倍朝臣朝衡等……"

八、左散骑常侍（从三品）两唐书《日本传》（见前）；梁川星严"三笠山下有怀阿倍仲麻吕"："风华想见晁常侍，皇国诸书唐客卿。山色依然三笠在，一轮明月古今情。"

九、镇南（安南）都护（正三品）《旧唐书·日本传》作镇南，《新唐书·日本传》作安南（俱见前）；《旧唐书》卷四一《地理志》"安南都护"条："调露元年八月，改交州都督府为安南都督府。至德二年九月，改为镇南都护府"；唐·李吉甫《元和郡县志》卷三八："大历三年，罢节度，置经略使，仍改镇南为安南都护府"。据此可知镇南与安南为一。

十、安南节度使（正三品）《册府元龟》（崇祯本）卷九七七外臣部"降附"条："〔永泰〕二年五月……诏安南节度使左散骑常侍周卫，宜恩劳徕之。"

十一、赠潞州大都督（从二品）《大日本史》（见前）。

关于朝衡在唐去留问题，《旧唐书》载："放归乡，逗留不去。"《新唐书》载："多所该识，久乃还。……天宝十二载，朝衡复入朝。"二书所记不同。实则朝衡于学业完成之后，曾二度欲归返日本。第一次在开元二十一年八月，日本遣唐大使多治比真人广成等来唐，当时另一留学生吉备真备随其船舶返归日本，朝衡亦有意随归，而玄宗未予准许。第二次在天宝十二载，朝衡再请求随遣唐大使藤原清河返国，玄宗乃命其为使，令随遣唐使船舶返归日本。当时朝衡作《衔命使本国》一诗以明心迹，载于《唐诗品汇》卷七六，即"衔命将归国"云云，已见前文《大日本史》引录。此外又作和歌一首见于《古今和歌集》卷九《唐土にて月を詠みける》：

　　天の原　振り離け見れば　春日なる　三笠の山に　出でし月かも（即前文《大日本史》所引"阿麻能波罗"云云）

当时我国文士如储光羲、王维、赵骅、包佶等皆作诗相送。但其所乘船舶于海上遇大风，朝衡与遣唐大使藤原清河等漂流至安南，仅以身免。唐之文士皆误以为朝衡溺毙，为之惋惜。李白并有《哭晁卿衡》诗以吊之。可见《旧唐书》所载与事实不符。则《新唐书》所载："天宝十二载，朝衡复入朝。"盖指其所乘船舶遇风漂流安南复入唐土而言。朝衡既欲东归不得，遂继续留唐，以七十岁，卒于我国。

观朝衡行迹，自十六岁中选为遣唐留学生，至七十岁卒于我国，在唐凡五十余年，身虽为日本人，然而学于唐、仕于唐、与我国关系不可谓不深。《续日本纪》卷三三云：

> 我国学生播名唐国者，唯吉备大臣及朝衡二人而已。

吉备真备虽亦遣唐留学生中之佼佼者，学成返国后对于日本朝野之贡献至巨①，然而当日在唐之名声远不及朝衡。朝衡所作汉诗为《唐诗品汇》所收辑，日本留学生群中享此殊荣者亦以朝衡为第一人。朝衡在唐期间既久，又正值开元天宝间我国文坛蓬勃、人才荟萃之际，其所交接之唐文士必不少，惜史料多不传，仅能就唐人诗文之有关者想见其一斑耳。

朝衡就读于太学之时代，及其初仕于左春坊为司经局校书时期，交往较深者，储光羲为其一。储有《洛中贻朝校书衡》一诗云：

> 万国朝天中，东隅道最长。朝生美无度，高驾仕春坊。
> 出入蓬山里，逍遥伊水傍。伯鸾游太学，中夜一相望。
> 落日悬高殿，秋风入洞房。屡言相去远，不觉生朝光。

开元二十一年，朝衡为左补阙时，日本遣唐大使多治比广成来朝见玄宗。此次遣唐使船舶返归，有留学生吉备真备随行。当时朝衡入唐已十九年，难免亦动故国之情，因请归，而未蒙玄宗允准。赵骅闻朝衡有归国之意，遂作《送晁补阙归日本国》：

> 西掖承休浣，东隅返故林。来称刬子学，归是越人吟。

---

① 详见重野安绎撰《右大臣吉备公传》赞。

马上秋郊远，舟中曙海阴。知君怀魏阙，万里独摇心。

天宝十二载，朝衡官位已累进至秘书监兼卫尉卿，再度求随遣唐大使藤原清河返归日本。玄宗许之，并命为使。朝衡喜出望外，作汉诗及和歌一首以写志（见前）。王维作《送秘书晁监还日本国》诗并序赠行：

舜觐群后，有苗不格；禹会诸侯，防风后至。动干戚之舞，兴斧钺之诛；乃贡九牧之金，始颁五瑞之玉。我开元天地大宝圣文神武应道皇帝，大道之行，先天布化，乾元广运，涵育无垠。若华为东道之标，戴胜为西门之候，岂甘心于筇杖，非微贡于包茅。亦由呼耶来朝，舍于葡萄之馆，卑弥遣使，报以蛟龙之锦。牺牲玉帛，以将厚意，服食器用，不宝远物。百神受职，五老告期，况乎戴发含齿，得不稽颡屈膝。海东国，日本为大服圣人之训，有君子之风，正朔本乎夏时，衣裳同乎汉制。历岁方达，继旧好于行人，滔天无涯，贡方物于天子。同仪加等，位在王侯之先，掌次改观，不居蛮夷之邸。我无尔诈，尔无我虞，彼以好来，废关弛禁。上敷文教，虚至实归，故人民杂居，往来如市。晁司马结发游圣，负笈辞亲，问礼于老聃，学诗于子夏。鲁借车马，孔丘遂适于宗周；郑献缟衣，季札始通于上国。名成太学，官至客卿。必齐之姜，不归聚于高国；在楚犹晋，亦何独于由余。游宦三年，愿以君羹遗母；不居一国，欲其昼绵还乡。庄舄既显而思归，关羽报恩而终去。于是稽首北阙，裹足东辕，箧命赐之衣，怀敬问之诏。金简玉字，传道经于绝域之人，方鼎彝尊，致分器于异姓之国。琅玡台上，回望龙门，碣石馆前，夐然鸟逝。鲸鱼喷浪则万里倒回，鹢首乘云则八风却走。扶桑若荠，郁岛如萍。沃白日而簸三山，浮苍天而吞九域，黄雀之风动地，黑蜃之气成云，淼不知其所之，何相思之可寄。嘻，去帝乡之故旧，谒本朝之君臣，咏七子之诗，佩两国之印。恢我王度，谕彼蕃臣。三寸犹在，乐毅辞燕而未老；十年在外，信陵归魏而逾尊。子其行乎，余赠言者。

积水不可极，安知沧海东。九州何处远，万里若乘空。向国唯看日，归帆但信风。鳌身映天黑，鱼眼射波红。乡树扶桑外，主人孤岛中，别离方异域，音信若为通。

可见王维与朝衡非泛泛之交。此外包佶亦作《送日本国聘贺使晁巨卿东归》：

上才生下国，东海是西邻。九译蕃君使，千年圣主臣。野情偏得礼，木性本含真（一作仁）。锦帆乘风转，金装照地新，孤城开蜃阁，晓日上朱轮，早识来朝岁，涂山玉帛均。

朝衡虽获玄宗允准，得偿归国之愿，然所乘之遣唐使船舶于海上遭大风，与遣唐大使藤原清河等漂流至安南。消息误传，唐之文士多以为朝衡已不幸溺死海中。李白闻之，且作《哭晁卿衡》诗以吊之：

日本晁卿辞帝都，征帆一片绕蓬壶。
明月不归沉碧海，白云愁色满苍梧。

李白又有《送王屋山人魏万还王屋》一诗，其中云："身着日本裘，昂藏出风尘。"自注云："裘则朝衡所赠日本布为之。"据此可知朝衡与李白及其友魏万均有相当密切之交往。

此外，唐人诗中另有崔载华《赠日本聘使》、刘长卿《同崔载华赠日本聘使》二诗，皆未如前述诸人诗之指称明显，或乃赠送其他日本遣唐使或留学生者，不足以证明崔、刘二人是否与朝衡相识。以上仅就今日可见之唐人诗作，追寻朝衡与我国文士交往之痕迹。此外或有散佚之诗作，或虽有交往而无诗文留传存，遂使事迹不可考知。以朝衡在唐淹留之久，复以其才华之出众，所与交游之唐文士必不止于上述。而以常情衡之，结交某人即可能同时与其友朋相识。如李白、魏万及王维、储光羲之与朝衡然。《新唐书》卷一五一《赵宗儒传》及卷二〇二《文艺萧颖士传》谓，赵骅少与殷寅、颜真卿、柳芳、陆据、萧颖士、李华、邵轸善，时人称为"殷、颜、柳、陆、李、萧、邵、赵"。朝衡既与赵骅交游，则当亦与殷颜诸士相识；尤其萧颖士在当时日本人中颇负盛名（《新唐书》二〇二《文艺传》云："倭国遣使入朝，自陈国人愿得萧夫子为师者。"）朝衡身为日本留学生，则当亦识其人。

朝衡在唐五十余年，非仅学于唐，更仕于唐，其所交游之范围，除当时我国文士而外，与官场人物当亦有关系。藤原仲实《古今和歌集目录》引《日本国史》载：

> 〔开元〕十九年，京兆尹崔日知荐之，下诏褒赏，超拜左补阙。

可知朝衡仕官初期颇得力于崔日知推荐，则二人交情必属不凡，然以史料有限，又无诗文留传，故未能详细探讨。

要之，朝衡以一介日本留学生身分来我国深造，学成，复留仕于唐，无论其才华学力及仕宦进取均无逊于唐人。在当日众多日本留学生群中，虽以终身留居我国而于其本国未能有直接贡献，然以身仕唐朝，且颇蒙玄宗器重，曾多次受诏接待日本遣唐使者，身居唐朝与日本遣唐使间，多所斡旋，有助于二国邦交，其功甚伟，况扬名于唐，光荣实多，而部分日本学者如藤原芳树（著《寄居歌谈》）、金子元臣（著《古今和歌集评释》）却斥之为失节，未免褊狭，至于林罗山《阿倍仲麻吕传》附文云：

> 呜呼！晁卿遣唐留学之劳，亦伟哉。其不辱君命可知矣。见其所仕官履历，则彼国此国之眷遇晁卿，其可知矣。以太白、摩诘诸诗观之，则晁卿之交接贤士大夫而最见爱惜，亦可知矣。千载之后，其人其才，犹可想见矣。惜乎，其著述文章不尽传于世也。可胜叹哉！

则不失为恢弘公平之论也。

阴阳怪气说郭璞

东晋文士之中,在陶渊明出现以前,能继承陆机、潘岳、左思等西晋文学大家者并不多见,恐怕只有刘琨与郭璞二人而已。刘琨青年时期虽以文咏为时人所许,也曾列贾谧门下,为"二十四友"之一。不过,在那离乱的大时代里,他的表现毋宁以雄豪著称,且当那兵马倥偬之间,他志在恢复晋室江山,遂令其人忠义之节高于文学之名。至于郭璞,则注释《尔雅》《方言》《穆天子传》《山海经》及《楚辞》《子虚赋》《上林赋》等数十万言,文学创作如诗、赋、诔、颂等亦有数万言,可见其博学高才之一斑。《晋书》本传称他:"词赋为中兴之冠",《南齐书·文学传》说:"江左风味,盛道家之言,郭璞举其灵变",而六朝文学评论的权威刘勰与钟嵘对郭璞的作品也都予以极高的赞赏;《文心雕龙·才略篇》说:"景纯艳逸,足冠中兴,郊赋既穆穆以大观,仙诗亦飘飘而凌云矣",《诗品》中亦谓:"始变永嘉平淡之体,故称中兴第一"。然而,郭璞的作品今存者诗不过二十余首,赋及诔疏等亦不过二十篇左右而已，所谓艳逸、穆穆大观，我们只能从游仙诗及《南郊》《江赋》等有限的作品之中去窥看想像了。不过，郭璞本人那富于传奇性而神秘匿异的一生，倒也有吸引人之处。

郭璞，河东闻喜（今山西闻喜县）人。他的父亲郭瑗，本来只是九品中正法属于八九品的尚书都令史，由于为人公方著称，终得擢升为建平太守。在重视门阀的当时，郭璞没有显赫的家世可以倚恃，因此他若想出人头地，必须靠自己的天资与才学力争上游。两晋之世，社会风尚相当迷信阴阳五行及神仙方术，这可从《晋书·五行志》的记载，及干宝《搜神记》、葛洪《抱朴子》等看出。郭璞不仅擅长诗赋，喜好古文奇字，而且也妙于阴阳算历。他这一套本事是受自一位客居河东的郭公，从他那儿接受了《青囊中书》九卷，遂能洞达五行天文卜筮之术，并且具有"攘灾转祸"的广大能力。

早在晋室尚未渡江南移以前，惠帝、怀帝的时代，河东已先骚扰不宁，郭璞从占筮得知晋室的命运，他曾沉痛地慨叹说："嗟乎！黔黎将湮于异类，桑梓其翦为龙荒。"于是私下设法结交姻昵。交游之广，达于数十家，想托身于豪门，以便于日后南渡逃难。此时正遇将军赵固平日所爱乘之良马突死，赵固十分哀惜，竟至不肯接见任何宾客，这则故事颇与《史记·滑稽列传》所载楚庄王丧爱马的故事相近。优孟能言善道，以滑稽语调点醒了庄王的迷误。然而，郭璞之对赵固却不同。他听得此消息，便把握这机会，演出了一幕使死马复活的奇剧。他教赵固精选壮男二三十人，每人各持一长竿，向东行约三十里，那里有丘林社庙，便扰打一番，当会有一物出现；将那物急抱回来，此马就可复活。赵固令人照他所说的去做，果然便得一形似猴子的东西。将它抱回家里，那东西见到死去的马，便对着马鼻吹气。不久，马竟然跃起，嘶鸣饮食，一如往常。而那似猴之兽便隐形不见了。赵固见此情形，自然欣喜异常，遂厚礼报答。这一则故事，可能正表示着，寒门出身的郭璞如何利用自己的特长，在那乱世中作乘机交游豪门的手段吧。

后来，郭璞行至庐江（今安徽），投靠太守胡孟康。当时孟康甚得丞相器重，丞相召胡为军谘祭酒。郭璞劝他南渡，但是孟康见江淮一带尚清安无事，所以不肯离去。郭璞只得自行促装离开。可是，他这时看中了孟康家里的一个婢女，于是便设法夺取。首先，他取小豆三斗，绕着胡孟康家四周撒落。次晨，主人似乎看见有赤衣人数千围其宅，可是，迫近细看就不见了。他心中嘀咕着，因而请擅长卜筮的郭璞替他算卦看个究竟。郭璞说："这些妖魔都是因为那个婢女而起，你们家不宜畜养她的。把她带到东南方二十里的地方卖掉。千万可别跟人争价，能脱手即佳。"事实上，郭璞却派人暗中尾随其后，以贱价买得这个婢女。一方面，他又煞有介事地表演，将符物投入井中，结果数千赤衣人都反缚而一一自投于井中，宾主皆大欢喜，郭璞便携此婢女继续南行。其后数旬，庐江果然陷落。

渡江后，郭璞仕江城太守殷祐为参军。在这一段时期里，他的神秘才能也时有表现：他曾经卜测众人莫知的怪兽之名。又从出现于延陵的鼯鼠和生长于无锡的妖树预言有逆贼。许是这一连串轰动社会的传说引起王导注意的吧，郭璞乃得跻身参王导的军事。王氏是当时的高门贵族，东晋政权之建立，几乎由王氏一手包办，而王导更是当时风云一世的人物。晋元帝就位时，都不敢单独升座，一定要王导同坐，王导推辞许久，乃罢。由此可见其名望之高及受天子重视的一斑了。郭璞凭着他那一套阴阳巫术而得侍王导左右，在他的宦途上而言，总算又迈进了一步。

在王导之下，他曾应命为主上占卦，得悉王导有雷震之厄。王导问他："有什么办法可以消灾吗？"郭璞便教他："命驾西出数（十）里①，就会见到一棵柏树，令人把它截断，如您的身长，将它取回来放置在您常寝卧的地方，如此便可以消灾。"王导依言而行。后数日，果然有大雷震，把那一段柏树劈得粉碎。柏树代人遭殃，王导因此免于难。早在渡淮之初，郭璞就曾预言："淮水绝，王氏灭，其后子孙繁衍。"② 而东晋之世，王谢二族势力之强大，几乎掩盖帝王。郭璞这些预言在在都证实了他的方术之灵验。如此看来，王导之器重郭璞，也是极自然的事情了。

东汉以来，世局一直纷扰。两晋之初，太康时期虽然曾经有过一段承平日子，可是未几而八王之乱作，跟着五胡乱华，王室南迁，世局动荡，社会不宁。这样的乱世，最利于迷信思想之流布发展。匹夫匹妇之间，由于生命朝不保夕，人心惶惶，固然难免想求助于卜筮预言；而豪门高第人士，于享尽荣华富贵之余，又怎能不关心名位之长保与子孙之繁衍？这也就难怪位极人臣的王丞相会这样倚重郭璞了。当时，除郭璞之外，《搜神记》的作者干宝，以及《抱朴子》的作者葛洪也都是曾受王导重用的人才。不过，名义上既为参军事，理当参与军务，王导所借重于郭璞的谋略，则似乎专在咒术算历方面。攀上高门之后的郭璞，自然在缙绅间更为著名了，他甚至因曾预言会稽井中所出钟为帝王之神器，而蒙元帝重视。至此，以方士之身而言，郭璞的名声已是十分重大。可是，郭璞的才能并不限于此。事实上，他也具有惊人的博学才识，只是他这方面的才华为那些耸人听闻的言行所

---

① 《晋书》本传作数十里。《世说新语·术解篇》作数里。

② 见于《晋书·王导附子荟传》。

掩盖罢了。他曾著《江赋》，体制宏伟，文藻粲然，可以媲美《子虚》《上林》，甚受世人称赞。郭璞本人恐怕也相当自负其文才，而并不甘心徒以方士见称的吧。后来，在元帝正式登位之后，他奏献了一篇四平八稳、典雅肃穆的《南郊赋》。元帝十分嘉赏，遂起用为著作佐郎。

当时，刑狱殷繁，郭璞写了一篇《省刑疏》奏上。虽然内容仍充满了浓郁的阴阳术理，但是文中所谓：

> 夫法令不一，则人情惑。职次数改，则觊觎生。官方不审，则秕政作，惩劝不明，则善恶浑。此有国者之所慎也，臣窃为陛下惜之。夫以区区之曹参，犹能遵盖公之一言，倚清靖以镇俗，寄布狱以容非，德音不忘，流咏于今。汉之中宗，聪悟独断，可谓令主，然厉意刑名，用亏纯德。老子以礼为忠信之薄，况刑又是礼之糟粕者乎！夫无为而为之，不宰以宰之，固陛下所体者也。耻其君不为尧舜者，亦岂惟古人？是以敢肆狂瞽，不隐其怀。

忠言谔谔，讽谏繁刑之恳切，可比春秋时代的晏婴。所谓"耻其君不为尧舜者云云"，正是"致君尧舜上"的纯儒精神。或许，卜筮方术只是寒门出身的郭璞视为仕宦的捷径而已，一旦得把握机会，郭璞并不愿意停留在方士的身分地位，他也像绝大多数的古代知识分子一样，愿意贡献一己之才能于国家社会的。这可以从他的其他疏文《皇孙生请布溃疏》及《平刑疏》等的直言看出。非仅此也，郭璞自己虽以卜筮之术见著其世，对其当时利用迷信的社会风气而妖言惑众者，则异常憎恶。元帝治世之末，有道者任谷入宫近侍于皇帝。他曾上《弹任谷疏》，直笔激言元帝的不是。所称"臣闻为国以礼正，不闻以奇邪"，正可以看出郭璞自己所守的政术与道术判然分明的原则。

然而，事实上尽管郭璞有他自己的原则与怀抱，而朝廷及时人对他的兴趣却仍在于他那一套神妙的方术本事方面。想不到郭璞本想用以为登龙术的方士面具，反而牢牢把他自己给套住，使人对他既怀几分神秘畏惧之感，同时又多少不无蔑视之心理。他有一篇自嘲式的文章《客傲》，开头说：

> 客傲郭生曰：玉以兼城为宝，士以知名为贤。明月不妄映，兰葩岂虚鲜？今足下既以拔文秀于丛荟，荫弱根于庆云，陵扶摇而竦翮，挥清澜以濯鳞，而响不彻于一皋，价不登乎千金。傲岸荣悴之际，颉颃龙鱼之间，进不为谐隐，退不为放言。无沉冥之韵，而希风乎严先，徒费思于钻味，摹洞林乎连山，尚何名乎！夫攀骊龙之髯，抚翠禽之毛，而不得绝霞肆跨天津者，未之前闻也。

这一段话反映了郭璞的心怀。虽然，他从著作佐郎而又迁为尚书郎，这种属于中下等的官位谅非他的目标，而他的政治才能又往往为世人所忽略，使他徒然徘徊帝王高门之间，却无法真正一展才华抱负，这真是使他十分失望遗憾的事情！

其实，在渡江以前，郭璞早已料知自己位不过公吏的生涯了。有一回，他与匈奴的筮者卜珝互相交换各人所见。卜珝为匈奴后部人，喜读《易经》，博学的郭璞见此情形不禁叹道："我也跟你有此同好呀。唉，看来咱们都逃不过兵厄哩！"珝回说："嗯，我自己的大厄在四十一岁那年。虽然将来可以位至卿相，恐怕最后还是不免于遭祸。不过，我看你也不见得有什么好的收场呢。"

145

"我的灾祸当是在江南，恐怕是逃不了的。不过，到南边去的话，还可以多活几年吧。留在这儿，恐怕都过不了今年哩。""如果你不做公吏，也许可以免于难吧？""唉，都是命定的呀。我之不免于公吏，就像是你之难免于为卿相一般。""我会留在此地，至于现在的琅邪王（案：即后之元帝），你得好好儿侍奉他。此人乃是将来主晋祀的贵人。"这一则故事见于《晋书·艺术传》。可见，他早已知道，渡江对自己而言，不过是苟延残喘，终非全命之计，而无论自己如何努力求表现，也终究不免于一介碌碌公吏而已。郭璞心里明白，如今虽得周旋于皇亲贵族之间，尽管大家珍视自己这一套占筮的法宝，可是在别人心目中，自己不过是个身怀一艺的贱徒而已！除了前举的《客傲》那一段文字以外，他的诗中如"子同乔楚，我伊罗葛"（《答贾九州愁诗》）、"我虽同薄，及尔异颖"（《答王门子》）、"子策骐骏，我案骍骖"（《赠温峤》）诸语，都不无自卑自嘲的语气。另外，在《蚍蜉赋》中，也有"物莫微于昆虫，属莫贱乎蝼蚁，淫淫奕奕，交错往来"云云，文中所谓"斯虫之愚昧"，似乎也在对自己微不足道的地位做一种悲痛而莫可奈何的讥讽。

身为灵验的方士，郭璞能预知国家社稷的前途，能卜测别人的将来，更可哀的是，他也早已洞悉自己的下场；同时，在另一方面，兼为博学多识的文人，他又有"致君尧舜上"的崇高的抱负和理想。方士与文人，这两种不同的身分，不同的智能方向，使他个人陷于极深的矛盾中，而周围对他的不正常的尊重，则又使他不安和不悦。心中常有"才高位卑"的不满，于是，他自暴自弃地放肆酒色中。他的好友著作郎干宝见他如此纵欲，乃给予善意的规诫，岂料郭璞竟满不在意地回答他："吾所受有本限，用之恒恐不得尽，卿乃忧酒色之为害乎？"实在是狂傲得厉害！他给人的印象本来已经是阴阳怪气神秘莫测的，加之他又如此纵欲狂放，而且总是一派不修边幅的样子，所以更教人不能了解他。郭璞的诗文今日所能见到的不多，而最能表现作者情性的诗，则《全晋诗》所收不过二十余首而已，其中除了前举的几首赠答之作外，便以《游仙诗》十四首为最可观。我国游仙诗已见于建安、正始文人曹植、嵇康等人笔下，至郭璞可谓达于极致。这一组歌咏蓬莱仙境，描写赤松王乔的游仙诗，不仅表面上华丽飘逸，且字里行间时时流露着慷慨激情，显然是有所寄托之作，所以《诗品》说："（璞）游仙之作，词多慷慨，乖远玄宗。其云：'奈何虎豹姿'，又云：'戢翼栖榛梗'①，乃是坎壈咏怀，非列仙之趣也。"钟嵘真个看透了阴阳怪气的面具之后所隐藏的郭璞真面目了。

郭璞平日行为轻率，多接近女色：他的好友桓彝去拜访时，常常撞见郭璞与妇女戏处，桓彝见惯了，也就不特别回避，总是径入内里相寻。有一回，郭璞告诉桓彝："你随便打哪儿进来都可以，就是不能到厕所来找我。记住。否则你我都遭殃了。"可是，桓彝有次喝醉酒，糊里糊涂来到郭璞家，正巧赶上郭璞在厕间。他忘了前言，一时好奇心起，偷偷逼近瞄了一眼，竟见到郭璞裸身被发口里衔着刀在那儿祭酒于地。郭璞察觉，抚心大惊道："我不是警告过你不可以到这儿来找我吗？这下子糟糕了，不单是我倒了霉，连你自己也难逃祸患喽！唉，不过这都是天命呀！也不能怪谁哩。"后来，郭璞果然被王敦所杀，而桓彝也死于苏峻之难。

元帝驾崩后，他以母忧去职。其后，王导之兄王敦起用他为

---

① 此系佚句，不见于《全晋诗》及其他书中。

记室参军。王敦也是东晋朝廷中权倾一时的人物，他之延揽郭璞入麾下，想必也是看中了那一套能预卜未来的本事吧。心有贰志的王敦底下拥有名士多人，知其意图者或托病不仕，但是也有屈于强权而勉强顺从的。郭璞便是属于后者①。不过，以寒士出身的郭璞而言，他怀才不遇，一生周旋于高第贵人之间，其屈节，恐怕除了畏王敦之势以外，多少或有不甘寂寞，想孤注一掷，冒险捉住最后一个附骥尾的机会也未可知。不过，他所禀具的异常的能力，却早已肯定了王敦的失败和自己的横祸。王敦谋逆，温峤、庾亮等令郭璞卜筮，郭璞说不出明确的答案；峤、亮便改令占卜他们二人的吉凶，此次答案是："大吉"。峤、亮二人后来商量："先前郭璞所以不能明确回答王敦之事，乃是身为其部属，不敢有所言；看来王敦是注定要失败了。""如今，我们要与国家共举大事，而郭璞说大吉；那必是表示我们会成功的。"于是，劝明帝讨伐王敦。这时，有个姓崇的在王敦面前说郭璞的坏话（郭璞曾经说过："杀我者山宗。"果然不错。"崇"字便是由"山""宗"组合而成）。王敦在举兵之前，也令郭璞卜筮，郭璞据实以告："无成。"王敦先已听到姓崇的谗言，所以心中更怀疑郭璞跟峤、亮勾结串通，又听到这凶卦，心里老大不高兴，便问他："吾寿几何？"郭璞答："不久。"王敦大怒，又逼问："卿寿几何？"答复是："命尽今日日中。"郭璞料到自己下场的时间到了！王敦一气之下，令人把郭璞押到南冈行斩。他从前告诉桓彝的话，果然不幸而应验了。关于郭璞之死，还有一段小插曲。料事如神的他，不仅知道自己的下场，同时更清楚结束他生命的人是谁。南

---

① 《晋书·温峤传》，于王敦乱平后，温峤上书有语："且敦为大逆之日，拘录人士，自免无路，原其私心，岂遑安处？如陆玩、羊曼、刘胤、蔡谟、郭璞，常与臣言，备知之矣。"

渡不久时，有一次，郭璞在路上遇着一个年轻人，唤其姓名把他叫住，并且将自己的一套衣裳送给他，那人辞不肯受。郭璞对他说："你拿去吧。将来有一天，你就会明白我意思的。"那年轻人便将衣物收下了。这个人便是后来郭璞在南冈被斩时的刽子手。

郭璞的一生事迹充满了许多阴阳怪气神秘莫测的气氛。他能预测国家大事及别人的生死安危，且又具"攘灾转祸"的法术，令人遗憾的是，他却无法给自己消除灾难；他写了许多游仙之诗，所谓："左挹浮丘袖，右拍洪崖肩。借问蜉蝣辈，宁知龟鹤年"（《游仙诗》第三首）。他想像与仙人遨游，希冀不老不死的生命，竟以四十九岁死于非命！这岂非一大讽刺？《太平广记》说郭璞死后化为水仙。然则，成仙之望，竟在他肉体死灭之后才达成的吗？

记外祖父连雅堂先生

外祖父共有孙儿女八人，其中除表弟连战外，余皆是外孙。我是外祖父长女林连夏甸女士的长女，也是外祖父孙辈中最大的。外祖父在世时只见过三个外孙女，我、我的妹妹文仁以及表妹晓莺。他老人家去世时，舅母连赵兰坤女士正怀着表弟。而即使这三个外孙女之中，对他有一些记忆的恐怕也只有我一人吧？因为他去世时，我仅只四岁，晓莺和文仁都尚在襁褓中，不可能记得什么。但是，一个四岁的幼童能有多少记忆呢？说来很遗憾，也很悲哀，我对宠爱过自己的外祖父只有凭一些模糊的印象，和听自母亲记述的零星片断的往事来追念而已。

我有一张已经发黄的旧照片，大概是在外祖父去世那年或前一年拍摄的。照片的背景是外祖父在上海时的寓所公园坊门前，相片里的三个人自左至右依次为外祖母、外祖父及我，三人同站在石阶最高层上，外祖母是一位娇小的妇人，她和外祖父并立，几乎高不及肩；瘦长的外祖父晚年背有些驼，他穿着一袭深色的长衫，架着近视眼镜的清癯的脸上有严肃而和蔼的表情；至于我呢，穿着一套母亲编织的毛线衣，左手拉着外祖母的衫摆，戴着毛线帽子的头却吃力地仰望着外祖父的脸，所以只见帽端的大绒球，脸部反而看不清楚。这张相片恐怕是唯一留存的外祖父母与我的合照了。我记忆中的外祖父正如相片里的模样一般。我们住的地方和公园坊只有两三分钟的步行距离，外祖父母的生活是简单的，有时难免寂寞。那时候已会走路，也稍懂事的我便经常陪伴他排解寂寞。虹口公园与我们住处只需跨越一条火车轨道，那儿有宽敞的草地、新鲜的空气，和安静的气氛。于是，晨昏的散步，外祖父总是带着我。他是一位瘦长的老人，我那时高不及他的腿长，正是爱乱跑和胡乱发问的时期，所以他总是弯下腰来牵我的手，费劲地跟着我走；虽然如今我已记不得那时问过他哪些傻问题，但是，想来那个小外孙女的唠叨定必骚扰了他著史作诗的灵感无疑。我的名字是母亲取的，外祖父却喜欢叫我"阿熊"。至今，我还依稀记得他呼唤我的慈祥的声音，却不知道他为什么如此叫他的外孙女？母亲对此绰号也无法解释。我现在猜想或许是某次他带我去虹口动物园时，我偶然对熊的好奇发问，而使他如此唤我的吧？

母亲对我的管教是寓严于爱的，而外祖父对我却只有爱与呵护，他从来没有苛责过我一声，所以他常是我闯祸后的避风港。他会把我搂在怀里，拭擦我的眼泪，抚摩我柔细的头发，责备母亲的不是，无限溺爱地问我："阿熊，你为什么总是这样淘气？"

事实上，外祖父给我的印象和记忆与一般的祖孙关系并无异，那是充满温馨的一些片段生活。四岁的幼童当然不明白那位清癯的老人便是台湾最伟大的人物之一连雅堂先生了。说来令人心酸，在我有限的记忆中，最清晰难忘的一页竟是他老人家的逝世。犹记得有一段时间，母亲不常把我托给外祖父，外祖父也没有差人来接我去，我常在家里由女佣照顾着。满地的玩具替代了晨昏祖孙的漫步公园。有时我也会问母亲："阿公呢？"母亲的表情沉郁，总是含糊地说一些我不太懂的理由。终于有一天，我被女佣抱到外祖父家去。一进外祖父的卧房，我就被一种不同寻常的气氛震慑了。不算太大的房间里挤满了人，外祖母、我的双亲、舅父母、姨父母以及一些没有见过的大人，有的在哭，有的人脸色肃穆，而我亲爱的外祖父呢？他静静地躺在床上，白布盖着他的身体。"阿公、阿公，阿熊来陪你啦！"我挣扎着，想奔向床前，可是女佣却用力抱住了我。死亡意味着什么呢？那时的我无由得知。我哭着，只是预感到再也看不到外祖父慈祥的笑容，他再也不能弯下腰来牵我的手了……

三十年后的今天，我提笔写这篇文章来纪念我的外祖父，心中有许多感慨。我仿佛又见到那瘦长的背影，那架着眼镜的慈颜，还有虹口公园的晨景……

当然，这篇文章不可能单凭我幼年的记忆写出来，我曾经参考关于外祖父的传记轶事，也翻阅过他的诗文著作，同时，我的母亲和我的舅父也给了我不少可贵的细节资料，我要深深地感谢他们二位。

传　略

外祖父原名允斌，后来改名横，字武公。少年时自号葛陶，后改雅堂，晚年又号剑花。生于光绪四年（公元一八七八年）正月十六日亥时，是外曾祖永昌公的第四子。

连氏祖籍福建省漳州府龙溪县。明亡后，外祖父的七世祖兴位公毅然渡海来到台湾府城（即今台南）的宁南坊马兵营居住。

马兵营是旧日郑成功驻师的地方，环境十分幽雅，有高大的果树和极深的古井，经过整顿经营后，从此连氏七代子孙便守璞抱真，在这儿安居下来。一直到日本占据台湾后，想在此地建筑法院，强迫当地居民迁散，连氏的家园也同时遭受摧毁，因而不得不家族四散，迁转到西城外去了。后来，外祖父有一首《过故居诗》，便是为感怀旧日的家园而作的。

> 海上燕云涕泪多，劫灰零乱感如何？
> 马兵营外萧萧柳，梦雨斜阳不忍过。

外祖父出身于书香门第，自幼接受优良而严格的家庭教育，他好学不倦，而且秉性聪颖。《史记·项羽本纪》的文字几达万字，他竟能过目成诵，所以在兄弟辈中，最得宠爱。

光绪二十一年（公元一八九五年），中日甲午战役，清师败绩，订立"马关条约"，割台湾以求和。台湾人不肯服从清廷的命令，为免于割让，挣扎图存，于是在翌年五月宣告独立为"台湾民主国"。外曾祖永昌公不幸于同年六月去世，当时我外祖父年仅十八岁，正值少年壮志，于是他利用居丧之暇，开始学习作诗，并曾亲手抄写《少陵全集》。身罹家国之痛，挑灯夜读，诗圣的诗章谅必深深地引起了他心底的共鸣！

在他家居读书的时候，也正是"台湾民主国"和日本人对抗最炽烈的时期。许多人避地迁散，以躲兵祸，唯独连氏一族仍然屹立不移；他更在这个时候搜集了不少"台湾民主国"的文告，这些戎马倥偬之际的收获，竟成为他后日编纂《台湾通史》的珍贵史料。

光绪二十三年（公元一八九七年），他第一次离开故乡，到上海、南京等地游览，稍后就进入上海圣约翰大学攻读俄文，可是不久却奉母命回台湾，与我外祖母沈少云女士结婚。沈家是台南望族，世代经商，与德商做鸦片土、樟脑等贸易。少云女士是德墨先生的长女，她出身富贾之家，明诗习礼，是一位典型的贤淑妇人。据说，在洞房之夜，新娘仿佛瞥见一只脑后梳着一条红辫子的白猴跳入帐里，瞬即消失踪影，只见她的新婚夫婿躺在那儿。关于这件事情，外祖母一直不解因由，也不曾向外祖父提起过，然而外祖母却毕生相信，她所敬爱的丈夫乃是玉猿的化身。而据说，外祖父晚年时期，每当夏天家居时，穿着白色衣裳，盘曲一条腿，抱着另一条腿，坐在床边抽鸦片烟，或吃花生米，那种神情也真像极了玉猿呢！

外祖父婚后暂时不作远游之计，于是更专心吟诗作文，与陈瘦云、李少青等十位同好，设立"浪吟诗社"，互相切磋鼓励。

第二年，进入台澎日报社主编汉文部。他虽然痛恨日本人，然而感觉此时此地同胞受异族蹂躏，假如不能了解日人的文字和习俗，而只盲目反抗，也是徒然，所以在写作之余，也开始学习日文。

光绪二十八年（公元一九〇二年），他只身赴厦门，这是他婚后第一次的离家远行，但是他愤恨清廷政治腐败，没有多久就回来了。

两年之后，日俄战争爆发，外祖父遂又携眷移居厦门。在那里，他创办了《福建日日新报》。当时正值中山先生领导革命的初期，他以一介书生而执笔鼓吹排满，南洋的同盟会人士看到了这份报纸都十分满意，特派一位福建籍的林竹痴先生到厦门来，商讨将它改组为同盟会的机关报。但是由于外祖父的言论十分激烈，清廷老早就对他有了戒忌。有一次，当他正在理发的时候，清吏派了人到理发店里来逮捕，幸亏有人通风报信，他顾不得头发才理一半，就匆忙躲开了。后来，满清政府竟索性向驻厦门的日本领事馆抗议，把这个报馆封闭起来。

在此不得已的情况下，外祖父只好又携眷回到台湾，再度主持由《台澎日报》改名的《台南新报》的汉文部。这个报社是当时台湾报界的主流之一，许多有名的文人学者都曾经在他主持的园地里发表过可贵的见解和言论。

光绪三十二年（公元一九○六年），他与赵云石、谢籁轩等十余人创设了南社。三年后，又与林痴仙、赖悔之、林幼春诸先生创立了栎社。这两个诗社都是当时有名的文人组织，台湾中、南部著名的文人多参加在内，颇极一时之盛；由此也可见他对诗文研究的热心。这期间，他和家人已离开台南，迁居台中，进入了台湾报界的另一重心——《台湾新闻》的汉文部。外祖父的不朽巨著《台湾通史》便是在这个时期开始撰写的。司马谈临终时，曾执其子司马迁的手，嘱咐他要完成遗志，编修《史记》；外祖父幼年时代，外曾祖父永昌公也曾购置一部《台湾府志》送给他说："汝为台湾人，不可不知台湾历史。"后来他以著作《台湾通史》为己任，实在与司马迁之著《史记》同样，都是深受先父遗志的影响的。

光绪三十四年（公元一九○八年）秋，他曾经游览过日本，然而每思及台湾正受异族控制，便郁郁不欢。

辛亥革命那一年秋天，外祖父得了一场大病，一直拖延到冬天，病才好。病后，颇有远游大陆以舒畅心中抑塞愤懑之气的愿望。于是，一九一一年三月，再度经由日本，转赴上海，游历南京、杭州等地。当时适逢民国初建，四方慷慨有志之士，云合雾起，他一方面主编华侨联合会发行的《华侨杂志》，另一方面又时常与当时豪杰名士相会，共论天下大事，兴奋之余，身体竟完全康复了。

一九一二年春，他赴北京参加华侨选举国会议员，事后遨游张家口及平汉铁路沿线，汉口、九江、芜湖、安庆各地。入秋之后，更赴牛庄，转上奉天、吉林，而入吉林报社。

次年春天，他回到北京，接受当时主持清史馆的赵次珊（尔巽）先生之延请，入馆工作，因而得有机会阅览馆中所藏有关台湾建省的档案，这对于正在编写《台湾通史》的他来说，实在是一大收获。这时期，他曾经写过一篇《上清史馆书》，建议编纂《清史》时应有一篇《拓殖志》，以记述海外华侨的灿烂事迹，这充分表现他对历史见解的正确，和对国家民族意识的热烈。不久，离开清史馆，再度去游览我国东北等地。后来由于外曾祖母年老体弱，家人频频去信促归，才返回台南，再入"台南新报社"。第二年，丁母忧在家居住，把两三年的游览见闻整理出来，发表了一篇《大陆游记》，又将旅途中所作的一百二十六首诗，汇编成《大陆诗草》。在《大陆诗草》自序里说：

> 嗟乎！余固不能诗，亦且不忍以诗自囿。顾念此行，穷数万里路，为时已三载，所闻所见，征信征疑，有他人所能言而言者，所不敢言亦言者。孤芳自抱，独寐寤歌，亦以自写其志而已！

的确，在这一百余首中，有许多慷慨悲壮的诗句，例如《柴市谒文信国公祠》：

> 一代豪华客，千秋正气歌。艰难扶社稷，破碎痛山河。

世乱人思治，时乖将不和。秋风柴市上，下马泪滂沱。

宏范甘亡宋，思翁不帝胡。忠奸争一瞬，义节属吾徒。
岭表驱残卒，崖门哭藐孤。西台晞发客，同抱此心朱。

忠孝参天地，文章自古今。紫云留故砚，夜雨寄孤琴。
景炎中兴绝，临安半壁沉。巍巍瞻庙貌，松柏郁森森。

我亦遭阳九，伶仃在海滨。中原虽克复，故国尚沉沦。
自古谁无死，宁知命不辰。凄凉衣带语，取义复成仁。

台湾沦于日人之手，他以一个爱国书生而远游故土，心里难免感慨万千。后来章太炎先生读了这些诗，曾经叹道："此英雄有怀抱之士也"，可以说深得其心了。

自从一九一四年倦游归来以后，外祖父便孜孜于著述的工作，终于在一九一八年，完成了《台湾通史》此一巨著。在台北由他自己校雠印刷。自荷兰人拓土以来三百年，这个位于"婆娑之洋的美丽之岛"，曾经过郑成功的开启，清代的经营，随后又遭遇过外交兵祸的相逼，小小一个岛，却有太多的变故，而文化及政治等一切的规模并不亚于中原各地，但是她始终没有一部系统完备的历史。外祖父在青年时代便已注意到了这个事实，而以为台湾著史为己任。十年来，他在断简残篇之中，行旅倥偬之际，搜罗资料，惨淡经营，有许多且是海内外珍贵的孤本。在《台湾通史刊成自题卷末》有几句话是他的衷心之言：

庸书碌碌损奇才，绝代词华谩自哀。

三百年来无此作，拼将心血付三台。

马迁而后失宗风，游侠书成一卷中。
落落先民来入梦，九原可作鬼犹雄。

一代头衔署逸民，千秋事业未沉沦。
山川尚足供吟咏，大隐何妨在海滨。

诗书小劫火犹红，九塞谈兵气尚雄。
枉说健儿好身手，不能射虎只雕虫。

十年著史的甘苦尽在诗中，从"三百年来无此作""马迁而后失宗风"等豪语里，可以想见他当时自信和自负的一斑。这一部《台湾通史》实在是他多年呕心沥血的结晶，而"连横"这个名字也该可以和台湾的山川共不朽了。

书成的次年，举家迁移来台北，由于那间房子面对着大屯山，因此取名为"大遁山房"。

一九二〇年的年底，《台湾通史》的上册和中册相继出版，次年初夏，下册也出版，外祖父的心愿终于实现了。日本朝野对这一本书极表重视，然而祖国人士却因为彼此隔阂的关系，反而很少人注意。唯独章太炎先生认为这一部史书是民族精神之所附，将为后人所传颂，章先生实在可以说是我外祖父的文章知己了。

《通史》出版以后，他又整理古今作家所写有关台湾历史山川的诗，编成《台湾诗乘》六卷。独自著述的工作虽然很艰难，但是他并没有感觉完全的孤独，因为温婉贤淑的外祖母总是静静地陪伴在他的左右，给予精神上的鼓励和安慰。对我的外祖母，他一直是由衷感激的。这可从他的诗中看出：

> 男儿铸史女绣诗，武公之子乃尔奇。
> 赖君为母兼为父，昼课男儿夜女儿。
>
> （《寄少云四首》之三）

如果没有这种暗中默默的赞助与慰勉，他的著述工作可能不会进行得那么顺利和迅速。成功的男人身边常常有一位伟大的女性，而站在他身旁的竟是这样一位娇小玲珑而端庄的妇人！后来陈蔼士先生读过了《通史》的稿本，曾经手题四首诗，其中就有一首说：

> 难得知书有细君，十年相伴助文情。
> 从来修史无兹福，半臂虚夸宋子京。

一九二三年春，由于《通史》已刊，《诗乘》也纂成，他稍觉轻松，想暂时放下笔管，使身心得到休息，因此伴我外祖母赴日本游览观光。在《东游杂诗》中有一首便是写当时心境的：

> 五岳归来已七秋，又携仙眷上蓬洲。
> 此行为爱樱花好，料理诗篇纪俊游。

这时他的儿女们都已经长大成人，家母夏甸女士已出阁，三姨秋汉女士在淡水高等女学校读书，而舅父震东先生则适巧在东京庆应大学经济学部留学。于是相聚异国，他们三位遨游于镰仓、箱根等名胜古迹，对外祖父个人来说，著述之愿已偿，又得享天伦之乐，心中的欢愉，莫过于此时。

东游归来之后，一九二四年二月，他创办了《台湾诗荟》，这本杂志多由当时的文坛名流执笔，刊载一些有关台湾古今的文章，而他自己也先后发表了《台湾漫录》《台南古迹志》和《余墨》等文。《余墨》虽然是补白性质的短篇小文，可是内容涉及的范围极广，可以窥见外祖父对治学与对文艺的意见。

外祖父对保存台湾的文物，几乎认为是他生命中的一种天职，因此他非但自己倾心于搜集、编纂、著述的工作，更时时注意着其他人的作品。这时期有一位夏琳先生编了一部《闽南纪要》，记载着郑氏祖孙三代的台湾重要文献，也邀请外祖父为之亲自校订，于一九二五年出版。

外祖父向往杭州西湖的景物，在《大陆诗草》里有《西湖游罢以书报少云并系以诗》一首说：

一春旧梦散如烟，三月桃花扑酒船。

他日移家湖上住，青山青史各千年。

这个愿望在一九二六年春，由于携眷于杭州旅行，几乎得以实现。他们在西湖岸边落脚，悠游于六桥三竺之间。外祖父便在此次游览之暇编完了《宁南诗草》。这是集《大陆诗草》以后的作品为卷的诗集。称"宁南"以示对故居的怀念。可惜不久之后，"移家湖上住"的梦想却因北伐军起，江南不安而作罢，一家人遂又返归台北。

日本人占据台湾后，为了要彻底实行其奴化教育之目的，严禁汉文，并且不许学生使用台语。外祖父从杭州迁回台北之初，即在太平町（今延平北路）开设"雅堂书局"，专门出售汉文书籍及笔墨扇笺等国货，而日文书籍及日制文具一概不售。他又利用暇时致力于汉文的教学。当时大稻埕如水社曾开办为期三周之夜间夏季大学，外祖父应聘为讲师，讲授“台湾历史”。而他自己的“雅堂书局”也开办汉学研究会，授课时间为每日午后七时至九时。他这种无视于日本政府的特立独行，终于引起日人有意的阻挠，两年后，不得不宣告停办。结束“雅堂书局”后，外祖父便全力研究台语。在《台湾民报》第二八八号，他曾谓：“余台湾人也，能操台湾之语，而不能书台语之字，且不能明台语之义，余深自愧！……然而余台湾人也，虽知其难，而未敢以为难，早夜以思，饮食以思，寤寐以思，偶有所得，趣记于楮。……嗟夫，余又何敢自慰也？余惧夫台语之日就消灭，民族精神因之萎靡，则余之责乃娄大矣。”他编纂《台湾语典》四卷的初衷和苦心都在这篇序文中表露无遗。

外祖父民族意识浓，爱国心强。他深信要解救台湾，必须先从建设祖国开始，所以当我舅父震东先生从日本学成归来后，便积极鼓励他回祖国服务，乃修成一函介绍信于张继先生，全文如下：

> 溥泉先生执事：申江一晤，怅惘而归，隔海迢遥，久缺笺候，今者南北统一，偃武修文，党国前途，发扬蹈厉。属在下风，能不欣慰！儿子震东毕业东京庆应大学经济科，现在台湾从事报务。弟以宗邦建设，新政施行，命赴首都，奔投门下。如蒙大义，矜此孑遗，俾得凭依，以供使令，畴载之德，感且不朽！且弟仅此子，雅不欲其永居异域，长为化外之人，是以托诸左右。昔子胥在吴，寄子齐国；鲁连蹈海，义不帝秦；况以轩黄之华胄，而为他族之贱奴，泣血椎心，

其何能恕？所幸国光远被，惠及海隅，弃地遗民，亦沾雨露，则此有生之年，犹有复旦之日也。钟山在望，淮水长流，敢布寸衷，伏维亮鉴！顺颂任祺不备，愚弟连横顿首。四月十日。

爱国情操跃然纸上，用心之深苦亦可知。据说外祖父撰此函时，曾出示张振梁先生。张先生四十年之后犹能背诵其词。张溥泉先生得书后深受感动，便邀舅父前往祖国任职。至于外祖父自己，则因为计划要多保存台湾文献，所以不得不暂时仍留居于台湾。

一九三三年，舅父震东先生已在西安为国民政府工作；母亲带着我们在上海居住，而秋汉姨也从高等女校毕业了。外祖父遂毅然带了外祖母和秋汉姨赴上海，决心终老祖国。自马兵营故居遭受日本人摧毁起，外祖父的家曾几度南北迁移，没有定所，而今子女都已长大，各有成就，自己也次第完成了著作，一家人且能居住国内，所以他心中应该是轻松愉快的。这时他已经五十六岁了，虽然他的身体一向清癯，但是由于养生有道，所以精神仍然很好。他既然决定长居国内，于是有意继续以著述和游历，来度他的晚年。

一九三四、一九三五这两年里，震东舅父和秋汉姨母也先后结婚了。儿女的终身既定，外祖父母便携手相偕去关中旅行。此行足迹几遍终南、渭水。一直到夏季才游罢，返回上海。他毕生喜游，所到之处，必吟咏留念；这次的游山玩水，也有《关中纪游诗》二十七首留下来。但是，想不到这竟成为他最后一次的游历！

一九三六年春，他在上海染患了肝病。从一九一一年的那一场大病以后，二十多年间，外祖父几乎没有再患过什么大的疾病，想不到这一次的肝疾竟会使他一病不起！六月二十八日上午，这位爱国的史家和诗人——连雅堂先生，竟以五十九岁的年纪，不及目睹乡邦的重光，抛下敬爱他的人们，与世长辞。

外祖父青年时代，外貌英俊潇洒，而且为人正直热心，有侠义气概，因此交游广阔。当时许多名流才子，无论男女，他都以坦诚的态度和他们结交。尤其难得的是，他有极开明的新思想。他曾说过："今日之女子，非复旧时之女子也，社会盛衰，男女同责，况研究汉文，尤为正当，复何疑？唯主其事者，必须热诚其心，高尚其志，黾勉其业，复得明师益友而切磋之，以副其所期，则疑者自释而忧者且喜。"（《余墨》）他以文会友，当时台湾的闺秀诗人如王香禅、李如月女士等，都是吟友知交。在他主持《台南新报》时期，经常在报上发表对诗界的革新论调，而当时中部的记者陈枕山先生所持的意见却与他相异，于是，二人互相辩论，笔战旬日，曾震动当时文坛，最后由林无闷先生出面调和，才互收旗鼓息战。但是日后移居台中，与陈先生相见，二人却能一见如故，结为知己，并无妨于友谊，一时传为文坛佳话。

外祖父终身以仁恕待人，平时很少发脾气；他与外祖母之间的感情尤其笃睦。外祖母虽是一位旧式的妇女，但是她知书达理，对于有英雄怀抱的外祖父，能有深切的了解，所以外祖父虽然在婚后也曾多次只身远游，而她始终能兼担起慈母严父的双重责任，在家里教养子女。他们原有三女一男，然而次女春台女士不幸夭折。他对三个子女也十分慈祥，对他们的教育更费一番苦心，一面让他们去接受新式的学校教育，而另一方面却利用家居之时，亲自为他们个别补习中国文字和古典文学。

外祖父生平所好，唯有二事——读书和游历。在《诗荟余墨》中，有一篇短文说：

> 人生必有嗜好，而后有趣味，而后有快乐。酒色财货，人之所好也，而或以杀身，或以破家，或以亡国。唯读书之乐，陶养性情，增长学问，使人日迁善，而进于高尚之域，其为乐岂有涯哉？余自弱冠以来，橐笔佣耕，日不暇给。然事虽极忙，每夜必读书二时，而后就寝。故余无日不乐，而复不为外物所移也。

他不但能于书中自得其乐，且对后生晚辈也极力劝勉读书。在执笔各报社的期间，每每有年轻人写信向他讨教，他都不厌其烦地一一指导读书作文的门径，乃至于购书、借书、择书等秘诀。

提起游历，他早年就醉心于此，所以，他的足迹不仅遍及岛内各地，后来更渡海到日本和祖国大陆的南北各地，而每至一处，他总是不忘吟咏，因而身后留下不少诗文。他又以为"文人著书，呕尽心血，必须及身刊行，方可自慰。若委之子孙，则每多零落。"（《余墨》）所以他的诗文残阙或遗失的很少。他一生与翰墨为伍，淡泊名利，唯一的而又丰富的遗产，便是那些以他心血换来的诗文了。

外祖父的一生虽然孜孜矻矻于学问研究，可是他的为人除了严肃的一面以外，也不时地流露着那种文人特有的轻松潇洒的另一面。他不好酒，却嗜茶，每逢有亲朋来临，总是亲自为客汲泉瀹茗。一杯在手，畅谈古今，乃是人生之一大乐。他的言谈又往往富于幽默感，例如有一回梁钝庵先生对林幼春先生说："人生世上，何事求？但得一间小茅屋，一个大脚婢，一瓮红老酒，足矣。"林先生即为之下转语："一间小茅屋不破，一个大脚婢不丑，一瓮红老酒不竭。"外祖父却更为之下注解说："不破易，不丑易，不竭难。"

他晚年尚佛，曾说过："诗之与禅，一而二，二而一者也。诗人之领略得乎自然，禅家之解脱明乎无我；夫自然也，无我也，皆上乘也。故诗人多耽禅味，而禅家每蓄诗情。"他对佛理的体会，在这寥寥数语中可以看出。与他交往的朋友中，观音山上凌云寺的本圆禅师也是接触较多的一位。抗战胜利后，外祖父的遗骨由我的表弟连战奉迎返台，就曾暂时恭存在凌云寺中。一九五四年，家人为他在台北县的泰山乡修墓。如今外祖父已安息在风景优美的泰山乡。泰山乡虽非西湖，然而亦有青山之美景，而一代耆儒安眠于此，《台湾通史》这一部他的巨著将使泰山乡畔倍增光芒，外祖父生前"青山青史各千年"的愿望已达成了。所遗憾的是：外祖母于一九三九年逝世西安后，由于舅父震东先生在抗战胜利时，仓促来台，参与收复工作，一直没能把外祖母的遗骸接来台湾。每一念及此，我们心里就很难过。

著 作

我外祖父的著作，以上已曾简略述及，兹再条列于下：

（一）《台湾通史》：是他十年心血的结晶。全书共分开辟、建国、经营、独立四纪，疆域、职官、户役、田赋、度支、典礼、教育、刑法、军备、外交、抚垦、城池、关征、榷卖、邮传、粮运、乡治、宗教、风俗、艺文、商务、工艺、农业、虞衡二十四志，六十列传，凡八十八篇，附有图表。起自隋代，终于割让，历记一千二百九十年之事，为台湾有史以来第一部完备的史书。一九一八年书成后，在台北亲自校雠印刷。一九二〇年十一月印出上册，十二月印出中册，一九二一年四月印出下册。一九四六年一月，由商务印书馆在重庆初版。一九四七年三月在上海初版，分上下两册。一九五〇年三月二十五日，曾经蒋先生明令褒扬。中华丛书委员会也曾在一九五七年排印出版，列为《雅堂全书》第一种。

（二）《剑花室诗集》：包括《大陆诗草》《宁南诗草》《剑花室外集之一》及《剑花室外集之二》等四部分，共九百一十五首诗。他一生所作的诗，几乎都在此集中。

（三）《雅堂文集》：共分为四卷。卷一收论说文十八篇，序跋文三十一篇。卷二收传状文十二篇，墓志文六篇，杂记文十七篇，哀祭文七篇，书启文七篇。卷三及卷四都是笔记体的文字，卷三计收《台湾漫录》《台南古迹志》及《番俗撷闻》四种，卷四收《诗荟余墨》及《啜茗录》二种。

（四）《台湾诗乘》：集古今有关台湾的诗而成，可以用来辅助《台湾通史》。全集共六卷，台湾文献委员会排印本。

（五）《台湾语典》：是一部研究台湾语词字源的书，共分四卷，首自序二篇，末附录《雅言》《与李献章书》二种。一九五七年八月，中华丛书委员会排印本，列为《雅堂全书》第二种。

（六）《雅言》：一九三三年前后发表于《三六九小报》的二百四十九篇短文，是讨论台湾语言的文字，部分选入《台湾语典》附录。

（七）《雅堂先生余集》：一九七四年元月出版。计收《大陆游记卷一》《大陆游记卷二》《台湾赘谭》《读墨十说》（未完稿）及《中国文字学上之古代社会》（未完稿）。

此外他又校订有关台湾的著作三十八种，为《雅堂丛刊》，保存台湾文献非常丰富。

连雅堂与王香禅

提起连雅堂三个字，无人不知他便是《台湾通史》的作者。章太炎先生览阅其书，曾许为"此英雄有怀抱之士也"。事实上，连雅堂先生对于台湾史料之保存，台湾民族精神之振奋，于《台湾通史》以及其他诗文著述之中在在可见，在此无庸赘言。这篇短文写作之目的，是想从另外一个角度来观察作为一个诗人的连雅堂先生，尤其是他平日感情生活的某一面。

雅堂先生平生所好唯二事：即读书与游历。他也勤于诗文，故每有读书心得，或游历感怀，必作诗留念。他的诗大部分已刊印成集，计有《大陆诗草》《宁南诗草》《剑花室外集一、二》等，共收九百一十五首，合称为《剑花室诗集》（由台湾银行经济研究室编印，列为《台湾文献丛刊》第九十四种）。这九百余首诗，除许多属于记游抒怀、友朋酬唱者以外，更有一些寄托诗人感情的作品，其中最引人注目者，恐怕是他寄赠或怀念王香禅女士的诗篇吧。在《大陆诗草》与《宁南诗草》中，诗题明记与香禅女士有关者即有十一首，题虽未标明，但吟咏之对象为王氏者至少有二首，而《大陆诗草》中有一首答赠香禅女士之诗后并附有王氏之原作一首。雅堂先生的词留存的很少，《剑花室诗集》仅附录四首，但是其中便有一首《念奴娇》，小题标明着"天津留别香禅"。这样看来，大约有十数首诗是与王香禅女士有关联的。在九百余作品之中，十数首诗的比例并不算大，不过，以同一位人物作为写作的对象，而且这个对象又是一位女性，诗中所表露的感情又都深挚浪漫，这就难怪后世之人议论纷纭了。这里先举三首以窥一端：

> 沦落江南尚有诗，东风红豆子离离。
> 春申浦上还相见，断肠天涯杜牧之。
>
> （《沪上逢香禅女士》）

> 名山绝业足千年，犹有人间未了缘。
> 听水听风还听月，论诗论画复论禅。
> 家居鹿耳鲲身畔，春在寒梅弱柳边。
> 如此绮怀消不得，一箫一剑且流连。
>
> （《再寄香禅》）

> 寥落中天雁一声，十年影事记分明。
> 杏花春满江南梦，衰柳寒生塞北情。
> 黄绢诗词传女子，白衣谈笑傲公卿。
> 人间尽有埋愁地，独抱孤芳隐大瀛。
>
> （《次韵答香禅见寄》）

上面三例系依写作的先后次序排列，可以看出作者与诗中人相识非短，感情非浅，而重逢乍别，其间似又隐藏着许多感伤的故事。但是，无论连震东先生所撰《连雅堂先生家传》（附《台湾通史》后），及郑喜夫先生所编《连雅堂先生年谱》（台湾风物杂志社印行）都没有明显地提到诗人与王香禅女士的关系，因此也就更加令人好奇而产生种种捕风捉影、绘声绘色的传说了。

王香禅女士究竟是怎样的一位女性呢？她与连雅堂先生之间的交往情形又到底如何呢？虽然事隔多年，人间许多是是非非也随时光流转而逐渐褪色了，但是，毕竟还是有一些蛛丝马迹可寻的。

王香禅，本名王梦痴。她是台北艋舺（今万华）人。年轻时貌美而有歌舞之才，又谙正音（即京戏），曾经鬻艺于台北。由于她喜爱诗文风雅，所以名噪一时，颇得文士墨客欣赏与捧场。当时年轻而倜傥风流的连雅堂先生也时与三五朋友前往听戏，因得与这位出名的艺旦结识。

青年时期的雅堂先生风度翩翩，斯文英俊，热情而才高识广，梦痴女士对他十分倾心。不过，连先生早在二十岁已娶了台南殷商沈德墨先生之女筱澐女士。沈氏虽长于雅堂先生四岁，但大家闺秀的她，明诗达礼，而且也生得娇小端丽，他们夫妇的感情十分恩爱。虽则当时社会风气，男子蓄妾不足为奇，但雅堂先生的思想却极民主开明，他对男女平等、女性解放等新观念，不唯极力拥护，并且时时撰文鼓吹，这可以从他先后所发表过的文章里看出：

>……夫今日之女子，非复旧时之女子也。社会盛衰，男女同责。……（《诗荟余墨》）

　　……是遗产之害也，是蓄妾之害也！使××而无遗产，
何至兄弟相争？使××而不蓄妾，何至父子相怨？……故余
敢断之曰：欲保社会之均衡，当废除遗产，欲持家庭之幸福，
当除蓄妾。（据年谱所引《台湾民报》第二百五十号鸡肋栏）

据云：梦痴女士在当时确有甘居侧室的意思，而以雅堂先生的思
想，则无结合的可能。但两人之间，惘惘之情，总是难免的吧。
不过，他们都能珍惜这份感情，终于升华为友谊，这是极难能可
贵的。

　　其后，梦痴女士嫁与雅堂先生同乡友人台南举人罗秀惠。婚
后二人感情不睦，未几即告仳离。王氏伤心失望之余，竟遁入尼
庵，过暮鼓晨钟的清静生活。"香禅"这个字便是此时所取的。不
过，一向生活于繁华环境的她，终究难耐那种青灯木鱼的单调寂
寞，所以不久便又返回俗尘来，并再嫁于新竹籍的谢恺先生。谢
恺，字幼安，与雅堂先生亦为多年之朋友。香禅女士婚后，便随
夫赴大陆。

　　在王氏初婚、离婚、出尘、返俗、再嫁、离台的这一段时间
里，雅堂先生正值英年雄心勃勃之期，他怀着书生报国之志，热
心报业，提倡汉文，风尘仆仆地往来台中、台南。中间也一度赴
厦门，创办《福建日日新报》，但是由于鼓吹排满运动，言论激
烈，而遭清廷封闭。回台南以后，他一方面继续主持报务，一方
面着手撰写《台湾通史》。不过，著史办报之余，他又不忘文儒
风雅，与文坛诸友共创"南社"，也应邀加入"栎社"。"南社"
与"栎社"是当时台湾中南部两大诗社，几乎网罗了两地有名的
文人。大家志趣投合，以诗文切磋为宗旨，时有游宴雅叙，甚为

风流热闹。家庭生活方面，雅堂先生与夫人之间，长女夏甸女士，嗣子震东先生与三女秋汉女士（次女春台女士不幸夭折）次第成长，一家和乐，十分美满。但是，武昌起义之年的秋天，当时三十四岁的连雅堂先生得了一场大病，危及生命，直到冬季始愈。他病后郁闷不乐，乃思欲远游大陆，以舒其抑塞愤懑之气。遂于一九一一年三月，取道日本，转赴大陆，开始为期三年的游历。夫人沈氏因老母在堂子女尚幼，没有随行。

他游大陆的第一站是上海。许是久疴之后顿觉心胸开阔吧，遨游沪、杭、苏州一带的名胜古迹，使雅堂先生感触多而倍觉兴奋。在拜秋瑾墓、吊苏小、冯小青墓和饱览西湖风光之余，他驰函夫人云："他日苟偕隐于是，悠然物外，共乐天机，当以乐天为酒友，东坡为诗友，和靖为逸友，会稽镜湖为侠友，苏小、小青为腻友，而属苧罗仙子为我辈作主人也。"信末并系七绝一首：

> 一春旧梦散如烟，三月桃花扑酒船。
> 他日移家湖上住，青山青史各千年。

小住沪上，除了得偿畅游附近名胜古迹，所发思古幽情，感慨时事，都有诗文寄托留念。此外，雅堂先生又偶然得遇同乡故旧。这一年中秋之夕，由吴少侯邀宴于张园。当晚同坐者有谢幼安、王香禅夫妇及林子瑾、李耐侬诸人。酒酣，并有北平瞽者王玉峰弹三弦助兴。雅堂先生对玉峰之艺颇心折，有文赞道：

> 殚精绝虑，一寄其神于三弦之中，登台独奏，众皆屏息莫敢动。已而弦声一拨，如闻西乐。次奏二簧西皮之曲，音调高下，不啻若自其口出，使从隔帘听之，必疑其非一人也。

> 乌乎！神乎技矣。吾闻明季有汤琵琶者，以绝艺游江南北，能以四弦之中，横写垓下之战。玉峰之技不知视汤奚若？然士苟有一技一艺，皆足以自立，而名传于世。若僚之丸，秋之弈，伯牙之琴，桓尹之笛，公孙大娘之剑器，艺也，而进乎道矣。

宴游听弦，加以异地逢故知，当晚诗人内心之快乐可以想见。而幼安、香禅这一对雅堂先生多年的朋友，复以地主之谊，对上海市内各地多所导游。杏花楼系当地著名之酒楼，谢氏夫妇尝邀饮诗人于此，并请当时上海名妓张曼君作陪。《大陆诗草》有一首《幼安香禅邀饮杏花楼并约曼君同往》，便是记此行的：

> 画烛双行照绮楼，酒觥诗卷尽风流。
> 已开芍药春婪尾，谩采芙蓉艳并头。
> 太史文章牛马走，美人心事燕莺愁。
> 他年各有湖山约，管领风云百自由。

这时，《台湾通史》已经动笔，以太史公自喻，虽是诗人的豪语，不过以他的卓越成就衡之，确实也当之无愧了。诗中所称"艳并头"，盖为指香禅与曼君这两位南北美人。张曼君虽是一位青楼名妓，她年轻且才貌双全，尤难得负侠而能读书报。尝与柳如是、翁梅倩、林黛玉、谢莺莺等共谋设立"青楼进化团"，以求同侪姐妹之自由自立。乃演剧以筹资金，设校于新民胡同，聘请二女教师，课授国文、算术、音乐、刺绣等。曼君并自任为副团长。她曾经对雅堂先生说："妓女亦国民，宁可自弃？"雅堂先生对她这种自爱奋勉的精神十分赞许，并未因其身分地位而有所蔑视，却以朋友待之，这可以从《大陆诗草》中所收《示曼君》《出关别曼君》《寄曼君》诸篇里看出。

至于王香禅女士呢？虽则早年她也曾鬻艺台北舞榭歌台，然而自与谢恺先生结婚后，已洗尽铅华，过着十分优裕的生活。闲暇之时，并时时以诗文自娱。

她曾学诗于老儒赵一山。一山先生教她以香草笺，乃朝夕咏诵，刻意模仿。连雅堂先生旅次上海，遂袖所作诗篇请益于诗人。雅堂先生以为欲学香奁，应自玉台入手；而运典构思，敷章定律，则又不如先学玉溪，乃以《李义山诗集》授之。香禅女士天资敏慧，读后大悟，于是雅堂先生又课之以《诗经》，申之以《楚辞》，使她的诗大为进步。在《诗荟余墨》里，连先生有文称赞她："今则斐然成章，不减谢庭咏絮矣。"这一段客寓上海的时间里，由于偶然的机会，朝夕课时，钻研古书，雅堂先生与香禅女士遂由故知而更成为师长与女弟的关系了。

众所周知，日本人占据台湾时期，曾企图逐渐消灭汉文，从而彻底奴役台胞。连雅堂先生对日人此一阴谋最为洞悉，故他屡撰文大声疾呼，提醒同胞珍视民族文化。《诗荟余墨》载有下文，可见他用心之一斑：

> 台湾汉文，日趋日下。私塾之设，复加限制。不数十年，将无种子。而当局者不独无振兴之心，且有任其消灭之意。此岂有益于台湾也哉！

他忧心忡忡，不唯鼓吹以文，并对凡登门求教汉诗文者，不分男女老少，无不欣然义务指教。而况，他的思想极民主开明，主张男女平等，鼓励妇女努力求上进，所以旅次得有机会以诗文勉励香禅女士，且亲见其诗日益进步，内心如何能不欣慰！

在上海逗留约九个月之后，雅堂先生便与南洋华侨二十余人共赴南京。从此，他开始畅游大陆各地重要都市与名胜古迹：西溯长江，至于汉皋；北渡黄河，而入燕京，又单独"携一襆被，珥一笔，持一杖"（《大陆游记》）作张家口之游。此行历时半载，足履所及在万里以上。他把目之所及，足之所履，人力舟车之所至，怀古伤时，满腹牢骚，发为诗文（均收入《大陆诗草》及《大陆游记》中）。诚如《大陆诗草》自序所云："所闻所见，征信征疑，有他人所不能言而言者，所不敢言而亦言者。"当然，游历感慨之余，诗人未尝忘记驰函于远在台南的夫人，同时，也曾以诗代信函，寄赠留别上海的谢夫人香禅女士。《寄香禅沪上》云：

> 春堤杨柳绿毵毵，二月征衣浣尚蓝。
> 辜负沙棠舟上楫，酒杯诗卷梦江南。

雅堂先生的诗中时常提到酒，其实，他并非酷嗜杯中物的人，他所喜爱的毋宁乃三五知交酒后开怀畅谈的热烈气氛而已。上面这一首诗里，流露着他对江南那一段与香禅女士品茗论诗，亦师亦友美好时光的怀念。

当他往来南北，遨游名山大川的这半年期间，国内正值多事之秋。宋教仁遇刺，国民党同志大愤。国父与黄兴联名通电，主张严究宋案。袁世凯复违法与五国银行订约大借款。参议院议长张继止之不及，乃遂赴上海，以政府之罪告国人。蔡元培等自欧洲归国谋止变，而众人欲以兵戎从事。章太炎又赴武昌说黎元洪，请出为调停，元洪将许之，而其秘书止之，南北之战遂不可免。

当时连雅堂先生在华侨联合会中，日以函电告海外，并亲自批答华侨之以书相问者。他个人虽在游历期间，仍不忘书生报国之志，其劳心国事，辛勤之情形，可由《大陆游记》所载："旦夕批答，腕为之酸"二语想见。

其后，雅堂先生应《新吉林报》之聘请，远赴关外。而谢幼安先生亦已于稍前受聘为吉林法政学堂教习，兼治报务，偕其夫人香禅女士移居吉林。想不到，上海一别，大家竟又在北地重逢了。《吉林重晤香禅》诗云：

> 万里投荒一剑雄，出门真觉气如龙。
> 山河两界留诗卷，风雨千秋付酒筒。
> 塞草未霜迟客绿，园花半老对人红。
> 莫嫌身世同萍梗，且向鸡林印爪鸿。

《大陆游记》亦有文记念此次重逢：

> 嗟乎！人生行止，固无定也，萍浮海上，飘蓬风中，悲欢离合，任其自然。不然余以海外之人，何图间关万里，以作塞上之游哉？

离家岁余，只身漂泊江南河北，如今重逢故知于异地，诗人内心的温暖可以想见，复以谢氏夫妇诚恳邀请，遂为谢府上宾。他有一首诗说道："小隐青山共结庐"（题及全篇详后文），便是指此而言。

塞外关北的雄伟风光，对于生长南国的连雅堂先生是一种新鲜的感受。他兴奋而感慨地写下了不少激越的诗篇。下面仅举二例：

> 沦落江南客，凄凉塞北风。剑磨秋气健，诗带夏声雄。
> 山海千年在，云烟一览空。弃缥酬壮志，今日有终童。
>
> （《出关》四首之一）

> 千金谩学屠龙技，两臂空弯射虎弓。生就奇才天亦妒，死能杀贼鬼犹雄。血痕浪籍土花碧，泪雨空濛寒草红。九世之仇今已报，九京含笑陋沙虫。（吉林巴尔虎门外是熊烈士成基流血处，癸丑七月连横至此，诗以吊之）

滞留吉林期间，诗人游兴甚浓，四出吊访古迹，赏览美景，另一方面，则由谢幼安先生引介，与当地报界人士多所结识。不过，由于他撰文评论时政，笔锋犀利，《新吉林报》在南方讨袁声起之初即被查禁。未几，与《吉林时报》社长日人儿玉多一别共同创办《边声》，继续主持公论。当时关内外的民报悉遭摧残，均莫敢一言是非，《边声》遂大受欢迎，竟远销于滇、蜀一带。但是，由于雅堂先生秉持正义，口诛笔伐袁世凯之罪状，袁政府忌之甚，几度干扰阻碍，创办仅三月，此轰动一时之报刊终亦难逃停刊之厄运。在《大陆游记》卷二最末一段文字里，作者沉痛地写道：

> 朔风既起，雨雪纷飞，塞上风光，一时凄冷。而《边声》遂以十一月三十日停刊，读者憾之。然余仍居此地，闭户读书，以考吉林之史。

在这一段闭户读书时期，谢幼安的夫人香禅女士以女主人兼女弟身分款待贵宾，伴他斗茗赋诗，闲话家常，成为诗人日夕相伴的细腻知己。谅他们所共同结识的朋友张曼君，以及过去他们在上海时的热闹往事，也偶尔会上话题的吧。这时期，他有一首《寄曼君》诗：

痛饮黄龙未可期，投荒犹忆李师师。
杏花春雨江南梦，衰柳寒笳塞北诗。
此日飞鸿传尺素，他时走马寄胭脂。
镜中幸有人如玉，位置芦帘纸阁宜。

而记王香禅女士的诗，也以此时为最多。下面举三首为例：

旗鼓东南战伐频，玉关杨柳拂征尘。
谁知风雪穷庐夜，竟有敲诗斗茗人。

（《与香禅夜话》）

锦屏红烛话秋心，十日骚魂感不禁。
山下蘼芜香满手，江干兰芷泪沾襟。
天风楼阁能来往，弱水蓬莱自浅深。
青史他年修福慧，检书看剑有知音。

（《秋心》）

天上秋将过，人间恨已平。弃缥歌出塞，结褵拜倾城。
岸柳新阴远，池荷褪粉轻。来时呼咄咄，往事问卿卿。
忆昔游蓬岛，相逢在太清。高楼居弄玉，阆苑降飞琼。

山水与古典

瑟鼓湘妃曲，弦调赵女筝。波翻裙带动，风引佩环鸣。

镜槛看文凤，帘钩唤锦鹦。秦云俱有意，楚雨更含情。

胡蝶醒前梦，鸳鸯诉此生。已怜憔悴影，无那恼侬声。

钗拆双鸾股，棋残一局枰。匆匆闻话别，渺渺赋长征。

我自消离恨，君真负盛名。申江重握手，子夜续诗盟。

细卷珍珠箔，还依翡翠屏。有时同咏燕，无处不听莺。

歇浦春潮满，袁台夜月明。蘼芜香畹晚，芍药意轻盈。

别泪鲛长湿，闲愁雁计程。相思传锦字，惆怅倚疏棂。

五里花如雾，三春絮化萍。片帆辽海去，一剑蓟门行。

鸡塞云停夜，龙潭雨乍晴。乖期方积思，含笑重欢迎。

驯骒芝田馆，凤栖竹坞亭。投壶逢玉女，捣药见云英。

画染芙蓉艳，诗吟豆蔻馨。金炉香袅袅，银烛夜荧荧。

射覆猜红豆，藏钩赌绿橙。晚凉妆欲卸，卯饮醉初醒。

锦濯松花水，裙煎芳草汀。梅魂争冷瘦，桂魄比娉婷。

公子怀兰芷，佳人寄杜蘅。天涯同作客，感此二难并。

（《天上》）

夜分敲诗斗茗的良伴，客中修史检书的知己，香禅女士在雅堂先生旅居吉林期间，确实扮演了很重要的角色。离家三载，乡愁万里，若非女主人善体人意，细心款待，风雪穹庐的北地寒夜，实在滋味难消受。第二首诗末句的"知音"，显然是指王香禅女士而言。至如第三首的长诗《天上》，则对二人相识的经过：从初见于台北，到沪上相逢，尔后再晤于吉林，都有细腻绵密的记述。由于此诗用词华艳，写来感情浓密，拟似玉溪诗风格，所以颇引人误会，以为雅堂先生与香禅女士之间若有隐秘的爱情存在。实则，诗人与谢氏夫妇皆是多年故交，在《大陆游记》卷二里，有一段记述他初至吉林的情况云：

> 车至吉林，雨已霁，晚色照人，路木亦欣欣向荣，街道甚坦，新辟也。入城，主谢幼安之家。幼安，新竹人，为吉林法政学堂教习，兼治报务，性豪迈，善饮，有志功名。其室王香禅女士，亦能诗，曾受业于余。曩在沪上，时相过从。幼安将出关，约偕行。余以南中有事且缓，而幼安辄以书来，香禅亦谓吉林多佳山水，足供先生题咏也。余遂束装而至，以晤故人。

上面这一段话里已经写得很明白，诗人的胸怀是坦然的。

故友重逢，谢氏夫妇的温暖款待，虽然令雅堂先生暂忘旅次的寂寞，但是，究竟与家人阔别已久，而修史的工作也尚未完成，遂兴归欤之念。谢氏夫妇半年来已惯与这位珍客朝夕相聚，骤闻雅堂先生将离去，当然是依依不舍的，香禅女士更作诗挽留：

> 数株松竹绕精庐，绝色天花伴着书。
> 此味年来消受惯，秋风底事忆鲈鱼？

雅堂先生对她的一片美意，也有诗答复。《久居吉林有归家之志，香禅赋诗挽留，次韵答之》云：

> 小隐青山共结庐，秋风黄叶夜摊书。
> 天涯未老闲情减，且向松江食鳜鱼。

吉林究非家乡，长时间的漂泊更坚定了诗人的归志。虽然"对名花读书，是名士风流"（《诗荟余墨》语），香禅女士的温柔与幼安先生的美意都已阻止不了雅堂先生的去意。离开吉林之前，诗人也颇有依依之情。《留别幼安、香禅》云：

> 平生不作离愁语，今日分襟亦惘然。
> 客舍扶持如骨肉，人间聚散总因缘。
> 塞云漠漠迟春色，海月娟娟忆去年。
> 宾雁未归征马健，一箫一剑且流连。

雅堂先生初至吉林，是在去夏（一九一二年）七月，如今正要踏着春光离去，半载相处，他与幼安先生情同手足，与香禅女士亦师亦友，然天下无不散之筵席，人间聚散亦无可如何。雅堂先生后来又有一首词留别香禅女士：

> 武公归矣，正满天风雪，筝琶声起。老我关山归梦远，一日梦飞千里。孤馆吹箫，长空着剑，此意知谁是。青衫泪湿，满泻幽恨如水。　　争奈烈士蹉跎，美人迟暮，分手情难已。几度相逢抛不得，更有青山青史。听雨怀人，拈花证佛，且莫伤蕉萃；江南春暖，扁舟同访西子。（香禅有同游西湖之约《念奴娇·天津留别香禅》）

这阕《念奴娇》，有小题标明："天津留别香禅"，词末括弧内的注也是雅堂先生自注的。但是，天不从人愿，谁知有意重晤反而无缘再会，他与谢氏夫妇此次一别，竟没有再相见了。

离开吉林以后，雅堂先生尝访章太炎先生于北京东城钱粮胡同。当时清史馆设在北京东华门内，馆长赵尔巽先生广延海内通儒负任撰述，雅堂先生亦应聘为名誉协修，入馆共事。他曾经上书力言清史应增拓殖志，以记华侨拓殖各地之情形，并自荐担任纂辑之责。不过，到了十月，由于太夫人生病，夫人少云女士驰书促请归台，故终于束装返乡。离京之前，章太炎先生有一首七绝送别：

> 蓑墙茸屋小于巢，胡地平居渐二毛。
> 松柏岂容生部娄，年年重九不登高。

结束了三载的旅游生活，回到家乡，迎接诗人的是温暖的家庭和友情。虽然此行游历兼探史，其旨可比太史公，而收获亦甚丰富，不过，回到家中，毕竟有安定的感觉。他有一首诗写给夫人，题为《归家示少云》：

> 三载浪游何所得？百篇诗卷压归舟。
> 昂头太华山低笑，濯足溟沧水倒流。
> 天以奇才锡忧患，我闻绮语散离愁。
> 今宵酒绿灯红畔，共倚阑干看斗牛。

深刻的了解，诚挚的爱情，这种和平自在的境界，只有多年的夫妻才能领略。西谚有云：伟大的男人身边总有一位贤惠的女子。连夫人沈少云女士虽生得娇小，看似柔弱，但她始终是雅堂先生最有力的精神支柱。在三载分离的时间里，她毅然担负了上侍老母下抚儿女的重任。就因为有了这样一位贤惠而坚强的妻子，连雅堂先生才能无所挂虑地完成畅游搜史的长期旅行。这一点，诗人心目中自然是明白的。在旅游期间，他有许多诗函寄赠给夫人，其中有一首诗最能表露他的感激之情：

> 男儿铸史女绣诗，武公之子乃尔奇。
> 赖君为母兼为父，昼课男儿夜女儿。
>
> （《寄少云四首》之三）

富家出身的沈少云女士，一生与连雅堂先生默默相伴，能安贫守道，克尽妇职，实为难得，而诗人对她的感情也最是忠实深厚，这可以从《剑花室外集之一》所收《题扇》诗看出：

> 说剑评花迥出众，柔肠侠气两纷纭。
> 天涯落拓谁知己？第一钟情是筱澐。
> （案：筱澐即少云女士别称）

归台以后，雅堂先生便潜心著述《台湾通史》，于一九一七年脱稿，并次第刊印出版。不过，热情好友的他并未曾因著史而闭门谢绝友朋，他一面仍担任报社之务，一面也参加诗社，故时时有雅叙联欢及诗文酬唱。与留居大陆的乡友，亦时常以诗代信，寄托友谊，借表怀念。这些诗篇往返都收载于当时的刊物《台湾诗荟》各期中，而雅堂先生个人之作则亦辑入《宁南诗集》里。下引数例：

> 我依秋水思君子，每对春云忆美人。
> 一自京华分手后，隔江消息断双鳞。
>
> （《寄李耐侬夫妇北京》四首之一）

银河迢递隔红墙，耿耿星辰夜未央。

远道幸投青玉案，几时重上郁金堂。

九歌公子思南国，一笑佳人在北方。

莫怨秋藻渐零乱，昵他红处护鸳鸯。

（《得香禅书却寄》）

名山绝业足千年，犹有人间未了缘。

听水听风速听月，论诗论画复论禅。

家居鹿耳鲲身畔，春在寒梅弱柳边。

如此绮怀消不得，一箫一剑且流连。

（《再寄香禅》）

寥落中天雁一声，十年影事记分明。

杏花春满江南梦，衰柳寒生塞北情。

黄绢诗词传女子，白衣谈笑傲公卿。

人间尽有埋愁地，独抱孤芳隐大瀛。

（《次韵答香禅见寄》）

史家连雅堂先生是严肃而认真的；革命家连雅堂先生是热烈而激越的；诗人连雅堂先生则是深情而真挚的。他平日待人接物，全秉诗人本性，因而与朋友相交，对象不分男女老少身分阶级，一以深情待之。他与王香禅女士，自吉林别后，仍有诗篇往返，维系友谊。诚如上举第四首诗所云："十年影事记分明"，他们相识于台湾，一再晤逢于江南、塞北，缘非不深，情亦匪浅。香禅女士对雅堂先生，初则爱慕，其后亦师亦友，始终对他敬爱而不能忘情；雅堂先生对这位"听水听风还听月，论诗论画复论禅"的红颜知己,谅亦非等闲视之。不过,相识十载,尽管诗章里颇见深情语,诚犹南朝梁简文帝所说:"立身先须谨重,文章且须放荡",他们二位都恪守立身、文章的严格界限,升华感情,保持了一份更持久而真挚的友谊。这种关系,容或不合于世俗男女的观念,然而难得真纯开明,实在是人生纯美的境界。这一点,相信若仔细观察连雅堂先生的人格思想、一生操守,尤其以他在大陆游历的实际情形,与所作诗文对照研究,便可以了然了。

《长恨歌》对《长恨歌传》的影响

白居易是唐代诗人之中作品最多，同时也是少数生前即享盛名者之一。观其《序洛寺诗》云：

> 予不佞，喜文嗜诗，自幼及老，著诗数千首，以其多也，故章句在人口，姓字落诗流，虽才不逮古人，然所作不啻数千首，以其多矣。

又《狂吟七言十四韵》云：

> 诗章人与传千首，寿命天教过七旬。点检一生徽幸事，东都除我更无人。

可见他自己对此一事实是自知且自负的。白居易的作品在当时流传的情况可自其好友元稹所写的《白氏长庆集序》得到证明：

二十年间，禁省观寺邮候墙壁之上无不书，王公妾妇牛童马走之口无不道。至于缮写模勒，炫卖于市井，或持之以交酒茗者，处处皆是①。其甚者，有至于盗窃名姓，苟求自售，杂乱间厕，无可奈何。予于平水市中，见村校诸童竞习诗，召而问之，皆对曰："先生教我乐天、微之诗。"固亦不知予之为微之也。又云鸡林贾人求市颇切。自云本国宰相每以百金换一篇，其甚伪者，宰相辄能辨别之。自篇章以来，未有如是流传之广者。

而白居易在会昌五年为他自己的诗文集自记亦云：

其日本新罗诸国及两京人家传写者不在此记。

这两段文字说明了白居易的作品在当时不仅流行于我国扬、越之间②、两京人家；且更东渡流入朝鲜日本诸国而广受异邦人士喜爱的情形。不过，在白居易三千多篇作品之中，最受人欢迎传颂者，无疑是那首以天宝年间唐玄宗与杨贵妃的生离死别为题材的爱情叙事诗。关于这一点，白居易自己也在其《与元九书》申明白提及：

及再来长安，又闻有军使高霞寓者，欲聘娼妓，妓大夸曰："我诵得白学士长恨歌，岂同他妓哉！"由是增价。……又昨过汉南日，适遇主人集众乐，娱他宾。诸妓见仆来，指

---

① 《白氏长庆集》卷五一《白氏长庆集序》元稹自注："扬、越间，多作书模勒乐天及予杂诗，卖于市肆之中也。"

② 见①。

> 而相顾曰："此是秦中吟、长恨歌主耳。"……今仆之诗，人所爱者悉不过杂律诗与长恨歌已下耳。

而宣宗在白居易死后所赐的挽词①中亦谓：

> 童子解吟长恨曲，胡儿能唱琵琶篇。

足见《长恨歌》一诗在当时我国流行之盛况。正因为《长恨歌》如此风靡世间，故它不仅成为白居易个人的不朽名作，且在当时及后来的文坛上更造成了重大的影响。在我国文学史上，以它为底本而写成的文学作品颇见于唐代及其后的传奇、诸宫调及戏曲之中②；而在日本的文学界里，自平安时代以下，直接或间接受《长恨歌》影响者③亦不在少数。本文拟就其中陈鸿《长恨歌传》试观其与白居易《长恨歌》之关系。

《长恨歌传》作者陈鸿，两唐书均无传。《唐志》著录《开元升平源》一卷，注云："字大亮，贞元主客郎中。"《全唐文》（六百十二）《陈鸿小传》云："太和三年，官尚书主客郎中。"又《唐文粹》（九十五）载陈鸿《大统纪序》有云："臣少学乎史氏，志在编年。贞元丁酉岁（或乃丁卯丁丑之误）登太常第，始闭居遂志，乃修统大纪三十卷。七年书就，故绝笔于元和六年辛卯。"据此，得知鸿为贞元元和间人，至文宗太和之初，尚在朝列；而平生所学，盖有志于史氏编年之学。陈鸿的作品今可见者

---

① 见王定保《唐摭言》卷一五"杂文"条。
② 例如：唐·陈鸿《长恨歌传》、元·王伯度《天宝遗事诸宫调》、元·白朴《唐明皇秋夜梧桐雨杂剧》、清·洪升《长生殿传奇》。
③ 详见水野平次《白乐天と日本文学》、金子彦二郎《平安时代白氏文集》、冈田正之《日本汉文学史》。

除《长恨歌传》而外，尚有《东城父老传》一篇。

《文苑英华》卷七九四所收《长恨歌传》末尾有文：

> 元和元年冬十二月，太原白乐天自校书郎尉于盩厔。鸿与琅玡王质夫家于是邑，暇日相携游仙游寺，话及此事，相与感叹。质夫举酒于乐天前曰："夫希代之事，非遇出世之才润色之，则与时消没，不闻于世。乐天深于诗，多于情者也。试为歌之如何？"乐天因为长恨歌。意者不但感其事，亦欲惩尤物，窒乱阶，垂于将来者也。歌既成，使鸿传焉。世所不闻者，予非开元遗民，不得知，世所知者，有玄宗本纪在，今但传长恨歌云尔。

观此段文字，似乎陈鸿写《长恨歌传》乃出于应白居易、王质夫之请，而事实上，《长恨歌传》的内容也只是《长恨歌》的敷衍与散文化，内容方面并无甚异处。不过同样收载此文的《太平广记》（卷四八六）却未及于与白乐天、王质夫共游仙游寺事①。则究竟陈鸿写《长恨歌传》事实上有无受托于白、王二人？抑或《太平广记》收载传文时曾删削此段文字？乃是一个疑问。

不过唐人传奇中，作者自述写作动机而委诸受托于时人名流者，除陈鸿此文而外亦不乏他例；如白行简写《李娃传》而谓受

---

① 《太平广记》卷四八六载传文与《文苑英华》卷七九四所载略有出入。传文后云："至宪宗元和元年盩厔县尉白居易为歌以言其事，弁前秀才陈鸿作傅冠于歌之前，目为长恨歌传。居易歌曰……"

托于李公佐①，又元稹写《莺莺传》亦谓受李公垂（李绅）鼓励②，则以成文之原因归之于受知名之士的请求或鼓励，或者为当时传奇作家所用以抬高自身及其作品价值的手法亦未可知。而查白居易集中与王质夫有关者如《寄王质夫》《哭王质夫》《期李二十文略王十八质夫不至兹宿仙游寺》《翰林院中感秋怀王质夫》诸篇竟无一言及陈鸿者。则陈鸿是否确曾与二人有深交，抑或只是《长恨歌传》写成之时正巧有白、王共游仙游寺一事，遂拟构其成，亦非不可能。

至于陈鸿采白居易《长恨歌》衍为《长恨歌传》而直言不讳，且无论内容及故事推演顺序皆沿袭原诗者，则在传奇流行的当时，歌为歌，传为传，本不相关。早在六朝时代陶渊明即有取材于同一内容的《桃花源记》及诗。又如《莺莺歌》（一称《会真诗》）之于《莺莺传》亦然。陈鸿取白居易《长恨歌》而予以散文化，为之作注脚式的敷衍，其最大的原因盖在《长恨歌》本身在当时已十分流行，而唐玄宗杨贵妃的缠绵爱情故事其本身也实在具有哀艳感伤的成分，对传奇作家自然有一种不可抗拒的吸引力。况且唐人既有"温卷"③之习，则陈鸿特选当世流行之白居易《长恨歌》为其传奇之底本，其用意企图亦实在不可不谓意味深长矣。

<hr>

① 《太平广记》卷四八四《李娃传》文后云："贞元中，予与陇西公佐话妇人操烈之品格，因遂述汧国之事。公佐附掌竦听，命予为传，乃握管濡翰，疏而存之云云。"

② 《太平广记》卷四八八《莺莺传》文后云："贞元岁九月。执事李公垂宿于予靖安里第，语及于是。公垂卓然称异，遂为莺莺歌以传之。崔氏小名莺莺，公垂以命篇。"

③ 赵彦卫《云麓漫钞》（八）："唐世举人，尤借当时显人，以姓名达主司，然后投献所业，逾数日又投，谓之温卷。"详见《进士科举与传奇小说的产生》（刘开荣《唐代小说研究》）。

前引《文苑英华》所收《长恨歌传》末尾有："歌既成，使鸿传焉"语，可知陈鸿之传系根据白居易之歌而来。易言之，即是把韵文体的七言一百二十句叙事诗敷衍为散文体的一千一百十九字（据《文苑英华》所收，传文末段除外）。文字虽增加二百七十余字，然而除三两处与原文顺序略呈颠倒情形，以及文中表现小说的铺张手法外，余悉依据白居易《长恨歌》。

《长恨歌》内容可分四段来看：第一段自"汉皇重色思倾国"至"惊破霓裳羽衣曲"，叙述得贵妃而尽欢的玄宗与专宠的贵妃之盛事；第二段自"九重城阙烟尘生"至"夜雨闻铃断肠声"，叙述安禄山之乱起，昔日欢乐不再，玄宗仓皇蒙尘，而贵妃赐死马嵬坡之悲哀；第三段自"天旋地转回龙驭"至"魂魄不曾来入梦"，叙述贵妃死后玄宗思念之悲苦心情；第四段自"临邛道士鸿都客"到"此恨绵绵无尽期"，叙述道士奉玄宗命，访贵妃于仙境，得贵妃钿钗等旧物及爱情誓言，并以绵绵无尽之恨为结语。

《长恨歌传》的故事内容亦大体顺此次序发展开来，其中仅有二处与《长恨歌》的叙述呈现前后颠倒的情况：

（一）《长恨歌》中贵妃与玄宗定情之纪念物金钗与钿合见于末尾，用倒叙手法表现，谓："唯将旧物表深情，钿合金钗寄将去。"《长恨歌传》则于首段云："进见之日奏霓裳羽衣曲以导之；定情之夕授金钗钿合以固之"，以此置于首段，为末尾"指碧衣取金钗钿合，各析其半，授使者……"预伏一笔。

（二）安禄山叛乱不啻晴天霹雳，惊醒了盛唐人的泰平美梦，对玄宗与贵妃而言，则实在是欢乐与悲哀之分际，《长恨歌》对此一转变仅用"渔阳鼙鼓动地来，惊破霓裳羽衣曲"二句即扭转了前后截然不同的气氛。盖《霓裳羽衣曲》意味着玄宗与贵妃之间的情爱与缓歌慢舞的享乐生活；《长恨歌传》于此一大转变则用"天宝末，兄国忠盗丞相位，愚弄国柄。及安禄山引兵响阙，以讨杨氏为词云云"叙述手法，而代表玄宗贵妃欢乐情爱生活之《霓裳羽衣曲》则移置于后，作为贵妃死后玄宗于南宫西内睹物思人，闻曲不怡之心理表现，以与首段"进见之日，奏霓裳羽衣曲以导之"互应。

白居易写《长恨歌》为增加诗歌本身的缠绵与传奇性，对事实曾作若干改变，其中有二点最明显：

（一）歌云："杨家有女初长成，养在深闺人未识。天生丽质难自弃，一朝选在君王侧。"实则杨贵妃本为杨玄琰之女，嫁玄宗第十八皇子寿王为妃，而玄宗幸温泉宫，使高力士取于寿邸，度为女道士，号太真，其后乃册封为杨贵妃①，故知"养在深闺人未识"一语与史实不符。此事古人已有说明，赵与时《宾退录》云：

> 白乐天长恨歌书太真本末详矣，殊不为君讳，然太真本寿王妃，顾云杨家有女云云，盖宴昵之私犹可以书，而大恶不容不隐。

又史绳祖《学斋占毕》云：

> 唐明皇纳寿王妃杨氏，本陷新台之恶，而白乐天所赋长恨歌，则深没寿邸一段，盖得孔子答陈司败遗意矣，春秋为尊者讳，此歌深得之。

---

① 详新旧唐书《玄宗本纪》及《杨太真外传》。

二文俱以为白居易明知其事而故隐其恶者，系缘春秋笔法。

然而细读《长恨歌》全篇，由前段述玄宗贵妃之欢乐；而中段马嵬坡赐死之悲哀；更及于后段玄宗之刻骨思念，诗中自然流露着一股绵绵不尽之恨。作者所企图者，毋宁乃这一种缠绵悱恻之气氛情调的制造，而未必如陈鸿所谓"欲惩尤物，窒乱阶，垂于将来者也"。故所谓"养在深闺人未识，一朝选在君王侧"与其说是白居易"为尊者讳"，不如说系出于文学之美化与夸张更为恰当。白居易分其诗集为讽喻、闲适、感伤、杂律等四类，《长恨歌》不入讽喻类，却入感伤类，同时在《与元九书》中作者亦尝自谓："今仆之诗，人所爱者，悉不过杂律诗与长恨歌以下耳。"可知白居易当时写《长恨歌》，其感伤之成分必浓于讽喻之成分无疑。

（二）《长恨歌》为取材于天宝年间安禄山叛乱为背景的唐玄宗与杨贵妃的真实故事。其中除上述第一点与事实不符外，其余大抵可信，然而后段写玄宗因思念亡妃之深而托方士求太真于仙界，则显然系出于作者虚构。"上穷碧落下黄泉，两处茫茫皆不见。忽闻海上有仙山，山在虚无缥缈间。"云云将人天生死形魂离合互联，使真实故事与虚设幻想沟通，借人间情感之发展入仙界，而玄宗与贵妃之间的生死爱恨，遂亦有了更超凡提升的意境。此部分纯属文学之美化夸张，亦可以窥见白居易为渲染此一爱情故事所费之心神了。

陈鸿写《长恨歌传》则于上述第一点未依《长恨歌》原旨而颇有修正，云：

诏高力士潜搜外宫，得弘农杨玄琰女寿邸，既笄矣。

而与后文所云：

> 意者不但感其事，亦欲惩尤物，窒乱阶，垂于将来者也。

互应，既合史实，且较《长恨歌》更明白寄寓讽喻之旨。至于第二点，方士寻贵妃于仙界一事，则亦步亦趋于原诗底本之后，且以散文笔法更详尽渲染之，显然妄顾史实，一以白居易之虚构为依据。这一点，恐怕是因为原诗假想部分带有浓厚之道家思想气息，而唐人传奇如《枕中记》《离魂记》《南柯太守传》等，多数亦富于玄虚之道家色彩，故陈鸿径取之以入传文，既不乖当时传奇之风格，又可收故事曲折多变化之效果也。

在《长恨歌传》结尾处陈鸿自谓："世所不闻者，予非开元遗民，不得知。世所知者，有玄宗本纪在。今但传长恨歌云尔。"事实上，陈鸿于白居易《长恨歌》，除上述玄宗纳寿王妃有所修正及若干处秩序颠倒（如前述）外，其余悉据《长恨歌》顺序而开展故事，只是在文笔方面较详尽而已，其中多处甚且有直袭原诗之痕迹，兹举证如下：

> 《长恨歌》：姊妹兄弟皆列土，可怜光彩生门户。遂今天下父母心，不重生男重生女。

> 《长恨歌传》：叔父昆弟皆列位清贵，爵为通侯。姊妹封国夫人，富埒王宫，车服邸第，与大长公主侔矣。而恩泽势力，则又过之，出入禁门不问，京师长吏为之侧目。故当时谣咏有云："生女勿悲酸，生男勿喜欢。"又曰："男不封侯女作妃，

看女却为门上楣。"其为人心羡慕如此。

《长恨歌》：唯将旧物表深情，钿合金钗寄将去。钗留一股
合一扇，钗擘黄金合分钿。但令心似金钿坚，
天上人间会相见。临别殷勤重寄词，词中有誓
两心知。七月七日长生殿，夜半无人私语时，
在天愿做比翼鸟，在地愿为连理枝。

《长恨歌传》：指碧衣取金钗钿合，各析其半，授使者曰："为
我谢太上皇，谨献是物，寻旧好也。"方士受辞
与信，将行，色有不足。玉妃固征其意。复前
跪致词："请当时一事，不为他人闻者，验于太
上皇，不然，恐钿合金钗，负新垣平之诈也。"
玉妃茫然退立，若有所思，徐而言曰："昔天宝
十载。侍辇避暑于骊山宫。秋七月，牵牛织女
相见之夕，秦人风俗，是夜张锦绣，陈饮食，
树瓜华，焚香于庭，号为乞巧。宫掖间尤尚之。
时夜殆半，休侍卫于东西厢，独侍上。上凭肩
而立，因仰天感牛女事，密相誓心，愿世世为
夫妇，言毕执手各呜咽。此独君王知之耳。"

《长恨歌传》引申及发挥《长恨歌》者率如上举二例，兹不赘述。
大体言之，诗歌凝敛含蓄，而传文则宛转详密，此乃诗与散文为
用不同之处。不过，《长恨歌传》亦有较《长恨歌》疏简之处，
例如：于玄宗思念贵妃之悲苦心情，《长恨歌》云：

> 归来池苑皆依旧，太液芙蓉未央柳；芙蓉如面柳如眉，对此如何不泪垂？春风桃李花开日，秋雨梧桐叶落时。西宫南内多秋草，落叶满阶红不扫。梨园弟子白发新，椒房阿监青蛾老。夕殿萤飞思悄然，孤灯挑尽未成眠。迟迟钟鼓初长夜，耿耿星河欲曙天。鸳鸯瓦冷霜华重，翡翠衾寒谁与共？悠悠生死别经年，魂魄不曾来入梦。

从正面与侧面的描写，情与景的烘托，白居易用笔细腻，颇能堆砌玄宗对亡妃刻骨铭心的深情；而《长恨歌传》仅云：

> 明年，大赦改元，大驾还都。尊玄宗为太上皇，就养晏宫。自南宫迁于西内。时移事去，乐尽悲来。每至春之日，冬之夜，池莲夏开，宫槐秋落，梨园弟子，玉琯发音，闻霓裳羽衣一声，则天颜不怡，左右歔欷。三载一意，其念不衰。求之梦魂，杳不能得。

虽文字大体仍依歌词，然而陈传则平铺直叙，仅做情节之交代而已，感人之力不逮前者甚矣！至如《长恨歌传》尾语云：

> 因自悲曰："由此一念，又不得居此，复堕下界，且结后缘。或为天，或为人，决再相见，好合如旧。"因言："太上皇亦不久人间，幸惟自安，无自苦耳。"使者还奏太上皇，皇心震悼，日日不豫。其年夏四月，南宫晏驾。

散文体之传奇，本有首尾交代清楚之必要，然而这种理智的叙述，较诸《长恨歌》结语："天长地久有时尽，此恨绵绵无绝期"，究竟韵味逊远矣！

    从上述诸现象观之，陈鸿的《长恨歌传》直袭了白居易的《长恨歌》无疑。其体裁虽有散文与诗之别，但无论结构布局及写作精神，一以原诗底本为则。换言之：《长恨歌传》的价值实建立于《长恨歌》的存在之上。亦即是说：《长恨歌传》的价值毋宁在其为《长恨歌》的注脚性方面。而后世文学之每以陈鸿此文与白居易之原诗相提并论者，也往往只是因为它比《长恨歌》更具体化耳。

《源氏物语·桐壶》与《长恨歌》

一

日本平安朝才女紫式部的巨著《源氏物语》为取材于平安朝中期至末期的长篇小说。全书分《桐壶》《帚木》《空蝉》《夕颜》《若紫》《末摘花》《红叶贺》《花宴》《葵》《贤木》《花散里》《须磨》《明石》《澪标》《蓬生》《关屋》《绘合》《松风》《薄云》《槿》《少女》《玉鬘》《初音》《胡蝶》《萤》《常夏》《篝火》《野分》《行幸》《藤袴》《真木柱》《梅枝》《藤里叶》《若菜》（上、下）、《柏木》《横笛》《铃虫》《夕雾》《御法》《幻》《云隐》《匂宫》《红梅》《竹河》《桥姬》《椎本》《总角》《早蕨》《寄生》《东屋》《浮舟》《蜻蛉》《手习》《梦浮桥》等五十四帖。《幻》帖以前为前编，以主人公光源氏为中心，衬以藤壶、紫之上等才媛，描写其华丽的生活。《云隐》帖，仅有帖名而无文章。《匂宫》《红梅》及《竹河》三帖为前编至后编之过渡。《桥姬》以下十帖为描写光源氏之后嗣薰、匂宫及宇治八之宫的公主们错综复杂的关系。以故事背景由平安京（即今京都）移至宇治，故世称后十帖为"宇治十帖"。

二

首帖《桐壶》的全文之中，约三分之二的文字为叙述光源氏的双亲桐壶帝与其宠妃更衣的爱情故事。桐壶帝对更衣的宠爱，以及二者间生离死别缠绵的感情，显然可视为脱胎于白居易的《长恨歌》中唐玄宗与杨贵妃的故事。本文拟就二文逐一比较，实际观察《桐壶》与《长恨歌》之间的关系。

《桐壶》全文的构想，及其文笔技巧受《长恨歌》影响者，可大略分为（一）直接摄取及（二）间接受容二类。先看其直接摄取《长恨歌》部分。

> 那种破格宠爱的程度，简直连公卿和殿上人之辈都不得不侧目而不敢正视呢。许多人对这件事渐渐忧虑起来，有的人甚至于杞人忧天地拿唐朝变乱的不吉利的事实来相比，又举出唐玄宗因迷恋杨贵妃，险些儿亡国的例子来议论着。

白居易的《长恨歌》虽重抒情而通篇未有一字及于讽喻，但如："缓歌慢舞凝丝竹，尽日君王看不足。渔洋鼙鼓动地来，惊破霓裳羽衣曲。"又如："翠华摇摇行复止，西出都门百余里。六军不发无奈何，宛转蛾眉马前死。"等句，在在都暗示着唐玄宗溺爱杨贵妃招致变乱几于亡国之事，故陈鸿《长恨歌传》谓："意者不但感其事，亦欲惩尤物，窒乱阶，垂于将来者也。"紫式部在文章开首处即明白指出桐壶帝与唐玄宗，更衣与杨贵妃之间相似的身分处境，从而预伏了故事展开后处处可见的《长恨歌》的影子。"公卿和殿上人之辈都不得不侧目而不敢正视呢"则甚至蹈袭了与《长恨歌》关系密切的《长恨歌传》句，"京师长吏为之侧目"。

令人议论纷纷的桐壶帝对更衣的爱情更进而被拟为唐玄宗对杨贵妃的宠幸。

> ……这一向皇上太过宠幸她，一有什么游宴、或什么有趣的场合，总是第一个召她上来。有时候早晨睡过了头，第二天也就一直留着她在身边陪伴着，不让她走……

这一段文字乃根植于《长恨歌》里的：

> 春宵苦短日高起，从此君王不早朝。
> 承欢侍宴无闲暇，春从春游夜专夜。
> 后宫佳丽三千人，三千宠爱在一身。

对于诗句的先后次序虽然有些许改变，然而写桐壶帝迷恋和专宠更衣的这一段文字取自白居易这几句，是不容否认的。杨贵妃能在后宫佳丽三千人中独得唐玄宗的专宠，是否受到别的后妃嫉妒呢？白居易在《长恨歌》中不知有意或无意，没有提到；或者，韵文的叙述，这一层应该是含蓄于言外的吧；而身为一个女作家，紫式部写女性心理是更为细致入微的，故而她不容桐壶帝不公平地垂爱于更衣一人，更衣始终被太多女御和别的更衣的嫉恨包围着。她的处境也因为替桐壶帝产下一位皇子而益形艰难了。不过，没有生孩子的杨贵妃（正史和小说均未见有贵妃曾生育的记载）

和产下皇子的更衣都注定不能长久享有那一份恩幸。唐玄宗贵为天子，在六军不发的要挟之下，竟保护不住爱妃的生命；同样的，外面的压力，内心的苦闷，使贤淑内向的更衣无法承担，终致积郁成疾。眼看着日渐消瘦衰弱的更衣为养病而不得不远离，桐壶帝爱莫能助，其间虽有生离与死别之不同，此情此景与"宛转蛾眉马前死"而"掩面救不得"的玄宗的衷情悲苦无二致。

> 生有涯兮离别多，
> 　誓言在耳妾心苦，
> 　　命不可恃兮将奈何！

这是更衣对依依痴情的桐壶帝所咏的和歌，在生离的那一瞬间，她或已预感到永久的分别吧。命既不可恃，誓言和法师的祈祷都无济于事，返归故里的更衣在午夜过后便去世了，从此，桐壶帝沉入回忆的悲痛深渊中。由于与更衣的生离而死别，桐壶帝与唐玄宗的遭遇不谋而合，二者的心境也愈加接近了。

> 近来皇上朝晚总要观赏宇多天皇敕画的长恨歌图——那上面有伊势和贯之题的画款，却总是挑那些歌咏生死别离为题材的和歌及汉诗作为谈论的话题。

紫式部在这一段文字里更不避讳地直引《长恨歌》三字。所谓《长恨歌图》是指将白居易的《长恨歌》内容绘成画卷，或画在屏风上者而言。画面上有平安朝女诗人三十六歌仙之一、伊势守藤原继荫之女所题的和歌，以及《古今和歌集》汉文序的作者纪贯之所题的汉诗等。由于境遇的相似，桐壶帝借观画咏歌而感慨自身，遂成为理所当然之事。紫式部在此成功地将东西两国宫闱的爱情悲剧联系起来，小说的深度与厚度从而增加，也更令人回味无穷了。往下是一段命妇从更衣故里返宫复命的文字：

> 接着，命妇奏上了老夫人托她带回来的礼物。皇上看到那些更衣生前的遗物，不禁联想起，如果这些东西是临邛道士赴仙界寻访杨贵妃时所持归的信物金钗该有多好！

> 悲莫悲兮永别离，
> 　芳魂何处难寻觅，
> 　　安得方士兮寻蛾眉。

> 图画里杨贵妃的容貌，即便是再优秀的画师恐怕也终究笔力有限，表现不出那种栩栩如生的情态来。据说她有"太液芙蓉未央柳"的姿色，谅那种唐风的装扮定必华丽绝俗；但是，想起更衣生前那种温婉柔顺而楚楚动人的模样儿，又岂是任何花色鸟音所能比拟的呢？"在天愿做比翼鸟，在地愿为连理枝"那朝朝暮暮的誓约仿佛还萦绕耳际，而今却已人天相隔。命运如此不可把握，怎不教人长恨啊！

《长恨歌》的诗句在这一段文字里有最明显的引用：

> 临邛道士鸿都客，能以精诚致魂魄。
> 为感君王辗转思，遂教方士殷勤觅。
> ……
> 唯将旧物表情深，钿合金钗寄将去。

钗留一股合一扇，钗擘黄金合分钿。

目睹更衣生前遗物，从而展开对杨贵妃之联想，更进而回忆更衣生前之风采，紫式部借桐壶帝不可抑制的思潮起伏，巧妙地安排了唐朝与平安朝二贵妃的比较。

太液芙蓉未央柳，芙蓉如面柳如眉。

白居易形容杨贵妃容貌的诗句在桐壶帝的脑海里如此清楚地浮现。与杨贵妃那种唐式的雍容华贵的美相比，更衣楚楚可人的美毋宁是更娇柔而适合桐壶帝的。紫式部透过小说人物道出了她个人的（也是古今一般日本人的）审美标准。接下去，从杨贵妃的容貌而联想其与唐玄宗的缠绵爱情誓约：

在天愿做比翼鸟，在地愿为连理枝。

于是，白居易在《长恨歌》中为玄宗与贵妃所拟的七夕长生殿之誓约也就直接移植到《桐壶》之中，成为桐壶帝与更衣生前朝朝暮暮的誓言了。往日的信誓旦旦犹在耳际，却已人天相隔，人生多么不可思议，命运又多么不足恃，桐壶帝和唐玄宗同样有绵绵不绝的长恨！《长恨歌》的末句：

天长地久有时尽，此恨绵绵无绝期。

正勾画着题旨，而《桐壶》这一段文字也充分吮吸了《长恨歌》的精髓。由《长恨歌图》引起的联想继续使桐壶帝堕入伤心的回忆里：

> 由于思念更衣，皇上对任何事物都觉得意兴阑珊，此刻即使闻见风声鸟鸣都会使他悲伤不已。

文字上虽然不尽相同，但是桐壶帝意兴阑珊，怕闻风声鸟鸣的心境岂非即是唐玄宗那种"行宫见月伤心色，夜雨闻铃断肠声"的心境吗？再如次段：

> 皇上挂念着更衣母亲的居处，独自挑弄着灯芯，灯火已尽，都还不曾入眠。远处响起右近卫府的报更声。大概是丑时了吧？这才悄悄地进入寝宫里，然而总还是睡不着。

白居易写乱后自蜀还都，池苑依旧，而爱妃已死，感慨于物是人非的唐玄宗，有句：

> 夕殿萤飞思悄然，孤灯挑尽未成眠。
> 迟迟钟鼓初长夜，耿耿星河欲曙天。

散文的《桐壶》巧妙地融化了以上四句诗。而伊势的诗歌所勾起的甜蜜往事：

> 早晨又因为想到伊势所咏的"玉帘深垂兮春宵短"那首歌，真是无限怀念有更衣陪伴的甜蜜往日，竟而迟迟不能起床，以致怠慢了朝政。

虽然在时间的安排上,《桐壶》将此段文字设在更衣之亡后;而《长恨歌》则用以刻画玄宗与贵妃最美满幸福的生活,无论如何,桐壶帝沉湎于甜蜜往事的回想这一段文字正是:

> 春宵苦短日高起,从此君王不早朝。

的具体描写。由于桐壶帝日夜思念亡妃致废寝忘食,故而左右近侍不得不引以为忧,敏感地联想到隔海的唐朝廷所发生的不幸事情:

> "这样下去怎么得了啊!"他们都在窃窃私议:"也许是前世的宿缘吧,从前是罔顾人言,只要跟先后有关的事情,皇上就没有了分晓;如今呢,又全然不理朝政。真是糟糕啊!"他们甚至还引出外国朝廷的例子偷偷地惋惜慨叹着。

所谓"外国朝廷的例子"即是指前文"有的人甚至于杞人忧天的拿着唐朝变乱的不吉利的事实来相比,又举出唐玄宗迷恋杨贵妃,险些儿亡国的例子来议论着。"如前所述,《长恨歌》虽然没有讽喻的文字,有心者自能读出"欲惩尤物,窒乱阶"之旨,紫式部在此不仅比较虚构的平安朝廷与实在的唐朝廷故事,更明显地引用了《长恨歌》的内容,以为前车之鉴。

三

以上所举诸例为桐壶直接摄取《长恨歌》部分。此外,《桐壶》一帖中,另有间接容受《长恨歌》之趣味或气氛,从字面上看,不一定有相同处,实则可以追寻其融汇因袭白居易之构想者。

例如全文开首处：

> 不知是哪一朝帝王的时代，在后宫众多女御和更衣之中，有一位身分并不十分高贵，却格外得宠的人。那些本来自以为可以得到皇上专宠的人，对她自是不怀好感，既轻蔑、又嫉妒。至于跟她身分相若的，或者比她身分更低的人，心中更是焦虑极了。

紫式部所塑造的更衣这个角色，既非出身名门高第，又无特殊之后台撑腰，而能于后宫众多的后妃之中独赢得桐壶帝宠幸，成为众矢之的，必定是才貌有过人之处［关于更衣之才貌，紫式部未曾正面描写，却有二处间接暗示：（一）借其死后桐壶帝回想，与杨贵妃之比较；（二）借老宫女推荐藤壶之际的对白］。白居易形容杨贵妃云：

> 天生丽质难自弃，一朝选在君王侧。
> 回眸一笑百媚生，六宫粉黛无颜色。

《长恨歌》所要强调的是唐玄宗与杨贵妃生前的恩爱缠绵，以烘托出死别后的幽怨凄迷，故而未及于贵妃被专宠后可能受到的众妃之嫉妒，不过，诗中如：

> 云鬓花颜金步摇，芙蓉帐暖度春宵。
> 春宵苦短日高起，从此君王不早朝。
> 承欢侍宴无闲暇，春从春游夜专夜。
> 后宫佳丽三千人，三千宠爱在一身。

诸句，却无论如何不能不令人想像"六宫粉黛""后宫佳丽"对杨贵妃的羡慕、反感或妒恨了。梅妃的传说恐怕也是这种想像所导致的当然结果吧。紫式部对更衣因遭嫉而受到的奚落难堪有较多的描写：

> 更衣所住的地方叫做桐壶殿。离开皇上所住的清凉殿相当远，因此皇上行幸桐壶殿的时候，得经许多后妃的殿前。而皇上偏又频频前往桐壶殿，这也就难怪旁人要嫉恨了。有时候，更衣承恩召见的次数太多，也会遭受大家的恶作剧。时常有人故意在挂桥啦，长廊上啦，到处撒些秽物，想弄脏迎送更衣的宫女们的裙摆。又有时大家商量好了，将更衣必经的走廊两端的门锁起来，害得她在里头受窘。

这些直接间接加诸更衣身上的作弄和羞辱，实在是因更衣而失宠的后宫粉黛佳丽无可奈何的报复手段。《长恨歌》所含蓄的部分，在《桐壶》里却变成正面的描写，而加以渲染发挥了。

白居易的《长恨歌》着重美化的抒情，全篇之中有几处不符史实，例如前面的四句：

> 杨家有女初长成，养在深闺人未识。
> 天生丽质难自弃，一朝选在君王侧。

便与玄宗夺寿王妃的故事不合。又如后段所写方士访太真于仙境一节，则更是纯属虚构。不过，就诗的情调上言之，却因此段设想而增加了几许虚无缥缈而浪漫的美感。在《桐壶》里，更衣病逝后，紫式部为日夜哀思的桐壶帝安排了命妇赴更衣故里探访皇子和老夫人的一节：

> 秋风飒飒，凉意袭人的时分，皇上比往常更加思念亡妃，于是，派了一名靭负的命妇到更衣故里去。……居丧中的人不便有一般的风雅馈礼贻赠，所以只能将更衣生前的遗物——衣裳一套及梳栉用具一组，托命妇持归宫中呈献皇上。

命妇只是属于四位或五位的中等宫女；不同于司理阴阳界之事的"临邛道士鸿都客"，而更衣的故里在乱草丛生的荒郊外；当然也不同于仙境的"楼阁玲珑五云起"。然而，秋寒之日驱车赶程的命妇，与"升天入地求之遍，上穷碧落下黄泉"的方士，二者所负之使命却是相似的。临邛道士在虚无缥缈的仙境觅得已化为仙人的太真后，携返了杨贵妃与唐玄宗当年定情之物——合钿金钗（参看陈鸿《长恨歌传》），以及殷勤的寄词；靭负命妇自更衣故里返宫之际，老夫人也托带更衣的遗物——衣裳梳具（当亦为桐壶帝昔日赠与更衣的礼物），又附上信函一纸。这种种的设想安排，显然不是出于巧合，紫式部的灵感来源是呼之欲出的。果然，在后文，桐壶帝睹物思人，遂有《长恨歌》词的联想（已见前文）。

即使在较琐碎的景物描写方面，《桐壶》里仍然可以窥见间接蹈袭《长恨歌》之处。例如写命妇驱车抵达更衣故里的一段：

> 眼前那一片景象已深深打动她的心。……自从这个夏天痛失爱女之后，她老人家已经无心关怀这一切，门前任由荒草丛生；如今月光依然照射其上，倍增无限凄凉。

其实便是万劫归来后，映入玄宗眼里的萧条景象：

> 归来池苑皆依旧，太液芙蓉未央柳。
> ……
> 西宫南内多秋草，落叶满阶红不扫。

《桐壶》之帖有关桐壶帝与更衣之间的故事大体止于命妇之复命，与桐壶帝之悲叹。其后，故事的重心转为再娶容貌酷似更衣的藤壶而衷情有所寄托的桐壶帝，以及《源氏物语》的真正主人公光源氏的成长过程。在后段里，《长恨歌》的投影逐渐淡去，但是，偶然仍可见作者于构思布局之际，尚未能尽去唐代开元天宝年间这一段历史故事人物的影响。例如在塑造光源氏这个人物的个性时，紫式部除赋予他俊美绝俗的外形，以及颖秀的天资之外，还特别强调了擅长音乐的一点：

> 正式的学问——如经书汉诗等的造诣，自是不在话下，就连音乐方面的才能，也得天独厚，吹笛弄琴起来，真个是音色响彻云霄，如果把他的才艺一一枚举起来，别人定会以为信口开河而懒得听下去呢。

唐玄宗精通音律，酷爱法曲，其"皇帝梨园弟子"的雅事（详《新唐书》《旧唐书》之《音乐志》《礼乐志》）为众所周知。《长恨歌》中虽未见有直接言及此事之诗句，然而透过：

> 骊宫高处入青云，仙乐风飘处处闻。

　　缓歌慢舞凝丝竹，尽日君王看不足。
　　渔阳鼙鼓动地来，惊破霓裳羽衣曲。

诸句，并不难想像这位天子的风流才华了。桐壶帝既在多愁善感方面与唐玄宗有类似之处，身为其皇子的光源氏在个性才情上有接近玄宗的倾向，也应是顺理成章的。谅紫式部执笔写光源氏这个人物时，脑际恐怕难免掠过经由《长恨歌》而熟悉的唐玄宗之印象吧。

四

　　以上，逐一比较了《桐壶》与《长恨歌》有关联的部分。本帖不像《源氏物语》其余各帖之多引白居易的其他诗文（详日本东京女子大学丸山キヨ子著《源氏物语と白氏文集》），而纯以《长恨歌》为依据。夸张一点地说，除却《长恨歌》的支柱，《桐壶》这一帖几乎难以成立。当然，紫式部的高度文学修养是使《源氏物语》一书所以能千年来傲视日本文坛，睥睨一切作品的主要原因。同时，《源氏物语》在日本文学史上所具有的意义，以及它本身的文学价值，也更非仅只限于其部分模仿或取材于《长恨歌》之上。不过，仅就《桐壶》一帖而言，紫式部对《长恨歌》所表现的心折情形却是不容否认的。她把唐玄宗与杨贵妃的感伤的爱情故事巧妙地脱胎换骨，移植于桐壶帝与更衣身上，使唐朝的宫闱悲剧重现于日本平安朝廷中。

　　白居易《与元九书》云：

　　及再来长安，又闻有军使高霞寓者，欲聘娼妓，妓大夸曰："我诵得白学士长恨歌，岂同他妓哉！"由是增价。……

> 又昨过汉南日，适遇主人集众乐，娱他宾。诸妓见仆来，指
> 而相顾曰："此是秦中吟、长恨歌主耳。"……今仆之诗，人
> 所爱者悉不过杂律诗与长恨歌已下耳。

《长恨歌》之风行一时，为白居易本身所承认之事实，而白居易诗文在他生存之时便已流传入朝鲜、日本等地（详《台大文史哲学报》第二十一期拙著《唐代文化对日本平安文坛之影响》页一六九～一七四）。紫式部在众多输入日本的汉文书籍之中最爱诵读《长恨歌》，为其哀感顽艳的情节气氛所感动，乃至费尽心机地将其精髓编织入《源氏物语》里，其实，只是证明了文学艺术之普遍性，以及欣赏者无碍于国籍的所谓"人同此心，心同此理"而已，这一点是并不足为怪的。

附录

《桐壶》（《源氏物语》首帖）

桐　壶

不知是哪一个朝代的时候，在宫中许多女御和更衣①之中，有一位身分并不十分高贵，却格外得宠的人。那些本来自以为可以得到皇上专宠的人，对她自是不怀好感，既轻蔑、又嫉妒。至于跟她身分相若的，或者比她身分更低的人，心中更是焦虑极了。大概是日常遭人嫉恨的缘故吧，这位更衣变得忧郁而多病，经常独个儿悄然地返归娘家住着，皇上看她这样，也就更加怜爱，往往罔顾人言，做出一些教人议论的事情来。那种破格宠爱的程度，简直连公卿和殿上人之辈②都不得不侧目而不敢正视呢。许多人对这件事渐渐忧虑起来，有人甚至于杞人忧天地拿唐朝变乱的不

---

①　女御和更衣皆平安时代宫廷女官。女御属三位，往往可晋升为皇后；更衣属四、五位之间。侍候皇帝左右。

②　部分四位、五位及六位之人，可升殿者，称为殿上人。

吉利的事实来相比，又举出唐玄宗因迷恋杨贵妃，险些儿亡国的例子来议论着。这么一来，更衣的处境就更加困难了，但是想到皇上对自己的无比深情，也只好忍耐着，继续留在宫中侍候皇上。更衣的父亲大纳言①虽已早亡，母亲却是个老派的人，又出身于相当高等的家庭，她看到双亲健在的别人家小姐们过着那种气派豪华的生活，决心不让自己的女儿输给别人，所以遇到任何仪式都很费心机地张罗着。但是，究竟是缺少了一个扎实的后台，所以一旦有什么重要事情时，总显得有些儿无依无靠，教人担心。

不久，许是前世宿缘深厚的关系吧，更衣竟然产下了一位玉一般俊美的男婴。皇上迫不及待地想看看他的新生皇儿，便急忙差遣人到更衣的娘家，把婴孩抱来看。果然真是世所稀有的容貌呢。第一位皇子是右大臣的女儿弘徽殿女御②所生，既拥有信望，又无疑的是公认的储君，受世人之重视，自不在话下。不过，这位新皇子的姣丽③却是无与伦比的，所以皇上对太子的宠爱就不由得变成普通表面的关怀，而将无限的呵护关切都转移到这位新生的爱儿身上。

新皇子的母亲更衣本来并不是侍候御前琐事那种身分低贱的人。大家对她还是相当敬重的，只因为这一向皇上太过宠幸她，一有什么游宴，或什么有趣的场合，总是第一个召她上来。有时候早晨睡过了头，第二天也就一直留着她在身边陪伴，不让她走，所以在别人眼中看来就难免显得有些儿轻率的样子了。不过，自从这位皇子诞生以后，皇上也一改常态，凡事都特别谨慎小心，

---

① 日本古代朝廷官衔。参与政事，掌传达诏令之职者。

② 右大臣，亦古代官名。为大政官之长，辅佐天子理政，相当于我国宰相之地位。其女入宫为女御，住弘徽殿，故称弘徽殿女御。

③ "姣丽"一词，我国多用于形容女性之美。源氏虽为男性，作者紫式部塑造其印象颇有女性美倾向，故多用此类形容词。

所以不由得教太子的母亲弘徽殿女御起疑，深恐弄得不好的话，东宫的地位可能会被这位新生的皇子抢了过去。由于这位女御是最先入宫的，皇上本来也对她十分宠爱，而她又替皇上生了几位公主，所以对她的怨言，皇上也着实无可奈何。原来更衣所唯一依赖的是皇上对自己的无比宠幸，不过周围对她吹毛求疵和说坏话的人实在太多，而她又天生那么娇弱，所以过分的宠爱反倒增加她内心的负担了。

更衣所住的地方叫做桐壶殿。离开皇上所住的清凉殿相当远，因此皇上行幸桐壶殿的时候，得经过许多后妃的殿前。而皇上偏又频频前往桐壶殿，这也就难怪旁人要嫉恨了。有时候，更衣承恩召见的次数太多，也会遭受大家的恶作剧。时常有人故意在挂桥①啦，长廊上啦，到处撒些秽物，想弄脏迎送更衣的宫女们的裙摆。又有时大家商量好了，将更衣必经的走廊两端的门锁起来，害得她在里头受窘。诸如此类的事，往往使她吃尽苦头，所以心境越来越差。皇上对她也就更加怜爱，索性叫她搬到清凉殿后面的后凉殿，却叫原先住在那儿的另一位更衣移往别处去。这么一来，被赶出来的人当然要恨得咬牙切齿了。

这位皇子三岁那一年，照例举行了着袴仪式②。把府库里的东西全部都搬了出来，气派之豪华盛大，简直跟太子行着袴式时不相上下。对这件事情，自然难免又是议论纷纷。不过，这皇子却偏偏越长越品貌端庄，出类拔萃，大家也就不便太过嫉妒；比较明理的人就只有瞠目结舌而惊叹道："世上竟然有这么美好的人哪！"

---

① 旧时日本房屋内，临时搭挂以联络各屋之桥。
② 幼童在三至五岁间所举行之仪式。朝廷选择吉日良辰，由专司者为皇子穿上一种宽大的古代日式裙裤。为平安中期后普及之仪式。

这一年的夏天，做了母亲的更衣觉着身体有些儿不适，打算回娘家去修养一段时间，可是皇上不肯允准。许是这一向总这样多病的缘故吧，皇上也看惯了，没有把她当一回事。"就在这里休息一阵子看看吧。"总是这样劝她。可是，没料到病情却一天天加重，仅仅五六天工夫竟变得衰弱不堪。更衣的母亲哭着差遣人到宫里来央求让自己女儿回家养病；即使在这种情况之下，还得提防别人的羞辱，所以决定留下爱儿，独个儿悄悄地出宫。凡事总有个限度，到了这样的地步，皇上也不便再强留；不过，碍于帝王的身分，连随意相送都不可能，委实令人遗憾。平素是那样娇艳的人儿，如今却这般面容憔悴，心中似藏着千言万语，又不敢启齿。看着她那种虚弱而茫然失神的样子，皇上终于忍不住，不顾一切地哭泣着，在她耳边信誓旦旦。更衣连说话的力气都没有，她乏力地躺着，用疲倦的眼神望着，更教他不知如何是好。虽然已经破例的宣示辇车进入禁中接走病人，但是一旦入得门来，看到更衣这副样子，竟又全然不舍得让她走了。"约好了要同赴黄泉的，又怎么忍心抛下我，一个人独自走啊！"女方听了这番话，十分感动，也禁不住悲从中来，断断续续地喘着气说：

> 生有涯兮离别多，
> 　誓言在耳妾心苦，
> 　　命不可恃兮将奈何！
> 　　早知如此的话……

她像是还有许多话要讲，却痛苦难堪的样子。是生？还是死？索性把她留在身边看个究竟吧。皇上心里不免这样想着，可是旁边却有人在催促着："已经约好了灵验的法师，今晚要到家里来祈祷祛病的。"不得已，只好让她退下。这一夜，皇上心事重重，通宵不能成眠，无法打发时间。还不到慰问的使者回来的时刻，却已经一再地喃喃着放心不下了。"已经在午夜过后去世了！"差去探病的人听到更衣娘家的人哭号的声音，终于黯然地带着噩耗回来。皇上闻悉后，一时茫然不知所措，独个儿躲在房中。这种时候，如果能留着皇子在身旁的话，多少还可以聊慰寂寞的，却又碍于未有前例，所以也只好把他送到外婆家去暂住一些时候。小皇子倒是一点儿都不懂大人的悲戚，天真地睁着一双眼睛，好奇地看着那些哭哭啼啼的侍臣和不停地流泪的父皇。这情景即便是寻常骨肉的别离，已足悲伤，更那堪如今正是丧妻又别子，皇上衷情哀苦，岂是普遍笔墨所能形容的呢？

　　不过，事情总得有个归结，尸骸也不能老是这么停放着，所以就只好依照一般的仪式举行葬礼。老夫人不舍得爱女，"把我跟她一同烧了吧！"她哭叫着，追随在灵车的后面，来到爱宕——举行隆重葬礼的地方，做母亲的当时究竟是怎样一个心境哪！早先她还强自镇定地说："看着这一副躯体，总不能相信人儿已经死了。也许亲眼看她化成了灰，也就可以死了这条心吧。"但是，一旦事情临到头上来，毕竟忍不住呼天抢地的悲恸，险些儿从车上摔了下来，害得那些早已料到会如此的侍女们忙着劝个不停。宫里头派遣御使来。当敕使宣读皇上追赠三位的圣旨时，又惹起了一番悲伤。生前未能够让她享有女御的头衔，真是后悔莫及，故而只好在亡后特别晋加一位。就连对这件事情，都还有人不高兴哩。不过，那些明理的人倒是重又想起更衣生前的种种长处，例如品貌端庄啦，性情温顺啦，容易亲近啦，等等。从前只因皇上过分宠幸，才招致大家的嫉妒，如今连近侍的宫女们都不由得口口声声怀念起她那和蔼而深情的人品了。真是所谓"死后方眷念"① 啊！

　　时光流逝，每逢斋七的时候，宫里总是派遣御使到更衣的故里去吊问。皇上的悲哀与日俱增，夜夜不肯亲幸后妃，终日以泪洗面，看得别人也悲戚戚的。"宠幸得也未免太过分，人儿都死了，还不教别人心里清爽哩！"只有弘徽殿女御到现在还不肯饶人地骂着。每当见着太子的时候，皇上的心里总是不由得会想起他那可爱的皇子，于是就忍不住要差遣乳母或宫女什么的去探望近况。

　　秋风飒飒，凉意袭人的时分，皇上比往常更思念亡妃。于是，派了一名韧负的命妇②到更衣故里去。命妇乘着朦胧的月色起程。皇上就此陷入沉思之中。回想当年，每逢如此佳景，他和更衣常有月下游宴，无论是曼妙地拨弦弄琴，或随便吟咏成句时，她那种风采神情都是别具一格，与众不同。如今虽是记忆犹新，却真个是所谓"暗中契约，怎得梦里相"③，终究缥缈而不可把握了。

　　命妇乘车抵达了更衣的故里，车子还没有进入门内，眼前那一片景象已深深打动她的心。从前，更衣的母亲无论自己过着多么艰苦的寡居生活，为着女儿的面子，总是四处整理，还维持体面的外观；自从这个夏天痛失爱女之后，她老人家已经无心关怀这一切，门前任由荒草丛生，如今月光依然照射其上，倍增无限凄凉。把命妇请下车，引进正厅里，更衣的母亲一时间悲伤得不能言语。"我一个人偷生苟活到现在，已经是十分悲苦，又怎么好

---

　　① 《源注拾遗》所引古歌："生时多憎厌，死后方眷念。"
　　② 五位之宫女为命妇。"韧负"为卫府武官。当时以宫女父兄之官衔冠其上，以示其身分地位。此"韧负命妇"即父兄为卫府武官之五位宫女。
　　③ 句出《古今集》和歌。

意思教御使您一路上披草冒露地枉访寒舍呢！"说着，竟忍不住伤心地呜咽起来。"难怪上次来访的宫女在回禀皇上时说：'亲眼看时比想像中的情景更教人心酸悲苦'哩。果真是，连我这般不肖的人都感到十分不忍心啊。"说着，命妇也感染了那种悲哀的气氛，过了好一会儿工夫才强自镇定下来，转谕皇上的话："'人儿刚逝去时，直如在梦中，而今心思稍定，知道不是做梦，反而更加难堪。身边没有一个可以倾谈相慰的人。你是否可以秘密到宫里来访一下呢？任由皇子一直在悲戚戚的地方住着，也总不是个办法，快快把他带回来吧。'可怜，皇上流着眼泪这么说，又像是怕让人瞧见了不好意思，话也没有说完便走开了。"接着，她呈递皇上的亲函。"我的双目已经悲哀得视力矇矇，只有把圣旨当做黑暗中的光明来恭读吧。"老夫人恭恭敬敬地捧着信读起来。那上面仔仔细细地写着："朕意原以为时光会治愈心病，未料悲哀之情却与日俱增！如今所最遗憾者，莫过未能与老夫人分担养育皇子的责任了。盼老夫人勿相弃嫌，能视朕如同亡去的令媛，请速与皇子同返宫中来。"信末且附着一首御咏：

秋风起兮露华深，
　宫城野外多幼荻①，
　　安得稚儿兮慰朕心。

老夫人已是眼泪滂沱，几不能卒读。"虽然早知长寿徒有增加痛苦，却没有料到自己竟也活到今天，真个是应了'羞见高砂松'②

① 宫城野在今日本仙台市东郊，为产荻草名地。歌中幼荻以喻皇子。
② 取《古今六帖》(醍醐天皇时代和歌集) 诗句。高砂之松象征长寿。此处更衣老母谓自己马齿徒长，羞见长寿之高砂松也。

那首歌所讲的了。我这一把老骨头哪儿配得上随便进出禁中呢？所以虽然屡蒙皇上眷顾慰勉，自己始终鼓不起勇气进宫去参拜。请您回去禀报皇上，皇子似乎也急着想要返回宫中，做外婆的我也不忍心一直留着他在这儿。至于我自己呢，既然是个丧女的不吉之躯，实在也不便多陪伴着皇子啊。"

"这时候皇子该已入睡了。本来很想拜见御颜，好向皇上去禀报近况的，可是恐怕皇上在宫中等待着，而天色也着实不早了。"命妇赶着要回去。"日后得空时，请过来坐坐，也好让这失去女儿的老人倾诉心底悲痛的一端吧。这些年来，宫里总是为着好事儿、喜事儿，才差遣您到这儿来。唉！没想到活得久，竟然终于有这么一天，会跟您在这种悲哀的场合里相见面哩。死去的女儿从小就是我们寄托希望的孩子，先夫大纳言临终的时候还一再嘱咐说：'务必要让这个孩子达成入宫的愿望，不要因为我死，就改变初衷。'为了实现先夫的遗嘱，虽然明知其难，也总算勉强让她跟那些体面人家的小姐一样地入了宫。谁料竟蒙皇上过分垂爱，而招致别人的嫉恨。可怜她天生娇弱，不堪忍受百般折磨，终于积郁夭亡。天下父母心，如今倒有些儿埋怨皇上的恩宠呢。"老夫人边说边哭之间，天色已晚了。"皇上也再三悲叹道：'虽说是出自朕心，当时会那样不顾一切，认真相爱，恐怕总是冥冥之中注定不能偕老的缘分之故吧。现在回想起来，朕虽无意伤害别人，只因为深爱她而招来许多莫须有的愤恨，而今这般孤零零地一个人遗留下来，教朕不知所措，真是难堪。唉！这是否前世的宿缘呢？真想探个究竟。'"命妇也哭哭啼啼的，像是有讲不完的话似的。"天色委实太晚了，我得告辞，要在天亮以前赶回去禀报皇上呢。"说着，她急忙忙就要走。这时候，月轮已半沉，晴空无云，清风徐吹，草丛中的虫声格外诱人哀伤，令人依依不舍得相别。

促织鸣兮夜未央，
　　衷情悲苦泪滂沱，
　　　含恨衔命兮心迷茫。

命妇口中吟咏着，脚步却不忍跨上车。

荒郊外兮秋虫鸣，
　　贵人将去不稍待，
　　　老妇独处兮泪纵横。
　　　　真忍不住要这样埋怨起来呢。

老夫人也差遣了一名侍女送上这样的答咏。居丧中的人不便有一般的风雅馈礼贻赠，所以只能将更衣生前的遗物——衣裳一套及梳栉用具一组，托命妇持归宫中呈献皇上。那些随侍皇子的年轻侍女们对女主人的去世固然觉着悲哀，可是她们毕竟一向过惯宫中的繁华生活，在这荒凉的地方住着，终不免觉得寂寞难耐，于是纷纷谈论着皇上的近况，又劝老夫人早些儿让皇子返回宫里去。老夫人自己呢？她一方面觉得自己这样一大把年纪，又正值丧期中，怕跟皇子进宫中参拜会引起别人议论；可是，另一方面，却又片刻都不舍得离开心爱的孙儿，所以彷徨着，犹豫不决。

　　命妇回到宫中，看见皇上还没有休息，依然在那儿等待着。御苑的花儿正盛开，皇上装作赏花的样子，召进几位端庄的宫女陪侍，正闲谈着打发时间。近来皇上朝晚总要观赏宇多天皇①敕

_____

　　①　日本平安朝皇帝。公元八八七～八九七年在位。

画的《长恨歌图》——上面有伊势和贯之①题的画款，却总是挑那些歌咏生死别离为题材的和歌及汉诗作为谈论的话题。不久，皇上召见命妇，仔细垂询。命妇先把她亲眼所见的悲惨的情形禀报了，然后奏上老夫人的信函。那上面写着："蒙上垂怀，愧不敢当。奉读圣谕，徒有增加贱妾内心之烦乱而已。"

> 狂风劲兮荒野中，
> 可怜幼荻失庇护，
> 飘摇不定兮忧忡忡。

信写得这样杂乱，皇上明白那是由于老夫人当时心绪不宁之故，当不会见怪吧。其实皇上自己读完这封信后，也不由得悲从中来，他怕让人瞧见了不好意思，所以努力抑制着，但是全然无济于事，越是想忍耐，越是会勾起往日的记忆，他甚至想起了初见更衣的情景，以及两个人在一起的那一段岁月来。当时，自己几乎是片刻也离不开更衣的；而今，孤零零一个人竟然也度过了这样漫长的时日啊！"老夫人总算实践了大纳言的遗嘱，教更衣入宫侍候了朕。朕本来是有意报答她这一片好意的，如今却无可奈何了！"皇上幽幽地说："不过，等皇子成长后，总会有好时光的，但愿她老人家能长寿就好了。"接着，命妇奏上了老夫人托她带回来的礼物。皇上看到那些更衣生前的遗物，不禁联想起，如果这些东西是临邛道士赴仙界寻访杨贵妃时所持归的信物金钗该有多好！

---

① 伊势，为伊势守藤原继荫之女，蒙宇多天皇宠幸，为女和歌作家第一人。纪贯之，为平安朝和歌作家，著《土佐日记》等，并主编《古今和歌集》等。

悲莫悲兮永别离，

　　芳魂何处不可觅，

　　　安得方士兮寻蛾眉。

图画里杨贵妃的容貌，即便是再优秀的画师恐怕也终究笔力有限，表现不出那种栩栩如生的情态来。据说她有"太液芙蓉未央柳"的姿色，谅那种唐风的装扮定必华丽绝俗；但是，想起更衣生前那种温婉柔顺而楚楚动人的模样儿，又岂是任何花色鸟音所能比拟的呢？"在天愿做比翼鸟，在地愿为连理枝"那朝朝暮暮的誓约仿佛还萦绕耳际，而今却已人天相隔，命运如此不可把握，怎不教人长恨啊！由于思念更衣，皇上对任何事物都觉得意兴阑珊，此刻即使闻见风声虫鸣都会使他悲伤不已。弘徽殿女御已许久没有蒙皇上召幸了。今夜适逢好月色，她正在自己的殿里弦歌作乐。那欢愉的声浪传入皇上耳中，却教他厌烦嫌恶。说真的，殿上人和宫女们看见皇上近来闷闷不乐的样子，大家对弘徽殿女御这种幸灾乐祸、旁若无人的态度都很不以为然。不过，她本来就是这种个性倔强的妇人，所以故意要这样做的吧。不久，月轮已隐入云间。

　　云掩翳兮月朦胧，

　　　清辉不及荒郊舍，

　　　　独有一人兮怀苦衷。

皇上挂念着更衣母亲的居处，独自挑弄着灯芯，灯火已尽，都还不曾入眠。远处响起了右近卫府的报更声。大概是丑时了吧①？

---

　　①　左右近卫府为宫中警备之二部门。左近卫府担任亥时至子时报更；右近卫府担任丑时以后。

这才悄悄地进入寝宫里，然而总还是睡不着。早晨又因为想到伊势所咏的"玉帘深垂兮春宵短"那首歌，真是无限怀念有更衣陪伴的甜蜜往日，竟而迟迟不能起床，以致怠慢了朝政。对每天的早餐，他简直连一点胃口都没有，只是略微碰一下筷子，聊示敷衍而已。至于正餐，更像是早已绝了缘似的，教那些侍候膳食的人看着心酸。宫中近侍的男男女女看到这种情形，大家都沉痛地叹气互道："这样下去怎么得了啊！"他们都在窃窃私议："也许是前世的宿缘吧，从前是罔顾人言，只要跟先后①有关的事情，皇上就没有了分晓；如今呢，又全然不理朝政。真是糟糕啊！"他们甚且还引出外国朝廷的例子（译者按：指唐玄宗事）偷偷地惋惜慨叹着。

日月流逝，新皇子返回宫里来了。他越长越俊美，简直超凡脱俗得令人不安。翌年春天，册立东宫的时候，皇上本来想到要废长立幼，但是继而又想到，缺少了一位有力的后台，又乱了长幼之序，世人恐怕不见得肯承认，对于皇子来讲，这样做法，反而是爱之适足以害之，所以也就压根儿没有露出声色来。可是，这么一来，别人倒又议论纷纷起来，说什么疼爱也没有用啦，事情终究有际限啦云云。不过，太子的母亲弘徽殿女御却因而放心了。至于那位老祖母呢？死别了爱女，又生离了孙儿，心痛失望之余，日日祈祷着要追随亡女于黄泉之下，终于也去世。皇上闻悉后，自然又是一番悔痛。现在皇子已经六岁，比较懂事得多了，所以也哀悼哭泣不已。做祖母的对从小跟着自己一块儿长大的孙儿当然是放心不下的，所以临终时一再嘱咐着各种事情。此后，皇子就一直住在宫里。到了七岁的时候，就开始读书写字。他聪

---

① 原文"故御息所"。凡生皇子、皇女之女御或更衣皆称"御息所"。更衣生源氏后即称为御息所。此处无适当译词，故暂用"先后"一词。

明异常，皇上倒有些儿替他担忧起来。"而今，没有了亲娘，总不至于还会招人憎恨吧。希望你好好儿对待这个孩子。"当皇上行幸弘徽殿时，往往会把皇子一起带去，更叫他进入御帘①里。那模样儿实在逗人喜欢，即使是猛夫仇敌看到都忍不住会对他微笑的，所以女御见了怎能不理睬他呢？她自己有两个皇女，但是长得都远不如这位皇子美丽。许多宫中的妇女们看到这位年轻的皇子，并不像回避别的男人似的躲开他。大家都想：这么年少就如此高雅俊美，真是一位风流多趣的游伴哩。正式的学问——如经书、汉诗等的造诣，自是不在话下，就连音乐方面的才能，也得天独厚，吹笛弄琴起来，真个是音色响彻云霄。如果把他的才艺一一枚举起来，别人定会以为信口开河而懒得听下去呢。

这时，有一些高丽人来朝，听说其中有一位擅长看相的，碍于宇多天皇的遗诫②，不能随便召入宫中，只好把皇子秘密地送到鸿胪馆去。皇子是伪装成保护人右大辨③的儿子去的，可是相士见了，却频频歪着头惊讶道："这孩子有登基理政的贵相，不过，如此一来，恐怕危而不安；若是当作宰辅之相看呢，则又有些儿不对劲的地方。"右大辨本身也是一位才高识广的博士，他和高丽相士两人之间的谈话自然是意味深长的了。相士和皇子又互相作诗赠答，相士巧妙地在诗中表示：于归期在即的时候遇见相貌如此出众的人，实在既令人惊喜，又恐将徒增别后的感伤。皇子也作了一首饶富情致的诗回赠。高丽相士读了皇子的诗，大为

---

① 当时贵族妇女接见双亲、兄弟及夫婿以外男子，均须隔垂帘。此表示特殊待遇。

② 宇多天皇有《宽平遗诫》。其中一条："外蕃之人必可召见者，在帘中见之，不可直对耳。"

③ 辨为大政官第三等官，有左、右、大、小，分掌八省，以有才学者任之。

感叹，于是献上了珍贵的礼品，朝廷方面也回赐许多东西给他。这次看相的事情虽然是在极度保密之下进行，毕竟还是传闻开了。东宫的外祖父及其左右的人难免都有些儿起疑。贤明的皇上过去也曾令本国相士看过皇子的相，其所以至今连个亲王的地位都不曾册封给皇子，实在是有原因的；如今，将高丽相士的话和自己的看法两相比较，更不得不佩服相士的本事了。说真的，他决不愿皇子做个没有外戚庇护的无品①亲王；再说，自己在位的日子也不知还有多久，不如给他一个宰辅的地位来佐理朝政，对皇子本身的将来更有益处吧。圣心一经决定，于是愈加督促，让皇子勤习各种学问才艺。皇子本是聪明超凡的人，把他的身分降为庶民虽然可惜，但是，万一让他做了亲王，恐怕世人会怀疑他有篡夺帝位的野心，而既然星相名士也有同样的看法，于是，最后决定赐他源氏之姓。

岁月不停流转，皇上片刻不能忘怀心爱的人儿。有时为了排解忧闷，也召幸过适当的人选，却反而徒增感叹，认为这世上竟然没有一个人能和亡去的更衣相比。这时，偶然地，听说有一位绝顶美丽的女子。她便是从小被母亲娇生惯养，小心翼翼照料长大的先帝第四公主。有一位年老的宫女曾经出入过那位母后的殿中，所以从公主幼小的时候便认识她，即使现在也偶尔还有机会看见她的。这位老宫女向皇上提起："奴婢曾经在宫中侍奉过三代帝王，从来也没见过一位气质容貌比得上先后的人，只有这位公主，越长越像先后，真是一位稀世美人哩！"说得皇上有些儿心动，于是下令召她入宫。可是公主的母亲却大不以为然，想起过去弘徽殿女御对待桐壶殿更衣的情形，她怎能随便让自己的女儿

---

① 亲王有一品至四品等，未受品位者谓之无品。

重蹈覆辙呢？但是，不久之后，这位母后去世了。公主孤零零地过着日子，皇上又殷勤地差遣人来说："放心吧，朕将把你当做自己女儿一般爱护。"这么一来，近侍的人啦，保护人啦，连她自己的长兄兵部卿亲王也都认为与其这样孤单地过日子，倒不如过宫廷生活好些，所以就让她入宫。这位便是藤壶①。果真如老宫女所说的，无论哪一方面，她都像极了桐壶殿更衣生前的样子。不过，究竟由于出身高贵的缘故吧，别人对她都不错，也没有人敢批评她一句，她想做什么，也无往而不利。桐壶殿更衣生前可就没有这般如意过，只是幸亏受到皇上宠幸而已。皇上并不是有意要忘怀死去的更衣；不过，自然地对新人产生好感，逐渐地，心情也开朗起来。这恐怕也是人情之常，无可奈何的啊。

源氏之君始终跟着父皇，宫中的妇女也就习以为常，没有人回避他。既然都是有资格入宫的，谁肯承认自己不如别人呢？她们一个个都如花似玉，但是，在一些年纪较长的妇女之中，只有藤壶最为年轻娇美，她老是羞答答地躲着源氏。越是这样，越发引起他的兴趣，想偷偷看她。其实，源氏早已记不得自己母亲的模样儿了，只因为常听老宫女说藤壶像极了母亲生前的气质容貌，所以对她格外有一份亲爱的感情，想多亲近她。对皇上而言，身边这两个人都是自己最亲爱的，所以他时常对藤壶说："不要把这孩子当做外人看待。不知怎的，朕老觉得你是他的亲娘一般。假如他来亲近你，也别见怪他，好好儿疼爱他吧。奇怪得很，眼睛啦，鼻子啦，都和他的亲娘长得一模一样，怪不得你跟他看起来像亲生母子一般哩。"这么一来，源氏对这位后母也就可以无所顾忌的，借着观赏春花秋叶的机会表示思慕之情了。但是弘徽殿女

---

① 藤壶殿之简称，因住藤壶殿中，故名。犹源氏之母亦称桐壶。

御看在眼中，可就又不大高兴了。她跟这位新得宠的藤壶之间本来就不怎么融洽，如今更勾起她的旧恨；于是，对源氏也十分不怀好感了。大家一致公认藤壶的美貌是无与伦比的；而源氏的俊丽则又是举世无双，所以给他取了一个绰号，叫做"光君"；至于藤壶呢，由于她跟源氏双双获得皇上的宠爱，所以也送给她一个"日宫"的绰号。

要将源氏现在这样姣美的童装改变，实在是十分可惜的事情。但是，依照惯例，到了十二岁就得举行加冠之礼。皇上热心地亲自为他照料种种，尽量地铺张仪式。去年在紫辰殿曾举行过东宫的加冠礼，那次的典礼非常热闹，皇上要这次的仪式也不亚于上回。关于在各处举行的宴飨，也特别下令内藏寮和谷仓院①务必使其尽善尽美，绝不可依例行事而失之简陋。当天的龙座设在清凉殿东厢向东的位置，冠者的御座和加冠大臣的座位在其前方。申时左右，源氏就位。他梳着总卯的发型，脸色光滑，要把这一副稚气的外形改变为成人模样，真是可惜呢！由大藏卿②来担任梳发，他握着一把乌亮的美发，犹豫了一会儿，好像是不忍下手削除那发梢似的。皇上看着这情景，脑际忽然浮现一个念头："假如孩子的母亲看见了，该会多高兴啊！"于是，心头一紧，几乎压抑不下激动，但是为了今天这个吉庆大典，总算勉强忍住了。加冠的仪式顺利完成。源氏一度退回休息处，换了成人装束，下阶来行拜舞之礼。观看的人都感动而落泪。皇上更是万感交集，再也按捺不住了。平日因为生活琐务而暂忘的一些往事，这时又重新回到记忆里来，使他感到无限悲伤。他本来担心源氏这么小就

---

① 内藏寮为中务省所管官中仓库，收藏宝物、贡品、衣冠、币物等。谷仓院为容纳各地所献钱币与谷物之所。

② 属大藏省之御用理发师。

加冠，恐怕会不太相称，没料到竟反而增添几许俊美哩。

担任加冠的左大臣和那位公主身分的夫人有一位独生女，从小被金枝玉叶似的呵护着，左大臣连当初东宫属意时都没肯答应，就是想把她许配给这位源氏的缘故。关于这件事，左大臣曾经向皇上进言过，皇上表示："如果你真有这个意思的话，趁着加冠式的时节，让她来侍候源氏吧。"所以左大臣早已胸有成竹，趁着典礼后的庆祝宴席上，源氏在诸亲王的末位坐下时，悄悄地透露了这个意思。源氏正当怕羞的年龄，所以也就不置可否的。不多久，皇上传令内侍召见左大臣。左大臣徐徐地上前拜领赐物，命妇依例将一袭白大褂和一领衣裳转赐给他。赐酒的时候，皇上还特别叮咛：

　　　　新束发兮初加冠，
　　　　　金童玉女诚嘉偶，
　　　　　　紫带可曾兮系合欢？①

左大臣答复道：

　　　　新束发兮紫带鲜，
　　　　　曾将丝组殷勤系，
　　　　　　但愿君情兮似此坚。

然后，他步下长阶，到庭中行拜舞之礼。皇上又赏赐他左马寮②

---

①　加冠之日，由总丱改束发，以紫带系之。此处桐壶帝暗示赞成源氏与左大臣之女成亲。故问，"可曾系合欢？"
②　马寮有左右两处，以容纳各地所献之马。

的御马，和藏人所的鹰①。亲王们和公卿们也都列队阶下，各拜受一份赐禄。当天源氏进献皇上的贡物，如肴笋果篮等，都是右大辨受命准备的。至于赏赐侍臣们的饭团和盛礼物的唐柜等，更是琳琅满目，摆满一地，比起上回东宫加冠的时候，真是有过之无不及。

当晚，源氏便回到左大臣私邸来。这儿又是一场罕见的盛大婚礼在等待着他。做岳父的左大臣对这位稚气未脱的女婿真是疼爱异常。新娘子却觉得自己比夫婿年长些，有点儿不好意思的样子。皇上对这位左大臣本来就十分信赖，他的夫人又是皇上的同胞妹妹，所以无论从哪一方面看来都是挺不错的，如今又加上源氏做乘龙快婿，如此一来，东宫的外祖父右大臣的势力难免大受威胁了。左大臣另外还有一些妻妾所生的孩子。其中，与这个女儿同母所生的藏人少将，长得实在年轻英俊，所以连交情不太好的右大臣都不忍放过，把他选来做自己第四个女儿的夫婿，其爱护备至的情形，也不下于左大臣之对待源氏。可见得两家是门当户对的。

由于皇上时时召见，源氏几乎都没有时间从容地住在大臣邸里。不知从什么时候起，他不自觉地认为只有藤壶才是绝世佳人。又偷偷地想，如果要娶妻，希望能娶得像她这样的人才好。藤壶的美真是没有人及得上啊！左大臣的女儿虽然也不错，又从小娇生惯养的，却总觉得跟自己不太合得来。幼小的心里，竟因此充满了烦恼。加冠之后，究竟皇上也不再像以前那样让他随便进出藤壶宫的御帘中了；如今，他只有偶尔借着御宴之际，倾听御帘中流出的琴音，把满怀思慕之情寄托在笛声来相和，娇声微闻，

---

① 藏人为禁中掌文书官，后兼理殿上一切行事，亦掌管鹰，故云。

便聊堪安慰了。他日夜眷恋着宫中的生活，往往接连四五天都住在宫中，间歇地才回大臣邸住上两三天。对此，左大臣总以为源氏还年轻，不舍得离开父皇身边的缘故吧，所以也没有见怪；反而更加殷勤地对待他，特别挑选一些品貌俱佳的侍女来侍候两位新人。又时常费尽心机地举行各种游宴，来讨好这位新郎官。

宫中方面呢，把先后住过的淑景舍①改做源氏的住所，又留下从前侍候过他母亲的宫女们。并且下诏派遣御用的工人和装潢匠去更衣的故里大兴土木，修缮改造，使其焕然一新。原本饶有情致的庭园，现在又因拓广池面而更添几许气派。不过，即使在这种时候，源氏也难免还会遗憾地想到：如果能够和那位心上人儿同住在这种地方该有多好啊！

据说，"光君"这个名字是高丽国的人称赞源氏的美而给取的。

---

① 即桐壶殿。